NE VOUS FIEZ PAS AUX APPARENCES

Ce livre est un ouvrage de fiction. Des événements ayant eu lieu, des personnes et des lieux existants ou ayant existé ont pu être mentionnés dans une intention de fiction ; tout autre événement, personnage, nom ou lieu est le fruit de l'imagination de l'autrice, et toute référence à d'autres éléments déjà existants serait une coïncidence.

L'édition originale de ce livre a été publiée pour la première fois en anglais aux États-Unis aux éditions G. P. Putnam's Sons, une maison de Penguin Young Readers Group, Penguin Random House LLC, New York, sous le titre *The girls I've been*.

Loi n° 49-956 du 16 juillet 1949 sur les publications destinées à la jeunesse, modifiée par la loi n° 2011-525 de 17 mai 2011.

Mise en pages : Nord Compo

ISBN : 978-2-09-249222-2 – Dépôt légal : juillet 2021

TESS
SHARPE

NE VOUS FIEZ PAS AUX APPARENCES

Traduit de l'anglais (États-Unis)
par Julie Lopez

Nathan

Pour celles qui m'ont sauvée :
Elizabeth May, Franny Gaede et Mercedes Marks
Avec toute mon affection,
– T/N

Première partie

La vérité est une arme

(Les 87 premières minutes)

— 1 —

8 août, 9 h 09

Ça ne doit durer que vingt minutes.

C'est ce que je me suis dit en me réveillant ce matin. Vingt minutes grand max. On se rejoint sur le parking de la banque, on entre, on dépose l'argent. Ce sera gênant, très très gênant, mais je peux survivre à vingt minutes avec mon ex et ma nouvelle copine. Je gère. Je gère grave.

J'ai envie d'acheter des donuts pour calmer le jeu. C'est plutôt tendu depuis qu'il nous a surprises en pleine action, hier soir. Je sais bien que c'est une manière de minimiser ce qui s'est passé, que des donuts ne peuvent pas résoudre tous les problèmes, mais bon. Tout le monde aime ça. Surtout avec des vermicelles de toutes les couleurs… ou du bacon. Ou les deux. Du coup je passe en prendre – avec du café, car Iris est une vraie ourse le matin tant qu'elle n'a pas eu sa dose – et, bien sûr, ça me met en retard. Quand je me gare devant la banque, ils sont déjà là.

Wes, grand et blond, est appuyé contre le hayon éraflé de son pick-up. Il a posé à côté de lui l'enveloppe qui contient le liquide récolté hier soir. Iris est allongée nonchalamment sur le capot de sa Volvo, dans sa robe pastel, et ses cheveux bouclés se balancent tandis qu'elle joue avec le briquet qu'elle a trouvé sur la voie ferrée. Elle va finir par foutre le feu à son brushing, un de ces jours.

– T'es en retard.

C'est le premier truc que me sort Wes.

– J'ai apporté des donuts.

Je tends son café à Iris et elle saute du capot.

– Merci.

– On peut y aller ? demande Wes sans même un regard pour la boîte que je lui tends.

Mon ventre se serre. On en est vraiment revenus là ? Comment est-ce possible, après tout ce qu'on a vécu ?

Je m'efforce de ne pas prendre un air trop agacé.

– OK. On y va.

Je remets la boîte dans ma voiture, puis je prends l'enveloppe.

La banque vient d'ouvrir et il n'y a que deux personnes devant nous. Iris remplit le bordereau de dépôt pendant que je fais la queue. Wes se tient juste derrière moi.

La file avance au moment où Iris nous rejoint avec le bordereau. Elle me prend l'enveloppe des mains et la glisse dans son sac. Puis elle nous jette un regard méfiant, d'abord à Wes, puis à moi.

Je me mords la lèvre. Plus que quelques minutes à tenir.

– Écoute, dit-elle à Wes en soupirant, les mains sur les hanches. Je sais que tu n'as pas découvert ça dans des circonstances idéales, mais…

C'est alors qu'elle est interrompue.

Mais pas par Wes.

Non, par le type devant nous. Pourquoi ? Parce qu'il choisit ce moment pour sortir un flingue et braquer cette foutue banque.

Ma première pensée ? *Merde !* La deuxième : *Baisse-toi.* Et la troisième : *On va tous mourir parce que j'ai fait la queue pour acheter des donuts.*

— 2 —

9 h 12 (15 secondes de captivité)

Le braqueur – blanc, un mètre quatre-vingts à vue de nez, veste marron, tee-shirt noir, casquette de baseball rouge, yeux et sourcils clairs – hurle : « TOUT LE MONDE À TERRE ! » La réplique classique, quoi. On se jette tous au sol. J'ai l'impression qu'on est des marionnettes et qu'il vient de couper les fils.

Pendant une seconde, une énorme boule de peur dans mon ventre, ma poitrine, ma gorge m'empêche de respirer. Elle brûle et déchire tout ce qu'il y a de tendre en moi, elle me donne envie de tousser, mais j'ai peur d'attirer l'attention du braqueur.

Il ne faut jamais se faire remarquer. Je le sais, parce que ce n'est pas la première fois que ça m'arrive. Je ne m'étais encore jamais retrouvée en plein milieu d'un braquage, mais parfois je me dis que j'ai dû naître dans une ligne de mire.

Quand quelqu'un pointe un flingue sur toi, ce n'est pas comme dans les films. Personne ne joue les héros. La terreur t'écrase, au point que tu pourrais te pisser dessus. Iris presse son bras tremblant contre le mien. Je voudrais lui prendre la main, mais je me retiens. Il pourrait penser que je cherche une arme. À Clear Creek, même les grands-mères en ont une. Je ne peux pas courir le risque.

De l'autre côté, tout près de moi, Wes est tendu. Il me faut une seconde pour comprendre pourquoi : il a l'intention de bondir sur le type. C'est bien mon ex, ça : il est courageux, il marche à l'instinct, et il prend toujours la pire décision dans les situations délicates.

Cette fois, je n'ai pas le choix : je bouge. Sinon il va se faire descendre. J'enfonce mes ongles dans sa cuisse, juste sous le bord de son short. Il tourne brusquement la tête vers moi et je le foudroie du regard. *N'essaie même pas.* Je secoue une fois la tête, sans le quitter des yeux. Je vois pratiquement le « Mais Nora… » dans son haussement de sourcils, et puis il finit par laisser tomber.

Bon. Bon. Respire. Concentre-toi.

Le braqueur. Il hurle sur l'employée – il n'y en a qu'une ? Pourquoi est-ce qu'il n'y en a qu'une ? –, une dame blonde d'âge moyen aux lunettes accrochées à une chaîne turquoise. Mon cerveau tourne à plein régime, notant des détails dont il pourrait avoir besoin plus tard.

Le braqueur crie quelque chose à propos du directeur de la banque. J'ai du mal à comprendre ce qu'il dit parce que l'employée n'arrête pas de sangloter. Elle a les mains qui tremblent, les joues rouges, et à moins qu'elle l'ait fait par accident, il n'y a aucune chance qu'elle ait actionné l'alarme silencieuse. Le flingue pointé sur son visage l'a fait passer en mode panique totale.

Ce n'est pas un reproche, hein. On ne sait jamais comment on va réagir face à une arme.

Aucun de nous trois ne s'est encore évanoui, on ne s'en sort pas trop mal. Pour l'instant. C'est déjà ça.

Mais pour ce qui est de nous sauver, il ne faut pas compter sur cette femme. Le shérif ne se rameutera que si quelqu'un déclenche l'alarme. Je tourne les yeux aussi loin que possible sur ma gauche sans trop bouger la tête. Est-ce qu'il y a un autre employé caché quelque part ? Où est le vigile, s'il y en a un ?

J'entends des pas derrière moi. Je me raidis, et Iris laisse échapper un petit cri étouffé. Je presse plus fort mon bras contre le sien, en espérant que le contact de ma peau lui apporte un peu de réconfort. Même si dans ces cas-là, on n'en a pas beaucoup à offrir.

J'attends. Des pieds nous contournent rapidement. Je relève suffisamment les yeux pour apercevoir un fusil de chasse à canon scié dans la main d'un mec qui rejoint le guichet. J'ai l'impression de recevoir un coup très lent dans la poitrine, un mélange de terreur et de nausée. Il n'y a pas qu'un braqueur. Ils sont deux.

Deux braqueurs. Blancs. Jeans propres, grosses boots. Tee-shirts noirs, pas de logos.

Je déglutis bruyamment, la bouche sèche comme un désert, mon cœur fait des claquettes au rythme de *On va mourir ! Putain, on va mourir !*

J'ai les mains moites. Je serre les poings. Merde, ça fait combien de temps qu'on est là ? Deux minutes ? Cinq ? Le temps s'écoule bizarrement quand on est plaqué au sol avec un fusil qui se balance sous son nez. Et pour la première fois, je pense à Lee.

Oh non. *Lee.*

Je ne peux pas me prendre une balle. Sinon ma sœur va me tuer. Mais d'abord, elle se donnera pour mission de traquer celui qui m'aura tiré dessus. Et quand Lee a une mission, elle est flippante. Je sais de quoi je parle : quand j'avais douze ans, elle a réussi à m'arracher aux griffes de notre mère grâce à une combine que même la Reine de l'Escroquerie n'avait pas vue venir. Depuis, elle est en prison… Ma mère, pas Lee.

Et c'est en partie à cause de moi.

Je ne peux pas laisser la peur prendre le dessus. Je dois rester calme et trouver un moyen de nous sortir de là. Je suis face à un problème. Et pour résoudre un problème, il faut chercher des solutions.

Il y avait qui, dans la banque, quand on est entrés, à part la dame du guichet ? Je rembobine. Une femme à l'avant de la file. Casquette Rouge l'a poussée sur le côté quand il a crié. Maintenant, elle est allongée par terre, sur ma gauche. Son sac à main a atterri trente centimètres plus loin. Casquette Grise est arrivé par-derrière. Il devait être assis dans l'espace d'attente.

Soudain, mon ventre se serre. Il y avait quelqu'un d'autre dans l'espace d'attente – une gamine. Tout de suite, je ne la vois pas, mais je lui ai jeté un coup d'œil en entrant.

Dix ans, peut-être onze. Elle était avec la femme qui faisait la queue devant nous ? J'imagine que oui.

Sauf que, pour le coup, la femme en question est en plein dans mon champ de vision et elle n'a pas même risqué un regard vers l'espace d'attente.

OK. Cinq adultes ou quasi-adultes. Une gamine. Deux braqueurs. Au moins deux armes à feu, peut-être plus.

Les chiffres ne jouent pas en notre faveur.

– On veut aller au sous-sol ! beugle Casquette Rouge.

Il s'acharne à agiter son pistolet sous le nez de l'employée, ce qui n'arrange rien. Ça l'effraie encore plus, et s'il continue…

– Arrête de gueuler.

C'est la première fois que Casquette Grise ouvre la bouche. Il parle d'une voix rauque, mais pas pour la déguiser, ça semble naturel. Comme si les années l'avaient bousillée. Casquette Rouge recule d'un pas.

– Occupe-toi des caméras, ordonne Casquette Grise, et l'autre file les débrancher dans l'entrée et derrière le guichet avant de revenir auprès de son acolyte.

Iris me donne un petit coup de coude. Elle les observe aussi attentivement que moi. J'appuie une fois de plus mon bras contre le sien pour qu'elle sache que ça ne m'a pas échappé non plus : c'est peut-être Casquette Rouge qui a ouvert la danse, mais c'est Casquette Grise le chef.

– Où est Frayn ? demande ce dernier.

– Il n'est pas là, répond l'employée.

– Elle ment, intervient Casquette Rouge d'un air suffisant.

Pourtant, il se lèche les lèvres. On voit bien que si c'est vrai, ça lui flanque la trouille.

C'est qui, Frayn ?

– Va vérifier, lui dit Casquette Grise.

Les boots de Casquette Rouge passent devant nous et il disparaît. Je profite que Casquette Grise soit distrait par l'employée pour tourner la tête à droite. La gamine est sous la table basse, au milieu de l'espace d'attente, et même à cette distance, je vois qu'elle tremble.

– La petite, me souffle Wes, qui a lui aussi les yeux rivés sur elle.

Je sais, j'articule en silence. J'aimerais bien qu'elle croise mon regard, pour pouvoir au moins lui adresser un sourire rassurant, mais elle a le visage pressé contre la hideuse moquette marron.

Des bruits de pas. La peur monte d'un cran dans ma poitrine lorsque Casquette Rouge réapparaît.

– Le bureau est fermé à clé, annonce-t-il d'une voix fêlée par la panique.

– Où est Frayn ? répète Casquette Grise à l'intention de la dame blonde.

– Il est en retard ! couine-t-elle. Il a dû aller chercher Judy. C'est ma collègue, sa voiture est en panne. Il est en retard.

Quelque chose ne va pas. Je ne sais pas ce qu'ils avaient prévu, mais la première étape a merdé. Et par expérience, je sais que quand les gens se plantent, ils réagissent de deux façons : soit ils laissent tomber, soit ils sont encore plus déterminés.

Pendant une fraction de seconde, je me dis qu'ils vont ficher le camp. Qu'on sortira de là avec quelques cauchemars et une bonne histoire à raconter dans les soirées jusqu'à la fin de nos jours. Et puis soudain, tous mes espoirs sont réduits à néant.

Ça se passe comme au ralenti. La porte de la banque s'ouvre à la volée et le vigile dont j'interrogeais l'existence fait son entrée, les mains pleines de gobelets.

Il n'a aucune chance. Casquette Rouge – impulsif, instable et bien trop nerveux – tire avant même que le type ait eu le temps de lâcher ses cafés au lait pour dégainer sa matraque.

Les gobelets tombent par terre. L'agent aussi. Une tache de sang éclot au niveau de son épaule. Au début, elle est petite, mais elle grossit à chaque seconde.

Ensuite, tout s'accélère, comme si on faisait défiler à toute vitesse les pages d'un flipbook devant moi. Parce que c'est là que ça devient réel. Tant que personne n'a appuyé sur la détente, on peut encore se raccrocher à l'infime probabilité que tout se termine bien.

Après, plus vraiment.

Quand le vigile s'effondre, quelqu'un – l'employée – se met à hurler. Wes se jette sur Iris et moi pour nous protéger, et on se blottit les uns contre les autres, dans un méli-mélo de bras et de jambes et de peur et de vexations qu'on devrait franchement mettre de côté, vu la situation…

L'occasion ne se représentera peut-être pas. Je fais glisser mon portable hors de la poche de mon jean pendant que Casquette Grise passe en jurant devant nous pour aller désarmer le vigile et gueuler sur Casquette Rouge. Je peux à peine bouger mon bras parce que Wes est allongé dessus, mais je parviens à taper un message à Lee.

Olive. Cinq lettres. Pas mon aliment préféré. Un fruit, techniquement, comme la tomate.

Et peut-être la clé de la liberté. Depuis que je connais ma sœur, c'est notre code de détresse. On est le genre de filles qui sont toujours prêtes en cas de tempête.

Lee viendra. Ma sœur ne me lâche jamais.

Et elle amènera la cavalerie.

— 3 —

Transcription de la communication téléphonique entre Lee Ann O'Malley et la shérif adjointe Jessica Reynolds

8 août, 9 h 18

La shérif adjointe Reynolds : Reynolds à l'appareil.

O'Malley : Jess, c'est Lee. Tu peux vérifier que l'alarme silencieuse de la banque ne s'est pas déclenchée ? L'agence sur Miller Street, à côté de l'ancienne boutique de donuts qui a déménagé l'année dernière.

La shérif adjointe Reynolds : Qu'est-ce qui se passe ? C'est pour le boulot ?

O'Malley : Non, Nora m'a envoyé un signal de détresse.

La shérif adjointe Reynolds : Vous avez un signal de détresse ?

O'Malley : Évidemment. C'est une ado. Elle m'a dit qu'elle devait aller à la banque pour déposer l'argent qu'elle a récolté hier soir avec ses amis avant de venir au bureau. J'ai géolocalisé son téléphone ; elle y est toujours.

La shérif adjointe Reynolds : Quelqu'un a parlé de la banque sur la radio ce matin, mais il n'y a pas eu de signal d'alarme. Attends que je vérifie… Là. Le directeur de la banque a eu un accident de voiture en allant travailler. Il est à l'hôpital. Nora ne t'aurait pas fait une blague ?

O'Malley : Elle ne ferait jamais une chose pareille. J'y vais.

La shérif adjointe Reynolds : Je te retrouve là-bas. Tu n'entres pas avant que je sois là, OK ?

[Silence.]

La shérif adjointe Reynolds : OK ?

[Fin de l'appel.]

4

9 h 19 (7 minutes de captivité)

Ils se disputent. Casquette Grise et Casquette Rouge. Ce dernier est en train de perdre ses moyens tandis que le vigile, étendu sur le dos, saigne sur la moquette. Heureusement, il s'est juste pris une balle dans l'épaule. Ça devrait aller. Pour l'instant. Sauf qu'il faudrait que quelqu'un appuie sur sa plaie et qu'aucun des deux braqueurs n'est parti pour.

– Je t'avais dit que c'était une mauvaise idée. Tu disais qu'il n'y aurait pas de blessés, qu'on emmènerait juste Frayn au sous-sol pour qu'il ouvre les…

– La ferme, gronde Casquette Grise en jetant un coup d'œil vers nous.

Je garde la tête basse, mais je les écoute attentivement.

Ils doivent parler des coffres. Il n'y a que ça au sous-sol. Ces trucs-là, ce sont des mines d'or de secrets. Les gens adorent y planquer ce dont ils veulent cacher l'existence. Mais si le directeur est le seul à pouvoir y accéder…

Ils ont besoin de lui. Et s'il n'est pas là…

Tout tombe à l'eau.

Pas étonnant qu'ils paniquent au point de tirer. Quelqu'un a peut-être entendu le coup de feu, quoique la banque soit l'unique rescapée de la zone commerciale. Cela dit, même si personne n'a rien entendu… Lee a forcément reçu mon texto. La fureur de la détective privée O'Malley va s'abattre sur ces types d'une minute à l'autre. Elle rameutera sans doute le shérif et tous ses adjoints. C'est pas des lumières, mais au moins ils ont des armes.

Enfin ça, ce n'est pas forcément une bonne chose. La plupart du temps, plus il y a de flingues, plus ça se passe mal. Et les flics font toujours tout empirer. Mais j'étais obligée de prendre le risque pour prévenir Lee.

– Verrouille les portes et va surveiller le parking, ordonne Casquette Grise.

Casquette Rouge se dépêche d'obéir, manifestement soulagé d'avoir quelque chose à faire.

Ce sera lui le maillon faible. Le pigeon, s'il m'en faut un. Mon esprit fait des ricochets, comme un galet sur un étang, pendant que je cherche un plan.

– Toi ! aboie Casquette Grise.

Wes se raidit. J'ai encore la tête pratiquement coincée sous son torse et je sens ses muscles se contracter. C'est à lui que parle le braqueur.

– Tu es costaud. Éloigne-le des fenêtres.

Wes me jette un coup d'œil, et son expression me dit de ne pas m'inquiéter.

Ce qui produit évidemment l'effet inverse. Qu'est-ce qu'il va faire ? Il a intérêt à lui obéir.

Le fusil et l'attention de Casquette Grise sont fixés sur Wes alors qu'il se dirige vers le vigile. J'en ai la chair de poule. J'entremêle mes doigts à ceux d'Iris et elle les serre pour me rassurer. Ça ne marche pas.

Wes s'accroupit, cherchant le meilleur moyen de déplacer le vigile sans aggraver sa blessure. Puis il le soulève d'un seul coup.

Sa taille et sa force lui rendent parfois service, mais à cet instant précis, elles font de lui la plus grosse menace à l'intérieur de la banque aux yeux des braqueurs. Je mords ma lèvre inférieure quand il se tourne vers Casquette Grise.

– Où voulez-vous que je l'emmène ?

– Là, répond-il en désignant de son arme le petit espace d'attente, où la gamine est toujours cachée sous la table.

Wes hésite. Mon ventre se crispe. Casquette Grise lève aussitôt son fusil. Iris inspire un grand coup.

– Quoi, c'est pas clair ?

La voilà. La colère dans sa voix. Je l'attendais. Sur le fil du rasoir.

Il n'y a rien de pire qu'un homme armé en colère. J'ai appris ça très tôt.

– Désolé, ça va faire mal, prévient Wes en changeant sa prise sur le vigile.

Celui-ci laisse échapper un son percutant, peur et douleur mêlées. Wes a beau le transporter aussi délicatement que possible – j'en suis sûre, il est toujours comme ça –, la blessure se remet à saigner de plus belle quand il le dépose sur la moquette, loin des portes vitrées.

Casquette Grise saisit un piquet sur lequel est fixée une pub vantant les mérites de prêts immobiliers. Il arrache la pancarte, puis il glisse la barre métallique à travers les poignées des portes, compliquant encore les choses.

La situation s'aggrave de minute en minute. Il n'y a pas de police, à Clear Creek ; la ville est trop petite, trop rurale. Il n'y a que le shérif et ses six adjoints, dont deux à mi-temps, et le groupe d'intervention d'urgence le plus proche doit se situer… Merde, je ne sais même pas. À Sacramento, peut-être ? Bref, à des centaines de kilomètres, de l'autre côté des montagnes.

– Tout le monde dans la salle d'attente, aboie Casquette Grise en désignant l'endroit où se trouvent déjà le vigile et la gamine.

On s'exécute. L'employée nous rejoint et contemple le vigile, le visage toujours trempé de larmes. Quand elle voit Iris retirer rapidement son cardigan pour le presser contre l'épaule du blessé, elle semble se reprendre et prend le relais.

– Ça va aller, Hank, dit-elle d'une voix tremblante.

– Est-ce que ça va ? je demande à la gamine.

Elle me regarde avec de grands yeux vitreux avant d'acquiescer brusquement.

– Tout va bien se passer, lui souffle Wes.

– La ferme, lance Casquette Grise. Je veux que vous posiez téléphones, sacs à main, clés et portefeuilles sur la table basse.

Je me sépare de mon téléphone et de mon portefeuille, et Wes en fait autant. Iris place soigneusement son sac à main type panier en osier à côté de nos affaires, faisant tinter les petites cerises en bakélite rouge attachées aux poignées. À l'œillade qu'elle me décoche avant de se rasseoir, je comprends qu'il manque quelque chose sur la table : son briquet argenté. Je me rappelle qu'elle l'a glissé dans sa poche, sur le parking. Il est donc toujours là, niché dans les plis de sa robe vintage. La jupe ample tombe par-dessus une crinoline – la deuxième plus bouffante de sa collection – et l'ensemble est si bien coupé que la poche disparaît entre les pans de coton.

« On ne fait plus de vêtements comme ça, Nora », m'a-t-elle dit lors de notre première rencontre, en virevoltant dans sa jupe rouge à tourbillons dorés, qui s'était gonflée autour d'elle comme par magie. J'avais eu l'impression qu'Iris était la première étincelle avant un embrasement, et l'envie qu'elle fasse partie de mon avenir m'avait coupé le souffle.

Exactement comme maintenant. Elle représente mon présent et mon avenir, elle qui détient notre seule arme sous ces couches trompeuses de coton et de tulle. Elle réfléchit déjà à un moyen de nous sortir de là, et il n'en faut pas plus pour rallumer l'espoir en moi.

J'incline très légèrement la tête pour lui montrer que j'ai compris. Un coin de sa bouche se relève et, rien qu'une fraction de seconde, sa fossette apparaît.

Avantage n° 1 : briquet

5

Toutes les couleurs de l'Iris

Quand j'ai rencontré Iris Moulton, ça ne m'est pas tombé dessus comme une tonne de briques.

En réalité, c'est moi qui suis tombée.

Un week-end de l'année dernière, j'allais porter des dossiers en ville pour Lee, et je ne regardais pas devant moi. Tout à coup, je trébuche, et voilà que je me retrouve le cul par terre, mes documents éparpillés partout, emmêlée à cette fille, une brunette couverte de taches de rousseur déguisée comme un personnage d'un film d'Hitchcock.

La parfaite scène de rencontre romantico-burlesque sauf que, pour les filles qui aiment les filles, il y a toujours une petite incertitude en plus : et si ce n'était pas réciproque ? Si bien qu'on ne cherche pas des signes de danger comme avec un garçon, une sorte de drapeau rouge – on cherche plutôt un drapeau arc-en-ciel.

Je pensais qu'on deviendrait amies. Et c'est ce qui s'est passé, au début. Mais je me disais que ça ne pourrait pas aller plus loin. Après tout ce que j'avais vécu avec Wes… Je ne *pouvais* pas. Pas tant que je n'aurais pas trouvé un moyen de tout expliquer sans tout gâcher. Et persuadée que ce moyen n'existait pas, je m'étais donc résignée, en gros, à une vie de célibat, de malheur et de dissimulation.

Et puis Iris s'est pointée avec ses robes d'été bouffantes des années cinquante, son sac à main en osier en forme de grenouille, et sa fixette sur le feu qui peut paraître flippante si on ne sait pas qu'elle veut devenir enquêtrice spécialisée dans les incendies criminels.

Ça a pris des mois. Elle a déroulé sans se presser une subtile offensive romantique, et puis un jour, avant même d'avoir capté ce qui m'arrivait, je me suis retrouvée en plein date avec elle. On se serait cru dans *Orgueil et Préjugés*, avec moi dans le rôle de Darcy et elle dans celui d'Elizabeth Bennet. Sauf que je n'ai ni la gravité ni le snobisme de Darcy, vous pouvez me croire. En revanche, je suis apparemment tout autant à la ramasse que lui, car on en était déjà à la moitié du dîner quand je me suis rendu compte qu'il ne s'agissait peut-être pas que d'une sortie entre filles.

Et encore, pour que j'en sois complètement sûre, il a fallu, sur le chemin du retour, qu'elle se tourne vers moi au beau milieu d'un passage piéton, dans une rue déserte. Elle a glissé sa main autour de ma taille et effleuré ma hanche de la sienne, comme s'il n'y avait rien de plus naturel au monde. Et c'était vrai. Je le sentais dans tout ce qu'il y avait de vital en moi. La dernière chose que j'ai vue avant que ses lèvres ne touchent les miennes a été l'inscription lumineuse « WALK » reflétée dans ses yeux, et puis elle m'a embrassée, comme s'il fallait me prendre avec des pincettes, comme si elle m'avait déjà comprise, comme si j'en valais la peine.

C'était *étincelant*. Je ne savais même pas qu'on pouvait ressentir ça. Je pensais que cet adjectif était strictement réservé aux paillettes et aux pierres précieuses. Pourtant Iris Moulton m'a embrassée et m'a prouvé que j'avais tort, et toute mon obscurité s'est mise à briller.

Ça ne m'est pas tombé dessus comme une tonne de briques.

C'est moi qui suis tombée comme si j'étais une étoile et elle la fin du monde. La collision cataclysmique de deux êtres qui en seront changés à jamais. Qui ne s'en relèveront jamais.

À moins de le faire ensemble.

6

9 h 24 (12 minutes de captivité)

1 briquet, pas de plan

– C'est quoi, ça ?

Casquette Grise vient de sortir la pochette de dépôt bancaire du sac à main d'Iris. Il l'ouvre, inspecte l'épaisse liasse de billets, puis il la regarde.

– C'est pour financer un refuge pour animaux, je réponds rapidement.

Son attention glisse d'elle à moi, et le soulagement cogne à l'intérieur de ma cage thoracique comme le ridicule heurtoir en forme d'abeille dont Lee a affublé notre porte d'entrée.

– On a organisé une collecte de fonds, je poursuis. Prenez-les. Il y a presque trois mille dollars.

Casquette Grise éclate de rire et, tout comme son fusil désormais, ce son m'est familier. Imprégné de cruauté et de condescendance. Destiné à s'enrouler autour de moi et à souligner mon impuissance, comme si son arme ne suffisait pas.

Mais ça y est, j'ai surmonté ma peur. Ce n'est pas qu'elle a disparu, c'est qu'elle ne m'est pas utile. Or je ne peux me concentrer que sur des choses utiles, pour le moment.

– Tu veux me céder tout ton magot ?

Plus il parle, plus j'en apprends. Il faut donc que je continue à le faire bavarder.

– C'est tout ce qu'on a.

Il jette la pochette ouverte sur la table et les billets se déploient en éventail sur la surface polie.

– C'est pas ça que je veux.

Il tire la table pour l'éloigner de nous – et tous nos téléphones avec.

« Qu'est-ce que tu veux, alors ? » Telle est la question. Ma mère me disait toujours : « Donne à quelqu'un ce qu'il désire, et il te mangera dans la main. » Un conseil qui vaut double, voire triple, face à des braqueurs dont le plan a foiré.

Ils veulent le directeur de la banque. Ils ne peuvent pas l'avoir. Ils ont donc besoin de ce que celui-ci leur aurait fourni.

L'accès aux coffres.

Comment je pourrais leur offrir ça ? Et faut-il vraiment que je le fasse, ou suffit-il qu'ils m'en croient capable ?

Un plan commence à frétiller dans mon cerveau tel un insecte autour du lampadaire d'une véranda, mais je ne sais pas encore comment assembler toutes les pièces. Il m'en faut plus. Plus d'informations. Plus d'indices. Plus de temps pour comprendre comment fonctionne leur relation.

Malheureusement, je n'aurai rien de tout ça. Depuis son poste de guet, Casquette Rouge émet un drôle de cri, un mélange de surprise et d'inquiétude.

– Il y a quelqu'un ! C'est une femme.

Casquette Grise se focalise aussitôt sur la porte.

Quelqu'un essaie en vain de l'ouvrir, produisant un bruit qui emplit le silence mortel, se répercute sur les murs, puis s'interrompt. On se tend tous, nous les sept otages, comme si on ne faisait qu'un. D'insoutenables secondes passent.

– Elle retourne à sa voiture, nous informe Casquette Rouge.

– Reste planqué ! beugle Casquette Grise.

Tout le monde retient son souffle, et juste au moment où on s'apprête à le relâcher… un larsen déchirant retentit sur le parking. Puis la voix de ma sœur explose à travers les murs, amplifiée par le mégaphone :

– Je m'adresse à la personne armée à l'intérieur. Je m'appelle Lee. Dans quelques secondes, le téléphone de la banque va sonner. Ce sera moi. Décrochez, et on pourra chercher une solution à votre problème. Vous avez aussi le choix de ne pas répondre. Je doute cependant qu'il soit judicieux.

Dès qu'elle se tait, je commence à compter.

Dix. Neuf. Huit.

Casquette Rouge détale de la porte et va regarder par la fenêtre.

Sept. Six. Cinq.

Casquette Grise se tourne brusquement vers nous : le vigile blessé, l'employée terrifiée, la dame plus âgée, les trois adolescents fâchés les uns contre les autres et la gamine.

Quatre. Trois. Deux.

Il lève son arme. Sa bouche s'ouvre. La colère arrive. Celle qui est dangereuse.

Un.

Le téléphone se met à sonner.

C'est parti.

— 7 —

La sœur en question

Je devrais sans doute parler de ma sœur un peu plus en détail. Car oui, c'est le genre de fille qui a toujours un mégaphone sur elle. Et un fusil qui tire des billes en caoutchouc plutôt que des balles, et un poing qu'on croirait lesté de plomb alors qu'on boxe juste pour s'amuser.

Lee a presque vingt ans de plus que moi, ce qui fait qu'elle avait déjà largué ma mère quand je suis née. On n'est que demi-sœurs, mais on est liées par les mêmes gènes d'arnaqueuse.

Quand Lee était petite, notre mère ne faisait pas encore dans l'escroquerie. Son père était un type on ne peut plus normal, mais il est mort. Et c'est comme ça que notre mère s'est lancée : pour conserver le train de vie auquel elle était habituée.

Tout a dégénéré très vite. Lorsqu'elles sont tombées, elles sont tombées de foutrement haut, et le choc n'en a été que plus violent. Et lorsqu'elles se sont relevées, ce que ma mère *a fait* pour y arriver… Lee ne parle pas de cette époque. Pas quand elle est sobre, en tout cas.

Je me demande si elle a peur que je la juge. Je ne vois pas comment elle pourrait croire ça, elle qui sait ce que j'ai été obligée de faire pour survivre.

On est toutes les deux des gamines brisées devenues des filles aux fêlures plâtrées à la va-vite.

Moi, je suis née arnaqueuse. Je suis venue au monde avec un mensonge sur les lèvres et la même capacité de sourire et d'éblouir que ma mère. « Du charme », disent les gens. Un outil bien utile, en réalité. Savoir lire dans le cœur des autres et ajuster instantanément son comportement en fonction de ce qu'on y trouve, ce n'est ni un don ni une malédiction. C'est juste pratique.

Je n'ai jamais connu une époque où ma mère n'était pas en train d'entuber quelqu'un. Je ne sais pas ce que c'est d'avoir un père aimant, même brièvement. Et je n'ai jamais vécu sans mentir.

Mais je me souviens de la première fois que j'ai vu Lee. J'avais six ans, et elle m'a paru… *forte*. Dans sa façon de bouger, de s'habiller, dans le regard qu'elle a lancé à ma mère quand celle-ci s'est mise à chercher des excuses pour expliquer pourquoi je n'allais pas à l'école…

Je n'avais jamais rencontré quelqu'un capable de faire taire ma mère. C'était elle qui ensorcelait les gens, normalement.

Lee n'avait pas besoin d'envoûter qui que ce soit. Elle, elle commandait.

Je ne m'étais jamais sentie connectée à quelqu'un de façon aussi instantanée. Je ne l'ai pas aimée tout de suite ; j'étais déjà trop méfiante pour ça. Pourtant j'ai reconnu quelque chose en elle, une chose que je désirais sans pouvoir encore la nommer : *la liberté.*

Je l'ignorais alors, mais au moment où elle est partie ce jour-là, un plan germait déjà dans sa tête. Me savoir sous la coupe de ma mère la rongeait. Or elle n'est pas du genre à se laisser bouffer sans réagir. Il lui aura fallu six ans pour mener à bien son projet. Mais quand elle s'est fixé un but, Lee possède une détermination à faire peur. Et son but, c'était de me délivrer de ma mère.

Et aujourd'hui, c'est de me faire sortir de cette banque. Sauf que je n'ai plus douze ans, et qu'elle n'est plus toute seule, cette fois.

Je suis là.

8

9 h 28 (16 minutes de captivité)

1 briquet, pas de plan

Le fusil de Casquette Grise reste immobile, mais pas ses yeux. Ils vont et viennent à toute vitesse entre nous sept, le téléphone qui sonne et Casquette Rouge, posté à la fenêtre. Il ne sait pas trop sur qui déverser sa colère.

Je vois le moment où le déclic se produit. Il rive son attention sur l'employée, à notre gauche, et son fusil suit le même mouvement.

– C'est toi qui as déclenché l'alarme ?

Wes se tend et la respiration d'Iris marque une pause. Étant donné que je suis prise en sandwich entre eux, je ne fais pas que sentir et entendre leur stress : c'est comme si ma peau l'absorbait. Parce qu'ils savent bien que si Lee est dehors, c'est que c'est moi qui ai déclenché l'alarme (pour ainsi dire).

– Non, non, ce n'est pas moi ! se défend l'employée.

Casquette Grise avance d'un pas dans l'entrée exiguë où nous sommes entassés, et on n'a aucun endroit où se cacher.

– Elle est dans une voiture de patrouille ? demande-t-il à Casquette Rouge, qui, toujours aplati contre le mur, scrute le parking par la bande de fenêtre qui lui est visible.

Il secoue la tête.

– Dans un pick-up métallisé. Elle est habillée normalement.

– Un flingue ?

Plusieurs. Mais elle ne les sortira qu'en dernier recours.

– J'en vois pas.

Casquette Grise meurt d'envie de descendre quelqu'un. C'est inscrit dans chaque pli de son visage. Je connais bien cette expression.

Le téléphone sonne toujours. Ma sœur est là, à un mur et qui sait combien de mètres. Elle a toujours représenté la sécurité pour moi et, à cet instant précis, j'ai besoin d'elle comme quand j'étais petite. Comme le soir où tout a tourné à la catastrophe.

Je dois me rappeler que je suis plus âgée, désormais. Presque une adulte, avec mes rangers, ma coupe déstructurée, et tous les dégâts qu'on m'a infligés cicatrisés, transformés en force. Je déteste le proverbe « Ce qui ne tue pas rend plus fort ». C'est de la connerie. Parfois, ce qui ne tue pas est pire. Parfois, mieux vaut mourir. Parfois, ce qui ne vous tue pas vous fout tellement en l'air que continuer avec ce qui vous reste est une bataille perpétuelle.

Ce qui ne m'a pas achevée ne m'a pas rendue plus forte : ça a fait de moi une victime.

Je suis devenue plus forte. *Je* me suis transformée en survivante.

Enfin, moi, Lee et l'infinie patience de ma psy.

– Vous devriez peut-être répondre au téléphone, non ? suggère l'employée d'une voix tremblante. La police… je suis sûre qu'ils vous donneront ce que vous voulez.

Ses mots se dissolvent quand Casquette Grise ramène son regard sur elle.

– Comment tu t'appelles ? demande-t-il.

– Olivia.

– Que les choses soient claires, Olivia, poursuit-il en se penchant vers elle. Tu peux oublier tous les trucs qu'on t'a appris à faire en cas de braquage, ma belle. Je la connais par cœur, votre procédure – et pareil pour le manuel des flics.

– S'il vous plaît, gémit-elle.

Je suis tellement persuadée qu'il va la tuer que je suis sur le point de me lever quand soudain le téléphone cesse de sonner, et le silence est si abrupt que ça le distrait.

Iris me donne un tout petit coup d'épaule au moment où il se retourne, trop tard pour empêcher Casquette Rouge de répondre à l'appel de ma sœur.

– Putain de…, commence-t-il avant de courir jusqu'au téléphone pour l'arracher des mains de son acolyte.

Pendant une fraction de seconde, il hésite. Ses doigts se resserrent autour du combiné comme autour d'un cou et ses épaules se crispent comme s'il voulait le fracasser sur le comptoir.

Mais soudain, il se détend et, au lieu de détruire l'appareil, il le colle à son oreille.

– Vous avez vingt secondes.

— 9 —

Transcription téléphonique : Lee Ann O'Malley engage le dialogue avec le preneur d'otages n° 1 (PO1)

8 août, 9 h 33

PO1 : Vous avez vingt secondes.

O'Malley : Dans ce cas, j'irai droit au but, puisque je me suis déjà présentée. Quel est votre nom ?

PO1 : Ça n'a pas d'importance. Dix secondes.

O'Malley : Qu'est-ce que vous voulez ?

PO1 : J'ai sept otages. Je veux Theodore Frayn. Amenez-le-moi. Maintenant. Sinon je tire.

[Communication interrompue.]

— 10 —

9 h 34 (22 minutes de captivité)

1 briquet, pas de plan

– Fais-les se lever ! ordonne Casquette Grise après avoir raccroché comme une diva.

Il a dit qu'il connaissait le manuel, mais on ne dirait pas. Il vient de révéler ses cartes à Lee sans rien garder sous le coude.

– Debout ! Toi, le gamin, prends le vigile, lance Casquette Rouge en pointant son pistolet sur nous.

On se dépêche d'obéir, on sait qu'il a la gâchette facile. Je vais aider Wes et, ensemble, on traîne le vigile dans le couloir en suivant Casquette Rouge, qui nous conduit à l'arrière de la banque, où se trouvent les bureaux.

– Les gamins ici, lâche Casquette Grise en désignant la pièce sur la gauche. Les adultes là.

Il montre le bureau en face du nôtre.

– Les enfants…, commence Olivia, l'employée, les yeux écarquillés.

– On ne discute pas. Mettez-le dans la pièce avec eux, ajoute-t-il, s'adressant à Wes et à moi.

Nous le déposons sur la moquette, puis Wes me prend la main et m'entraîne dans le couloir.

– Ça va aller, les enfants, nous dit Olivia, mais elle flippe tellement que cette parole de réconfort ressemble plutôt à une question incertaine.

Puis Casquette Grise referme la porte derrière lui. Il est tout seul avec les adultes, et on ne peut rien faire de plus que laisser Casquette Rouge nous emmener. Il arrache le téléphone posé sur le bureau et le coince sous son bras.

Iris se déplace chaque fois qu'il bouge pour se positionner devant la petite fille.

– Restez tranquilles, lâche-t-il avant de quitter la pièce.

Il ferme la porte et on entend un raclement : il traîne quelque chose pour la bloquer.

Il n'y a pas de serrure, et je n'essaie pas d'ouvrir. Pas maintenant. Il pourrait encore être là. Je presse mon oreille contre le bois et j'ai l'impression d'entendre la porte d'en face s'ouvrir, mais je n'en suis pas sûre. S'ils sont tous les deux dans le couloir et qu'ils voient la poignée tourner…

Iris laisse échapper un soupir tremblant. La petite réprime un sanglot. Le regard de Wes est plus sombre que jamais.

– Il faut qu'on se concentre, dis-je, et ces mots semblent briser le silence apeuré qui s'est abattu sur nous. On doit garder notre sang-froid.

Ce n'est pas à eux que je m'adresse, je me parle à moi-même, mais apparemment ça leur fait le même effet qu'à moi car on inspire tous les trois à fond. On est plus âgés et on doit assurer, parce que cette petite est si jeune, si effrayée. J'étais aussi jeune la première fois que j'ai ressenti une telle terreur ?

– Tu as raison, dit brusquement Iris en redressant ses épaules comme si elle portait une armure et non du coton et du tulle aux couleurs pastel.

Je balaie la pièce du regard. Pas de fenêtre. Pas d'autre porte. Un bureau.

– Je m'occupe de la petite, marmonne Wes.

– Et nous du bureau, répond Iris.

Wes s'accroupit à côté de la fillette et commence à lui parler à voix basse pendant qu'Iris et moi nous tournons vers le meuble. Il n'y a plus de téléphone, évidemment, mais on dénichera peut-être quelque chose d'utile.

– Il faut trouver des armes, dis-je, et Iris me suit.

Elle s'attaque aux tiroirs de gauche et moi à ceux de droite.

– Ils ont débranché les caméras, souffle-t-elle. Et on sait déjà qu'ils sont prêts à tirer sur ceux qui leur paraissent menaçants.

Je m'arrête, laissant le premier tiroir à moitié ouvert. Il contient des post-it et des stylos, et une agrafeuse qui pourrait éventuellement me servir de matraque. Mais pendant une seconde, je n'entends que ses mots.

– Je sais, je réponds tout aussi doucement.

Elle tend la main et ses doigts se referment sur mon poignet, juste le temps de le serrer. Ce n'est pas un geste qui signifie « Ça va aller », puisque les phrases qu'elle vient de prononcer affirment le contraire. Ça veut dire « Je suis là », et ça me suffit. Il le faut. C'est tout ce qu'on a.

Elle retire sa main et retourne à son tiroir.

– De l'alcool, annonce-t-elle en brandissant trois mignonnettes de vodka bon marché comme on en trouve dans les hôtels.

– Un allume-feu ?

– On peut essayer, répond-elle en les fourrant dans la poche de sa robe.

Avantage n° 2 : 3 mignonnettes de vodka

Je me penche pour ouvrir un deuxième tiroir. Il n'y a que des dossiers, mais je fouille quand même au cas où. Rien.

– Des ciseaux ! dis-je en les sortant du tiroir suivant.

Vu leur taille, ils ne tiendront jamais dans la poche d'Iris. Malheureusement, sa robe n'est pas le sac à main de Mary Poppins.

– Je pourrais peut-être…

Elle me les prend des mains et tente de les coincer dans son décolleté, où je sais que ses sous-vêtements sont, disons, délicieusement compliqués. La lingerie vintage est élaborée, et Iris aime l'authenticité. Mais elle n'arrive pas à faire tenir les ciseaux à plat dans l'espèce de truc à l'ancienne qu'elle porte aujourd'hui.

– Attends, je vais essayer.

Elle me les tend et je les glisse sous l'élastique de mon jean large, laissant ma chemise recouvrir leur poignée qui dépasse de ma ceinture. Je fais quelques pas devant elle.

– Tu vois quelque chose ?

Elle secoue la tête.

– Bon. Très bien.

Avantage n° 3 : ciseaux

– Autre chose ?

J'ouvre le dernier tiroir, mais il est vide.

– Non.

Nos regards se croisent. Clash de ses yeux marron contre mes yeux bleus. L'espace d'un instant, on laisse toutes les deux la panique nous envahir. Ça ne suffit pas. Ça ne suffit vraiment pas.

Puis elle s'humecte les lèvres, je redresse mes épaules et on se reprend.

– Il nous faut des informations, dit-elle.

– Je sais, je réponds, le regard rivé sur la fillette. Où sont ses parents ?

– Quoi ?

– Elle n'est allée rejoindre personne quand ils nous ont rassemblés dans l'entrée. Et personne n'a pété les plombs quand ils l'ont envoyée ici avec nous. Ce n'est pas ce que tu ferais, si on te séparait de ton gosse ?

Iris fronce les sourcils. Puis, sans me répondre, elle s'approche de Wes et de la petite et se penche vers elle, un doux sourire aux lèvres.

– Alors, ma puce, je m'appelle Iris Moulton. Et toi ?

– Casey. Casey Frayn.

Mon ventre se noue.

– Tu attendais ton père, n'est-ce pas ? je lui demande d'une voix tremblante, parce que je connais la réponse, avant même qu'elle hoche la tête. C'est le directeur ?

Elle acquiesce de nouveau.

Je regarde Iris et Wes, et mon visage doit être une copie du leur parce que j'y lis : « Merde, on est encore plus mal barrés que ce qu'on pensait. »

Problème n° 1 : Le braquage tourne mal parce que le directeur de la banque n'est pas là.

Problème n° 2 : Les braqueurs possèdent un moyen de pression majeur sur ledit directeur… sauf qu'ils l'ignorent.

Je lui adresse mon sourire le plus factice.

– Tu veux bien aller fouiller dans le deuxième tiroir, celui avec tous les dossiers ? J'ai peur d'avoir raté quelque chose.

– D'accord.

Dès qu'elle est assez loin pour ne plus nous entendre, Wes murmure :

– Ils veulent le directeur.

– Et ils n'ont pas tenté de forcer l'employée à leur remettre de l'argent, ajoute Iris. Ils n'ont même pas mentionné la chambre forte. Juste le sous-sol et le directeur. Il se passe un truc bizarre. Ce n'est pas un simple braquage où on prend le fric et on se tire.

– Qu'est-ce qu'on fait ? demande Wes.

Je jette un coup d'œil à Casey, accroupie à côté du bureau, en train de fouiller dans les dossiers.

– Il faut qu'on en sache plus. S'ils réclament autant le directeur, c'est qu'ils ont besoin de lui pour quelque chose de précis.

– Ça m'étonnerait qu'ils acceptent de nous révéler leur plan, Nora, lâche Wes, et la colère qui bouillonne en lui depuis qu'on s'est retrouvés sur le parking rejaillit si vite dans sa voix que le sang me monte aux joues.

Bon. Il est toujours furieux contre moi. Vraiment, vraiment furieux.

Et il a de bonnes raisons de l'être. Surprendre son ex au lit avec une amie commune, c'est une sacrée claque. Pire encore, j'ai rompu ma promesse de ne plus lui mentir. Or on ne se fait pas de promesses en l'air, lui et moi, depuis que j'ai tout gâché entre nous et qu'on a difficilement réussi à recoller les morceaux. Des « Franken-Friends », comme il dit pour plaisanter, et ça me fait toujours rire parce que c'est vrai… et parce que notre nouvelle relation a besoin d'une touche d'humour noir pour exister.

Cependant, il n'y a aucune trace d'humour dans sa voix à cet instant précis, et si mon corps ne me bombardait pas d'adrénaline, ça m'effraierait. Mais étant donné que j'ignore si on sera encore vivants dans cinq minutes, je dois mettre ça de côté. On se concentre.

Comment cacher une fillette sous le nez de deux preneurs d'otages ?

À un moment ou à un autre, ils vont vouloir connaître nos noms, s'ils ne les ont pas déjà vus sur nos papiers d'identité. Merde. Ses papiers.

– Tu avais une pièce d'identité sur toi, Casey ?

Elle secoue la tête.

– J'ai oublié mon sac chez ma mère. Elle s'est mise en colère parce qu'elle devait aller à une réunion et elle n'avait pas le temps de retourner le chercher. Mon téléphone était dedans aussi.

– Tant mieux, dis-je, et elle fronce les sourcils. Écoute, s'ils te posent la question, ne leur donne pas ton vrai nom. Ne dis pas qui est ton père. Dis-leur que ton nom de famille est Moulton. Tu es la cousine d'Iris, d'accord ?

Elle a l'air encore plus médusée. Elle n'a pas l'air de comprendre, et je n'ai pas le temps de lui expliquer parce que j'entends le raclement derrière la porte. L'un des deux est de retour.

– Casey, dis-moi que tu es d'accord.

Je l'embarque là-dedans la tête la première et elle me regarde avec de grands yeux, confuse, parce que, contrairement à moi, elle n'a pas été conditionnée à mentir comme elle respire.

– Je…

– Casey Moulton. Dis-le.

La poignée de porte commence à tourner.

– Casey Moulton, chuchote-t-elle.

La porte s'ouvre à toute volée.

— 11 —

Rebecca : suave, silencieuse, souriante

L'un de mes premiers souvenirs distincts est celui de ma mère debout devant le miroir, en train de peigner mes cheveux blonds en me disant : « Rebecca. Tu t'appelles Rebecca. Dis-le, ma chérie. Rebecca Wakefield. »

Je ne m'appelle pas du tout Rebecca, au cas où vous vous poseriez la question.

Je ne m'appelle pas Nora non plus. Même si, pour tout le monde à Clear Creek, je suis Nora.

Au début, je crois que c'est pour jouer, cette histoire de Rebecca. Mais ensuite, maman me tape sur le bras chaque fois que je réponds à un autre prénom que celui-ci, et j'apprends que ce n'est pas un jeu.

C'est ma vie.

Rebecca. Samantha. Haley. Katie. Ashley.

Les filles que j'ai été. Les enfants parfaites des femmes que ma mère a incarnées pour arnaquer ses victimes.

Chacune était moi, mais en différent. « La meilleure escroquerie comporte toujours un brin de vérité. » Elle m'a bien enseigné à me servir de la vérité pour pondre des histoires si crédibles qu'il ne serait venu à l'idée de personne d'en douter.

Rebecca a les cheveux détachés, retenus en arrière par un serre-tête. C'est à partir de ce moment-là que ma mère m'interdit de les faire couper, à part les pointes. Lorsque Lee me sort de là, à l'âge de douze ans, ils m'arrivent aux hanches, et les gens nous arrêtent parfois dans la rue pour s'extasier sur leur beauté. Rebecca porte beaucoup de rose. J'explique à ma mère que je préfère le violet, mais elle me répond que Rebecca adore le rose, que c'est sa couleur favorite… puis elle me force à le répéter.

Elle me fait répéter un tas de choses quand nous sommes seules. Mon cerveau est une éponge, c'est ce qu'elle me dit toujours, et je dois apprendre vite comment fonctionne le monde. « Toi et moi, ma chérie. On ira loin. »

Assez loin pour devenir des criminelles, en l'occurrence.

Rebecca est la fille de Justine. Justine est ma mère, sans l'être vraiment. Elle porte des lentilles de contact marron et des jupes droites, et elle appelle les gens « mon chou » avec une petite intonation mélodique qu'elle ne possède pas naturellement. Justine travaille comme réceptionniste dans une compagnie d'assurance, et sa cible, Kenneth, en est le directeur financier. Il pique dans la caisse – de toute manière, le business des assurances est un énorme racket organisé, mais c'est un autre sujet –, et en un clin d'œil, elle réussit à lui prendre du fric en le faisant chanter.

Je suis très jeune à l'époque. Je me forme encore. Je n'ai donc pas grand-chose à faire à part user de mon charme quand elle m'emmène au bureau. Ça adoucit son image ; personne ne soupçonnerait jamais la gentille réceptionniste veuve avec son adorable petite fille.

Rebecca m'apprend à mentir. À regarder une personne droit dans les yeux alors que pas un seul mot sincère ne sort de ma bouche. Et à faire en sorte que cette personne me croie, parce que suffisamment de *moi* y croit. Ça m'affûte trop vite, ce pouvoir, tout comme la frontière brouillée entre mensonge et vérité. Je n'ai rien d'une mignonne fillette de sept ans qui ment de manière complètement transparente parce qu'elle vient de voler un cookie. Je manipule les gens. Je détermine quelles actions provoquent les réactions désirées. Quel sourire suscite un sourire en retour. Quelle ravissante petite danse tournoyante déclenchera les applaudissements des dames plus âgées du bureau, qui me donneront alors des bonbons. Quelle crise de pleurnichements peut détourner l'attention quand maman a besoin de passer sans se faire remarquer, documents à la main, en train de comploter, toujours en train de comploter.

Chaque pas dans la peau de Rebecca est un pas hors de la mienne, et pourtant je suis censée redevenir immédiatement moi-même dès que ma mère claque des doigts, dès que nous sommes seules, et ça me donne le tournis. Rien n'est solide. Le sol sous mes pieds n'est pas stable. J'apprends donc à danser sur un sol incliné.

Ma mère sait toujours à quel moment s'arrêter. Avant que les envies de vengeance ou la radinerie de Kenneth ne le poussent à s'en prendre à nous ou à se servir du fric qu'il a amassé pour mettre un contrat sur la tête de ma mère, on a déjà filé, abandonné la ville et ces identités. Elle ne tardera pas à dénicher une nouvelle victime et à me coller devant un autre miroir, dans un autre endroit, où elle me coiffera autrement en me disant : « Samantha. Tu t'appelles Samantha. »

Elle choisit toujours des sales types. Elle estime que ce n'est que justice de les dépouiller de leur argent, et donc de leur dignité, puisque les hommes comme eux ne vivent que pour le fric et ne sont pas grand-chose sans.

Mais au fil des ans, à mesure que s'allonge la liste des filles, je peux difficilement nier la vérité : elle choisit des sales types parce qu'elle *aime* les sales types. Ils l'attirent par le risque qu'ils représentent, car elle carbure au danger, tout le temps. Elle a choisi cette voie et m'a embarquée avec elle sans me laisser aucune porte de sortie, et je finis par être attirée par des sales types, moi aussi. Telle mère, telle fille.

Il n'y a qu'une différence entre elle et moi. Ils l'attirent parce qu'au fond, elle veut les aimer. Et elle a besoin de leur amour.

Pas moi.

J'ai appris très tôt que le mieux qu'on puisse attendre d'eux, c'est de la souffrance.

Et la meilleure chose à faire avec des hommes pareils, c'est de les détruire.

12

9 h 47 (35 minutes de captivité)

1 briquet, 3 mignonnettes de vodka,
1 paire de ciseaux, pas de plan

C'est Casquette Grise qui pénètre dans le bureau.

Les jointures de ses doigts sont ensanglantées. C'est la première chose que je remarque, et j'ai aussitôt envie de me précipiter devant Casey pour la cacher.

Qui a-t-il frappé ? Le vigile ? L'employée ? La femme qui n'a fait que pleurer pendant tout le temps où on a été réunis dans l'entrée ?

Que faire, que faire ? Mon esprit tourne à plein régime, et tout ce que je sais, c'est que leur dissimuler la véritable identité de Casey est le meilleur moyen d'assurer sa sécurité, alors je me concentre là-dessus. Protéger Casey. J'ai les ciseaux. Je m'en servirai s'il le faut.

À cette pensée, un frisson descend le long de ma nuque. Je fuis depuis longtemps tout ce que les filles m'ont appris. La première année, après que Lee m'a sortie de là, je me murmurais leurs prénoms pour m'endormir. *Rebecca. Samantha. Haley. Katie. Ashley.*

Ça fait un moment que je n'ai pas eu besoin de faire ça. J'en ai envie maintenant, mais je me force à me concentrer. Il est en train de dire quelque chose.

– Tout le monde dans le coin.

On obéit et Wes se plante devant nous, l'air protecteur. La bouche de Casquette Grise se contracte nerveusement.

– Vas-y, ordonne-t-il.

Il me faut un moment pour comprendre qu'il parle à Casquette Rouge, qui entre à son tour. Je l'observe tandis qu'il fouille la pièce et le bureau, s'escrime à ouvrir les faux placards scellés sur le mur du fond.

– Fais chier, lâche-t-il. Y a rien.

Je réalise alors qu'ils ne sont pas en train de vérifier qu'il n'y a pas d'armes : ils cherchent quelque chose.

« Donne au pigeon ce qu'il désire. » La première étape d'une arnaque. Pour instaurer la confiance. Deviner ce qu'ils veulent et le leur fournir.

Casquette Rouge sort d'un pas raide et, son comparse s'apprêtant à le suivre, j'en profite pour essayer d'apercevoir le couloir, mais en vain.

– Il doit bien y avoir une boîte à outils quelque part, marmonne Casquette Rouge au moment où la porte se referme derrière eux, et on n'entend plus que le raclement du truc dont ils se servent pour bloquer la porte.

Je me dépêche d'aller y coller l'oreille. Et puis : plus de voix, mais des sirènes.

Le shérif est arrivé. Tout va tellement vite. Il me faut du temps et je n'en ai pas. J'en suis réduite à des suppositions.

Supposition n° 1 : ces hommes ne sont pas là
que pour l'argent, mais pour quelque chose
auquel seul le directeur a accès :
les coffres individuels. Il faut des clés pour les ouvrir.

Peut-être même pour entrer dans la salle
où ils sont installés.

Supposition n° 2 : ils essaient de s'introduire dans
le bureau du directeur pour trouver ces clés.

Les sirènes se sont arrêtées, mais je distingue au loin la sonnerie des téléphones de l'accueil. Ils tentent encore de rentrer en contact avec les braqueurs. Le temps est écoulé. Bouge-toi, Nora. Trouve un foutu plan.

Je me tourne vers Casey, affalée dans le coin, épuisée d'avoir trop pleuré.

– Casey, je veux que tu me dises tout ce que tu sais sur ton père.

– Mon père ?…

– Tu as dit que ta mère t'avait déposée. Ils sont divorcés ?

– Oui, depuis trois ans.

– Tu aimes bien ton père ?

Elle me fait les gros yeux, comme si c'était une question ridicule, ce qui en dit long.

– Bien sûr que je l'aime.

– Est-ce qu'il a des problèmes d'argent ? Qui a demandé le divorce, lui ou ta mère ?

– Qu'est-ce que ça peut te faire ?

Iris me décoche un regard avant d'adresser un sourire rassurant à la petite fille.

– Ma puce, tu sais, ces types, ils sont là pour ton père. Ils n'essaient pas d'ouvrir les tiroirs-caisses ni même le coffre principal. C'est… c'est bizarre. Alors si tu sais quoi que ce soit, si tu as entendu quelque chose, n'importe quoi… On ne cherche pas à causer des ennuis à ton père. On essaie juste de comprendre ce qu'ils veulent. Plus vite ils l'auront, plus vite on pourra rentrer chez nous.

– Vous pensez qu'on va pouvoir rentrer chez nous ?

La petite s'efforce de retenir ses larmes, mais elle n'y parvient pas, et lorsqu'elle les essuie, j'ai la décence de faire semblant de n'avoir rien remarqué. Elle tente vraiment de rester calme.

Les gamines comme elle ne sont pas préparées aux braquages de banques.

Les gamines comme elle sont préparées aux fusillades dans les lycées.

Fuir. Se cacher. Se battre.

On connaît tous la marche à suivre. On y a tous déjà pensé. Forcément.

Comment vous comporteriez-vous dans cette situation ? Il n'y a pas de honte à fuir. Personne ne peut juger quelqu'un qui se cache. Ceux qui se battent ne le font que la peur au ventre.

Mais ici et maintenant, fuir est impossible. Se cacher aussi. Alors a-t-on vraiment le choix ?

« Sois une vipère, ma chérie. Toujours prête à mordre. » C'est comme ça que j'ai été élevée. Mais on ne sait jamais si on en sera capable avant que ça nous tombe dessus.

– Bien sûr qu'on va rentrer chez nous, répond Iris, et elle réussit presque à faire passer son espoir pour de la conviction. Mais pour ça, il faut qu'on travaille en équipe. Alors, il n'y a rien qui te vient à l'esprit ?

– Papa faisait partie des Joueurs anonymes, mais il a arrêté d'aller aux réunions. C'est à ce moment-là que maman a demandé le divorce.

– Est-ce que des gens sont déjà passés chez lui quand tu y étais ? Des hommes qui réclamaient de l'argent ? Il a eu des blessures récemment ? Des bleus ? Des fractures ?

Une histoire d'emprunt qui aurait mal tourné ? C'est pour ça qu'ils ne portent pas de masques ?

– Non, je ne crois pas, répond Casey.

– Est-ce qu'il s'absente le soir, parfois ?

– Je ne le vois que trois jours par semaine. Mais... avant, c'était du mardi au jeudi, et maintenant, du samedi au lundi. Je sais que c'est lui qui a voulu changer, parce que ma mère était fâchée de perdre ses week-ends avec moi. Elle a dit à ma tante qu'il avait sans doute trouvé un nouveau groupe pour jouer au poker.

Je fronce les sourcils. Un scénario se forme dans mon cerveau, et quand je pose les yeux sur Wes, je vois qu'il a suivi le même raisonnement.

– Ce n'est pas le jeudi que ton père organise ses parties de poker ? je lui demande.

Il hoche la tête.

– Quand ma mère va à Chico pour la réunion du conseil d'administration de l'opéra. Il dit qu'il ne reçoit que des amis, mais tu le connais.

– Ah ça, pour le connaître, je réplique d'un ton dégoulinant de dégoût.

Je ne peux pas m'en empêcher. Prentiss est le maire de la ville. Il ne peut pas me saquer et c'est réciproque. Au début, il me détestait parce que Wes n'était pas censé sortir avec une fille aux cheveux courts possédant plus de chemises d'homme que son fils. Ça ne se faisait pas. *Quelle horreur !* Quand on a rompu, il a cru avoir remporté la bataille que je lui avais déclarée. Mais il n'a jamais su anticiper la bonté de son fils ; on est restés amis, et il n'a rien pu faire contre ça.

– Ils jouent de grosses sommes, à ton avis ?

– Aucune idée. Ça fait des années que je n'ai pas été à la maison pendant une partie.

– Désolée, je murmure, parce que je n'aime pas remuer le couteau dans la plaie, et c'est pourtant ce que je suis en train de faire. Mais tu as déjà vu les types qui y participent, non ? (Wes acquiesce.) Il y a des mecs du genre Casquette Grise, parfois ?

– Tu plaisantes, là.

– Et un directeur de banque, ce serait possible ?

– Ouais, s'il connaît la bonne personne et qu'il peut payer les droits d'entrée. Où tu veux en venir ?

– Je ne sais pas. Les braqueurs doivent bien avoir rencontré le père de Casey quelque part. S'il joue au poker, il a peut-être été trop bavard pendant une partie.

– Il y a aussi les casinos, me rappelle-t-il.

– Il aurait trop peur qu'on le voie. Ça a déjà brisé son mariage. (Je jette un regard penaud à Casey, mais elle se contente de me fixer sans rien dire.) C'est encore un membre respecté de la communauté. Il ne veut pas ébruiter son problème. Une table de poker avec le maire… c'est plus prestigieux et socialement plus valorisant que des machines à sous.

– Alors tu crois qu'il a contracté une dette auprès de quelqu'un pendant une partie de poker chez mon père et que ce quelqu'un a envoyé des malfrats pour le braquer ?

– Non. C'est juste qu'ils ont demandé à Lee de leur livrer le directeur et que maintenant ils veulent une boîte à outils.

– Ce qui signifie qu'ils ne pensaient pas en avoir besoin, intervient Iris. Ils comptaient sur la présence du directeur pour leur donner accès à ce qu'ils veulent.

– Ce qu'ils veulent se trouve dans son bureau, je poursuis. Les clés du sous-sol, peut-être ? Mais son bureau est fermé à clé, vu qu'il a dû aller chercher l'autre employée. Olivia, celle qui est ici, ne doit pas avoir la clé. Ils vont donc être obligés de forcer la porte…

– Je ne vois pas en quoi ça nous avance, dit Casey.

– Si on sait ce qu'ils veulent, on peut le leur donner, explique Wes. Instaurer la confiance. Ça pourrait nous faire gagner du temps.

Il répète presque mot pour mot des choses que je lui ai dites, mais d'une voix aussi morte que ses yeux. À croire qu'il ne me pardonnera jamais. J'espère vivre assez vieille pour réparer ça, mais alors que je contemple le plafond, cherchant une solution, je commence à me demander si c'est vraiment possible.

La bouche d'aération accroche mon regard. Elle est large, comme souvent dans ces vieux bâtiments en brique.

Assez pour que quelqu'un puisse s'y faufiler.

Le bureau du directeur se trouve à trois portes de la nôtre, de l'autre côté du couloir. J'ai vu la plaque tout à l'heure. Il faudrait que je sois silencieuse. Et rapide.

Un bruit fracassant retentit, et soudain les sonneries de téléphone s'interrompent. Puis Casquette Rouge traite ma sœur d'un nom que je ne répéterai pas ici.

Je serre les poings et me retiens de grimacer quand mes ongles s'enfoncent dans ma peau. Je les garde toujours un peu longs, car parfois on n'a pas d'autre arme que soi-même.

Je regarde de nouveau la bouche d'aération.

C'est une mauvaise idée.

Le début dramatique d'un plan franchement catastrophique.

Mais je n'en ai pas d'autre.

Iris s'assied par terre à côté de Casey et se met à lui poser des questions sur son collège pour tenter de la distraire des bruits sourds qui viennent du couloir. Ça ne fonctionne pas, mais au moins elle essaie.

Je vais me placer pile sous la bouche d'aération pour l'examiner de plus près.

– Qu'est-ce que tu fais ? demande doucement Wes en me suivant.

– Tu peux m'aider à monter ?

– On ne peut pas sortir par là.

– Je ne veux pas sortir. Je veux entrer.

Il écarquille les yeux.

– Dans le bureau du directeur ?

– C'est là qu'ils veulent aller, non ? Casquette Rouge cherche des outils parce que s'ils tirent sur la porte, la police va donner l'assaut. Si je l'ouvre de l'intérieur…

Il recule d'un pas et croise les bras – signe d'entêtement universel – avant de pincer les lèvres de cette manière si familière – son signe d'entêtement à lui.

– C'est trop dangereux. Tu ne peux pas faire ça.

– Wes, réfléchis une seconde, dis-je à voix basse. Il ne te rappelle personne ?

Je n'ai pas besoin de préciser que c'est de Casquette Grise que je parle, pas de l'autre, empoté et impulsif.

Casquette Grise n'est pas empoté. Il est cruel. Et on s'y connaît en cruauté, Wes et moi. Beaucoup trop bien, et je déteste ça. J'aurais préféré que lui au moins n'y connaisse rien.

Une cicatrice incurvée marque l'arrière de ma hanche, une sorte de fer à cheval tordu. Elle ne ressemble pas au nœud de l'épaule de Wes, et pourtant, la première fois qu'il l'a vue, bien avant qu'on commence à sortir ensemble, il a posé la main dessus et m'a demandé : « Qui t'a donné un coup de pied ? » J'ai tout de suite compris d'où venait cette urgence dans sa voix, le fait qu'il reconnaisse la forme qu'un talon de chaussure laisse aussi facilement sur la peau. Et pour toute réponse, dans le frisson de clairvoyance qui est passé entre nous, je n'ai pu que poser ma main sur l'étrange marque froncée qui zébrait son épaule, carrée comme une boucle de ceinture, et j'ai demandé : « Qui t'a frappé ? »

Voilà ce que nous partageons. Des cicatrices, un certain savoir et une sécurité brisée qui n'a jamais vraiment existé, car nous sommes tous les deux les fruits de mauvaises graines.

La différence, c'est que dans son cas, la pomme est tombée loin de l'arbre, alors que moi je suis pourrie jusqu'au trognon, même si je suis douée pour le cacher.

– Ils veulent juste ce qu'ils sont venus chercher, rétorque Wes, comme s'il essayait de se convaincre lui-même. S'ils l'obtiennent…

– Ils ne portent pas de masques.

Et cette fois, je ne refoule pas la vérité comme tout à l'heure avec Iris. Il inspire, mais l'air ne parvient pas jusqu'au fond de ses poumons, parce qu'il sait ce que je m'apprête à dire.

Je le dis quand même, aussi doucement que possible. Pour que ça devienne réel. Leur job a foiré. Ils ont déjà tiré sur une personne. Il faut qu'on agisse.

– Ils vont tuer certains d'entre nous. (Wes ne cille pas face à cette affirmation, pas plus que je ne me dérobe.) C'est leur seule tactique de négociation solide. Tu as bien vu, dans l'entrée, tout à l'heure ?

– Il a failli descendre l'employée.

– Celui avec la casquette rouge est stupide, mais l'autre…

– Il aime ça.

Le soulagement s'ouvre comme une trappe en moi. Il comprend. Il n'a peut-être pas connu toute une flopée de sales types comme moi, mais il a dû vivre dix-sept ans avec le même, et de l'endurance nécessaire pour survivre découlent aussi certaines compétences.

Il n'y aura pas de héros, aujourd'hui. Rien que des survivants. Et si on veut s'en sortir, il faut que Wes et Iris soient de mon côté.

– On doit se rendre utiles, je poursuis. On ne tue pas les plus utiles en premier. On les écoute.

– Les plus utiles attirent l'attention.

– Exactement.

– Putain, Nora.

Wes s'écarte de moi comme d'une moisissure toxique dont les spores risqueraient de l'atteindre, de se jeter sur lui. J'ai l'impression de revivre le jour où il a tout découvert, et il doit les voir sur mon visage et dans la lueur de mes yeux : les filles que je passe ma vie à cacher. Mais aujourd'hui, j'ai besoin d'elles, d'elles toutes, avec leurs combines tordues et leurs cicatrices en forme de talon et leur cœur de Frankenstein.

– Fais-moi confiance.

– Tu me demandes de faire confiance à une version de toi que je ne connais pas.

Qu'est-ce que je peux détester cette façon qu'il a d'aller droit à la vérité, parfois ! Mais moi aussi, j'en suis capable.

– Si, tu la connais. Elle ne te plaît pas, c'est tout. Tu peux me faire confiance ou pas, mais tu sais qui je suis, Wes. Tu es le seul à le savoir. Parce que j'ai mis le moindre de mes secrets sur la table en te laissant les examiner à la loupe.

– Uniquement parce que j'avais déjà tout deviné !

– On ne va pas repartir là-dessus ! je siffle. Tu m'aides à passer par cette bouche d'aération, oui ou non ?

– Bien sûr que oui ! répond-il sur le même ton.

– Alors pourquoi tu me fais chier comme ça ?

– Parce que j'ai la haine contre toi, putain ! Parce que tu m'as encore menti !

– Eh ben… faut croire que t'as pas de bol !

Et dans le temps qu'il me faut pour reprendre mon souffle et trouver cette repartie minable, ma colère retombe, et la sienne aussi.

– Putain, Nora, répète-t-il, et ses yeux me supplient de comprendre. Ils vont nous tuer.

– Peut-être pas, si on arrive à garder une longueur d'avance.

– Tu ne peux pas avoir une longueur d'avance sur un type avec un flingue, Nora.

Je ne dis rien.

Parce que je l'ai déjà fait, une fois.

C'était différent à l'époque.

J'étais différente.

Mais je l'ai fait.

Et aujourd'hui, je dois recommencer.

13

La Construction des Franken-Friends (ou la Destruction de WesNora)

Je vais tout de suite mettre une chose au clair : Wes et moi n'avons pas rompu parce que j'ai eu une grande révélation sur mon homosexualité. En partie parce que je ne suis pas gay.

On n'a pas non plus rompu parce que j'ai eu une grande révélation sur ma bisexualité. Même si je suis bi. Mais ça, on le savait tous les deux avant de sortir ensemble.

On s'est séparés parce que j'avais menti. Pas sur ma sexualité ni sur mes sentiments mais sur pratiquement tout le reste, jusqu'à mon nom. Et il l'a découvert tout seul – ce n'est même pas moi qui ai craqué et qui ai tout déballé ; ce qu'il aurait préféré… mais pas moi. En tout cas, après ça, il n'y a plus eu de retour en arrière possible. En une seule journée, notre relation et notre joli petit monde ont été éventrés d'un grand coup de canif. Et les derniers lambeaux de notre amitié ont bien failli y passer aussi.

Quand Lee a facilité ma fuite, il y a cinq ans, son implication dans notre coup monté et ses sacrifices m'ont permis de rester légalement clean alors que j'avais presque tout foutu en l'air. Ça a eu des conséquences. J'avais dû jouer mes propres cartes en plus de la partie compliquée qu'elle avait engagée dans le dos de notre mère.

J'ai perdu des choses et j'en ai trouvé d'autres, que j'ai fini par perdre aussi.

Ma sœur avait enterré son passé bien des années auparavant. Elle s'était choisi une nouvelle identité pour échapper à notre mère. Elle s'était installée dans une petite ville où personne n'aurait l'idée de venir la chercher, et personne à Clear Creek n'avait bronché quand elle s'était présentée comme Lee O'Malley. Elle teignait soigneusement ses cheveux blonds en brun pour qu'aucune racine n'apparaisse jamais, et elle avait ouvert son bureau dans le centre. Elle avait « sympathisé » avec les adjoints du shérif et elle ne dormait jamais sans un couteau à portée de main, parce qu'on peut effacer certains traits à coups de coloration permanente et se choisir un nouveau nom, mais on ne peut pas échapper à sa vraie nature ni aux leçons apprises dans la noirceur de la nuit.

Avant de me ramener chez elle, Lee a coupé ma crinière blonde à laquelle maman tenait tant. Tout en colorant mes cheveux et mes sourcils en châtain au-dessus du lavabo du motel, elle m'a parlé de la maison qu'elle possédait à la sortie de la ville, de ma nouvelle chambre et de mon nouveau collège et de mon nouveau profil. Quand on a quitté la chambre pour rejoindre cet endroit qui serait désormais mon chez-moi, j'avais tout assimilé et je m'étais débarrassée de la fille que j'avais été, aussi facilement que de mes cheveux. Nora O'Malley était née… et elle était censée rester.

Alors je me suis dit que les filles d'avant n'avaient pas d'importance.

J'ai appris à mes dépens que je me trompais.

— 14 —

9 h 59 (47 minutes de captivité)

1 briquet, 3 mignonnettes de vodka, 1 paire de ciseaux
Plan : presque

– Hé, vous deux !

Iris claque des doigts derrière nous et on se retourne en même temps. Elle nous fixe d'un regard intense, les mains sur les hanches, et sa jupe se balance au rythme du tapement agacé de son pied.

– Pourquoi vous vous disputez ?

– On ne se dispute pas, répond Wes du tac au tac.

– Tu es furieux contre nous, réplique-t-elle. Tu veux vraiment qu'on s'explique maintenant ?

– Je préférerais éviter, lâche-t-il entre ses dents serrées.

– C'est quoi, ton problème ? persiste-t-elle en s'avançant d'un pas pour que Casey ne puisse pas l'entendre. Tu m'as dit que tu n'étais plus amoureux de Nora. Sinon je n'aurais jamais tenté quoi que ce soit… Tu allais inviter Amanda ! Je t'avais même prévu une tenue pour votre premier date. Alors soit tu as changé d'avis, soit tu es devenu dingue et intolérant, et je te jure que si c'est ça…

Il blêmit.

– *Non*, putain ! Ce n'est pas… Je ne suis plus amoureux de Nora. (Il me regarde.) Je ne suis plus *du tout* amoureux de toi.

Ce n'est pas méchant, ni pour dissimuler une blessure sous-jacente. C'est juste… une affirmation. Un fait. Quelque chose que nous savons tous les deux. J'éprouve quand même une vague tristesse, un peu émoussée, comme quand on appuie trop fort sur une cicatrice et que la chair se rappelle la plaie à vif, mais rien qu'une seconde et puis c'est fini.

– Et si on sort de là vivants, poursuit-il à l'intention d'Iris, je peux t'assurer que je compte toujours inviter Amanda. Je ne suis pas en colère à cause de ça.

– Si c'est juste parce que je ne t'ai rien dit, figure-toi que je ne suis pas censée te faire un rapport en temps réel sur ma vie amoureuse. Tu sais très bien que je n'ai pas encore fait mon coming out et que ma mère n'est pas au courant. J'ai mes raisons pour rester discrète.

– Je ne suis pas en colère contre toi. C'est vrai, tout ça, ça te regarde. Excuse-moi, tu ne mérites pas ça. (Il inspire profondément.) Par contre, j'ai le droit de lui en vouloir à elle. Pas seulement parce qu'elle m'a menti quand je lui ai dit que je pensais qu'elle te plaisait, explique-t-il en me foudroyant du regard – et je rougis, car j'ai vraiment été nulle ce jour-là –, mais aussi parce qu'elle te met dans la position dans laquelle j'ai été.

Sa voix se brise alors que ses yeux sont en train de forer un trou dans ma tête. Iris fronce les sourcils.

– Qu'est-ce que tu racontes ?

– Elle est au courant de quoi ? me demande Wes. Tu avais dit que tu ne ferais plus jamais…

– J'ai dit que la prochaine fois, je trouverais le courage, je le coupe alors que ma mauvaise humeur s'embrase dans ma poitrine, nourrie par le stress et la culpabilité. Excuse-moi si je n'ai pas compris que j'étais censée lui déballer tous mes secrets au bout de trois mois de relation. Et d'ailleurs, je ne te dois rien, Wes.

Ses yeux s'enflamment. Il est profondément blessé.

– Tu n'avais pas à me mentir ! Tu me devais ça.

– Je…

Je referme brusquement la bouche, incapable de me défendre. C'est effectivement ce que j'ai fait. Le mois dernier, il m'a dit : « Je crois qu'elle a un crush pour toi », et il m'a donné un petit coup de coude, presque taquin. Wes jouant les entremetteurs alors que tout était déjà plié, ça faisait un peu scène de comédie romantique. À ce moment-là, on sortait ensemble depuis un moment, Iris et moi. J'ai eu bien du mal à ne pas virer au rouge vif quand j'ai secoué la tête en lui répondant : « Tu sais, ce n'est pas parce qu'on aime toutes les deux les filles qu'on va forcément se plaire », d'une voix tellement blasée qu'au final, c'est lui qui a rougi et qui s'est excusé.

Après ça, je me suis sentie minable pendant des semaines.

– Et tu dois la même chose à Iris, conclut-il.

Évidemment qu'il va prendre son parti plutôt que le mien. Il s'est déjà trouvé à sa place : en équilibre instable, à deux doigts de découvrir la vérité.

– Bon, si l'un de vous deux n'arrête pas tout de suite d'être aussi dramatique, je vais flipper encore plus, sachant qu'on est otages dans un braquage de banque et que j'ai mes règles, annonce Iris en tapant du pied de plus belle. Autant dire que mon anxiété et mon envie de chocolat et de vengeance atteignent des niveaux assez élevés, là.

Wes et moi reportons aussitôt toute notre attention sur elle.

– Tu as besoin de t'asseoir ? demande-t-il juste au moment où je dis :

– Tu as tes médicaments ? Je peux les convaincre de te rendre ton sac si tu as besoin de les prendre.

– Non, sinon je n'aurai plus les idées claires. Ça va. Mon utérus a des crampes assez puissantes pour écraser une canette de Coca et ma coupe menstruelle ne va pas tarder à déborder, mais je peux gérer. À condition que vous vous exprimiez comme des personnes normales et pas par des sous-entendus que vous seuls comprenez !

Elle inspire profondément, et soudain je remarque sa pâleur. Elle devrait vraiment s'asseoir. Elle s'est déjà donnée à fond hier pour la collecte du refuge, et voilà qu'on se retrouve coincés là alors qu'elle devrait se reposer.

J'aurais dû lui dire de rester chez elle, ce matin, que je m'en occupais. Mais elle m'a fait promettre de ne jamais prendre des pincettes avec elle à cause de son endométriose et de ses douleurs qui nous obligent parfois à changer nos plans, donc j'essaie de ne pas trop en faire quand elle m'assure qu'elle va bien. Je veille juste à emporter un sac à vomi, des biscuits et ce soda au gingembre extra fort et extra dégueulasse qu'elle aime tant. D'ailleurs, je ne voulais pas que l'un de nous soit privé du plaisir de déposer l'argent collecté au festival. Ce sont elle et Wes qui ont eu l'idée de proposer des photos avec les animaux du refuge les plus câlins. Ce sont eux qui se sont portés volontaires. Moi, j'ai juste suivi le mouvement parce que j'ai toujours envie d'être avec eux. On s'est bien amusés. On était fiers de tout l'argent qu'on avait gagné.

Cette fierté est désormais un lointain souvenir. Remplacé par la panique, l'inquiétude, et une bonne dose de peur.

– C'est à cause de ta mère ? me demande Iris avant de se tourner vers Wes. Je suis au courant, pour sa mère.

Wes me regarde en haussant les sourcils.

J'ai effectivement parlé de ma mère à Iris. En quelque sorte. Je lui ai avoué qu'elle était en prison, et que ma sœur avait menti à ce sujet quand j'avais emménagé chez elle pour que je ne sois pas pointée du doigt, pour que je ne sois pas la nouvelle qui a une mère criminelle. En revanche, je n'ai pas précisé qui l'a envoyée en taule. Ni comment. Ni pourquoi.

Elle ignore qui est ma mère. Elle n'est pas au courant de l'existence des autres filles. Pour elle, je suis Nora. Juste Nora. Or je n'ai jamais été *juste Nora* ni *juste* qui que ce soit. J'ai toujours été plus que ça. Quelqu'un qui manigance et qui garde une longueur d'avance sur tout le monde, parce que je ne sais pas faire autrement. Tout ce que je sais faire, c'est chercher des issues de secours, puis un moyen pour que ma cible m'y conduise.

Iris nous regarde tour à tour, et je vois le moment où ça fait *clic* dans son cerveau brillant et amateur d'énigmes.

– Je ne suis pas au courant pour ta mère ? me demande-t-elle, et le doute dans sa voix me tue.

– Tu ne sais pas tout, je concède doucement.

– Donc elle ne sait rien, lance sèchement Wes. Putain, Nora, je n'en reviens pas que…

– Tu n'as jamais essayé de me donner des ordres quand on était ensemble, et je peux t'assurer que tu ne vas pas commencer maintenant. Si tu comptes ignorer les risques que je prends…

– Quels risques ? me coupe Iris.

J'expire longuement et je jette un coup d'œil à Casey, qui s'évertue à faire semblant de ne pas nous entendre. Ce n'est pas le moment de se lancer dans cette discussion. On doit agir vite, ou on va tous mourir dans cette banque.

– Ma mère est en prison, comme je te l'ai dit.

Je n'arrive même pas à regarder Iris. Pas parce que j'ai honte, parce que je suis furieuse. Je ne voulais pas lui avouer ça comme ça.

– Ce que je n'ai pas précisé, je reprends, c'est que c'est à cause de moi. Parce que j'y ai envoyé mon beau-père, et que c'est l'amour de sa vie et qu'elle ferait tout pour lui, y compris le faire passer avant moi. C'est ce qu'elle a fait et c'est pour ça qu'elle est en taule, elle a refusé une négociation de peine qui l'aurait complètement baisé, lui. Maintenant, si on a fini d'étaler tous mes problèmes perso, est-ce que quelqu'un peut me hisser dans cette bouche d'aération pour qu'on puisse au moins espérer sortir d'ici vivants ?

– La bouche d'aération ? répète Iris, étourdie.

– Elle veut passer par là pour aller ouvrir le bureau du directeur, explique Wes.

Quels que soient les sentiments que ma révélation a suscités en elle, ils semblent instantanément éclipsés par cette information.

– Quoi ? Ça va pas ? On n'est pas dans un James Bond !

– Iris, réfléchis, dis-je. Tout ce qui intéresse les braqueurs, c'est le sous-sol et le bureau. On peut donc imaginer qu'ils veulent y récupérer un truc *avant* de descendre. Étant donné que les coffres-forts sont au sous-sol, que crois-tu que ça puisse être ?

Elle cligne des yeux et aspire par la bouche, encore un peu sous le choc de ma révélation. Je suis tellement dégoûtée d'avoir largué ça aussi brusquement sur elle. Mais le mal est fait. Et encore, on n'a fait qu'effleurer la surface.

Rebecca. Samantha. Haley. Katie. Ashley. Toutes ces filles ont une histoire. Et toutes ces histoires ont eu des conséquences.

– Ils ont besoin des clés des coffres, qui doivent être dans le bureau, résume-t-elle.

– Et s'ils mettent la main dessus, tu penses que celui qui commande va accepter que Casquette Rouge aille récupérer tout seul ce qu'ils sont venus chercher ?

Un sourire se dessine lentement sur son visage.

– Ils ne se font pas confiance.

– J'ouvre le bureau, ils prennent ce qu'ils veulent dedans, et ils descendent *tous les deux* en nous laissant sans surveillance. Ça nous donne au moins une chance de filer.

– On peut ouvrir cette grille en faisant levier, mais il faudra que tu fasses tomber celle du bureau, dit-elle en examinant la bouche d'aération. Ils risquent de t'entendre. Donne-moi les ciseaux.

Je les lui tends et elle retrousse sa robe, révélant ses couches de jupon. Elle en découpe une longue bande.

– Attache ça autour de la grille avant de la pousser. Comme ça, si elle lâche d'un coup, elle restera suspendue.

Je l'enroule comme un bracelet autour de mon poignet.

– Iris…

Elle secoue la tête.

– Ce n'est pas génial, comme plan, mais tu as raison : il faut qu'on se donne une chance.

Je voudrais ajouter quelque chose, mais la moindre explication prendrait une éternité et on n'a pas le temps.

– Retournez-vous, dis-je.

– Pourquoi ? demande Wes, perplexe.

– Parce que ça va être plein de poussière, là-haut, et si je ne mets pas mes vêtements à l'envers, ils vont tout de suite savoir qui a ouvert le bureau. Or on veut qu'ils doutent.

Ils s'exécutent, tout comme Casey dans son coin, et il ne me faut qu'une minute pour retirer mes boots, retourner mon pantalon et mon tee-shirt, et les remettre. Je laisse ma chemise à Iris.

– OK. C'est bon.

– C'est quoi, ton plan, exactement ? demande Wes.

– J'imagine qu'il me faudra au moins cinq minutes pour ramper jusque là-bas. Surveillez l'heure. Si je ne suis pas revenue dans quinze minutes, c'est forcément que ça aura merdé. Ne faites rien qui pourrait les attirer ici avant mon retour. S'ils se rendent compte que je me suis fait la malle, ils tireront dans le plafond.

– Sois prudente, dit Wes.

Je me tourne vers Iris, qui m'adresse un sourire tremblant. J'ai envie de l'embrasser, car tout pourrait bien s'arrêter là. Mais si je le faisais, ça confirmerait qu'il s'agit d'un possible adieu.

– Je reviens, je lui promets. Et je t'expliquerai, d'accord ? Je t'expliquerai tout.

Elle hoche sèchement la tête et je prends les ciseaux dans une main. Wes se penche pour me faire la courte échelle et je grimpe sur ses mains nouées. Il me soulève, j'ouvre la grille à l'aide de la partie plate de la lame des ciseaux, puis je les pose à l'intérieur du conduit avant de tendre la grille à Iris. Wes me pousse encore. Je m'agrippe au rebord de la bouche d'aération et je me hisse à l'intérieur.

— 15 —

Abigail Deveraux, *alias* la Reine de l'Arnaque (*alias* ma mère)

Je ne sais même pas par où commencer, avec elle. Ma mère. Justine. Gretchen. Maya. Qui sait combien d'identités elle a eues.

Mais son vrai prénom, c'est Abby.

Je pourrais écrire des romans sur ce qu'elle a fait. Les leçons que j'en ai tirées. Toute la merde qu'elle m'a fait subir. L'amour que j'avais pour elle. Ma prise de conscience si terrible qu'elle occulte complètement cet amour.

Je me retrouverais à court d'encre avant même d'arriver à la moitié.

Le truc, c'est que je la connaissais bien. Et quand on mène une vie comme la sienne, très peu de gens peuvent dire ça de vous.

Je la connaissais bien, et ce n'était pas une bonne chose.

Elle voulait des filles qui deviendraient exactement comme elle. À la place, elle a eu Lee et moi. Des filles modelées par ses actions plutôt que par ses belles paroles, qui ont grandi à califourchon sur une ligne étrange entre le bien et le mal. Dans son travail, Lee flotte entre le monde du crime et celui de la loi. Et moi ?

Moi, je ne suis à ma place nulle part. Lee m'a sortie de là avant que ma mère puisse complètement refermer ses griffes sur moi, mais elle s'était déjà trop infiltrée dans ma tête pour que j'aie une chance de mener une vie normale. J'ai incarné trop de filles différentes pour vraiment savoir qui je suis, et je ne sais pas quoi faire d'elles. Elles me constituent toutes. Elles me sont toutes utiles. Elles ont toutes un petit côté destructeur… et ça a toujours été mon problème.

J'ai vécu bien trop longtemps sur un sol incliné. Je ne sais pas quoi faire de moi quand les choses sont stables.

Nous avons ça en commun, ma mère et moi.

Nous avons trop de choses en commun.

— 16 —

10 h 15 (63 minutes de captivité)

~~1 briquet, 3 mignonnettes de vodka,~~ 1 paire de ciseaux,
1 bande de jupon
Plan : en cours

Le conduit d'aération est dégoûtant, poussiéreux, et ça sent mauvais. Pendant tout le temps où j'avance sur le ventre, centimètre par centimètre, je respire par la bouche en m'efforçant désespérément de ne pas faire de bruit et de ne pas éternuer.

Je serpente à travers les toiles d'araignées et l'odeur de renfermé, regardant entre les lamelles de chaque grille sur mon passage, et je compte. Un, deux, trois.

Je scrute la pièce obscure en contrebas. Soudain, j'entends un gros *bang,* même à travers le plafond : ils essaient d'enfoncer la porte. Ils n'ont pas encore compris que ça ne sert à rien ? À leur place, je serais déjà à la recherche d'un pied de biche. Ou d'infos sur Google sur la façon de crocheter une foutue serrure. Il y a des vidéos en ligne et tout ce qu'il faut.

Je déroule la bande de jupon de mon poignet et la noue à la grille. Des murmures indéchiffrables, puis les coups s'interrompent. Je ne saurais dire s'il y a des bruits de pas. Je ferme les yeux et je compte jusqu'à vingt, puis je plante mes coudes au centre de la grille.

Elle cède facilement, reste suspendue à la bande de tissu que je tiens dans une main, et je la fais descendre doucement jusqu'au sol. Puis je me laisse tomber, grimaçant lorsque mes pieds nus heurtent le sol.

Je plonge derrière le bureau et j'attends. Des mots étouffés me parviennent de derrière la porte.

– Ça marche pas ! Il y a à peine une bosse !

– C'est toi qui as dégainé avant même d'être sûr que Frayn était là, rétorque la voix rauque de Casquette Grise. C'est toi qui nous as foutus dans ce merdier. Je n'aurais jamais dû t'emmener.

– Va te faire foutre.

Encore des coups, frustrés, cette fois, plutôt que déterminés. Pourtant, chaque choc déclenche un pic de frayeur en moi. Je me presse tellement fort contre le bureau que je vais finir avec une poignée de tiroir imprimée pour toujours sur ma cage thoracique.

– Fais une pause, ordonne Casquette Grise, et puis c'est le silence, un silence miraculeux.

La pièce est plongée dans l'obscurité, la seule lumière provient des minuscules fenêtres en hauteur, inaccessibles, qui ne font pas plus de quinze centimètres de large. Je risque un coup d'œil par-dessus le bureau, essayant de m'habituer à la faible luminosité. Je distingue le contour d'un téléphone, et mon cœur se met à tambouriner.

Les coups ne reprennent pas. J'ignore s'ils sont tous les deux partis, ou si l'un des deux est toujours derrière la porte, attendant que l'autre se calme et revienne.

Je regarde de nouveau le téléphone. *Risque. Récompense. Risque. Récompense.*

Je le prends et je compose le numéro du portable de Lee. Elle décroche à la deuxième sonnerie.

– Allô ?

– C'est moi, je chuchote, aussi doucement que possible.

– Nora ? demande-t-elle d'une voix étranglée. Tu vas bien ? Tu es dans quelle partie de la banque ? Wes est avec toi ? Son pick-up est là.

– Je suis à l'arrière, dans les bureaux. Wes et Iris sont avec moi. Il y a deux braqueurs. J'ai vu deux armes – un fusil et un semi-automatique. Je ne sais pas s'ils en ont d'autres. Ils veulent accéder aux coffres. J'essaie de faire en sorte qu'ils descendent ensemble au sous-sol pour qu'on puisse se barrer.

– Nora, ils ont barricadé l'entrée principale avec des meubles. Ne sors pas par-devant. Tu pourrais ne pas avoir le temps de tout enlever avant qu'ils reviennent. On est dans une impasse. On n'a aucun moyen d'entrer sans le groupe d'intervention et leurs explosifs. Cet immeuble est une putain de forteresse.

– Comment on fait, alors ?

– Il y a une issue au sous-sol. Mais on ne peut pas y accéder par l'extérieur.

Bien sûr. Je ferme les yeux. Merde. Je peux foutre mon plan à la poubelle.

– Nora ?

– Je t'aime.

J'ai besoin de le lui dire. Je ne le dis pas souvent. J'aurais dû le dire plus.

– *Nora.*

J'ignore l'avertissement.

– Je vais trouver une solution, je reprends, car je dois lui faire cette promesse. Il faut juste… il faut juste que tu sortes ton mégaphone. Je dois être sûre qu'ils ne sont plus dans le couloir.

– Quel couloir ?

– Lee.

– D'accord. Le mégaphone. Compris.

– Je dois y aller.

Je raccroche avant de sangloter. Je reste accroupie un moment dans le noir pendant que la peur me tabasse comme des milliers de poings. Et j'attends.

À cette distance du parking, ses mots me parviennent un peu étouffés, mais Lee a toujours su projeter sa voix, même sans mégaphone.

– J'ai des informations sur votre ami M. Frayn, mais vous ne répondez pas à mes appels.

Sur ce, les téléphones se remettent à sonner.

Je tends l'oreille, à l'affût de bruits de pas qui s'éloignent. Il me semble en percevoir. Par pitié, faites que je ne sois pas en train de me faire un film !

De toute manière, je n'ai pas le choix, je dois passer à l'action. Je commence à fouiller à toute vitesse dans le bureau de Theodore Frayn. Je n'ai pas le temps de procéder avec minutie. Où sont-elles ? Des clés, en or, en cuivre, en argent, longues, fines, courtes, peu importe, tant que je les trouve. Je me suis lancée là-dedans en pensant les leur donner en cadeau, mais maintenant, la dernière chose que je veux, c'est qu'ils mettent la main dessus. S'ils atteignent le sous-sol, on ne sortira pas d'ici vivants. Casquette Grise est tout à fait du genre à se servir d'un otage comme bouclier humain.

Il n'y a aucune clé dans le meuble. Rien non plus dans les classeurs à tiroirs. Je n'ai plus beaucoup de temps. Les téléphones sonnent toujours. Casquette Grise n'a toujours pas répondu. *Décroche, abruti.*

Et soudain, les sonneries s'interrompent, et un sentiment de soulagement se blottit dans mon ventre. Casquette Grise a engagé la conversation avec Lee. Il n'est pas juste derrière la porte.

Je referme le tiroir d'un classeur, et c'est alors que j'entends un cliquetis métallique. Je le rouvre, et je les vois en mettant la tête à l'envers : deux clés sur un anneau, fixées avec du scotch. L'une d'elles pendouille. Ce sont des modèles à l'ancienne, avec le numéro du coffre estampé dessus. Comme celle dont Lee se sert pour ouvrir son propre coffre, ici.

Je les détache et je les fourre dans mon soutien-gorge. Je me suis trop attardée. Je n'ai plus le temps de chercher la clé de la salle des coffres. Au moins, j'ai une partie de ce qu'ils veulent. Le moment est venu de mettre mon piège en place.

D'abord, je dispose le fauteuil sous la bouche d'aération. Ma fuite ainsi assurée, je prends un stylo sur le bureau et le bloc de post-it. Je griffonne deux mots sur celui du dessus et le colle à l'agrafeuse. Puis je traverse la pièce sur la pointe des pieds, je déverrouille la porte et je l'entrouvre, glissant l'agrafeuse dans la fente pour l'empêcher de se refermer.

Le tout, c'est de donner un coup de pied dans le fauteuil juste au moment où je me hisse dans la bouche d'aération. Comme ça, il se remet à sa place derrière le bureau et tout paraît normal. À l'exception de la porte ouverte et de mon petit mot.

De quoi leur retourner le cerveau en beauté.

L'étape une de mon nouveau plan.

Si tu ne peux pas les battre, prends-les à leur propre jeu.

Ou, dans ce cas précis, entube-les.

— 17 —

Transcription téléphonique : Lee Ann O'Malley dialogue avec le preneur d'otages n° 1 (PO1)

8 août, 10 h 20

PO1 : Vous avez Frayn ? Il est dehors avec vous ?

O'Malley : Vous savez, ce serait plus simple si je savais sous quel nom m'adresser à vous.

PO1 : Quinze secondes, madame l'adjointe.

O'Malley : Je ne suis pas une adjointe. Autant que vous le sachiez, je suis une civile, comme vous. À moins... à moins que vous ne l'ayez pas toujours été.

PO1 : Les mots qui sortent de votre bouche n'ont aucun rapport avec Frayn.

O'Malley : Il se trouve que j'ai effectivement une adjointe à mes côtés en ce moment même. Je suis sûre que vous avez entendu les sirènes. Et elle m'informe que M. Frayn a eu un accident de voiture ce matin. Il est à l'hôpital.

PO1 : Vous mentez. Vous essayez de gagner du temps.

O'Malley : Absolument pas.

PO1 : Voilà qui est regrettable pour toutes les personnes présentes dans cette banque.

O'Malley : Pas nécessairement. Quoi que vous vouliez de la part de M. Frayn, je suis sûre que je peux vous l'obtenir.

PO1 : Cette discussion est terminée.

O'Malley : Et si nous parlions de...

[Communication interrompue.]

— 18 —

10 h 30 (78 minutes de captivité)

1 briquet, 3 mignonnettes de vodka, 1 paire de ciseaux, 2 clés de coffre-fort

~~Plan n° 1 : à la poubelle~~

Plan n° 2 : processus en cours

– Dépêche, dépêche, chuchote Iris alors que je me laisse tomber dans le bureau. L'un des deux n'arrête pas de gueuler. Il est furieux.

J'atterris en roulant sur le côté pour dégager le passage. Wes pousse aussitôt un fauteuil sous la bouche d'aération.

– Bon, changement de programme, dis-je en me relevant tandis qu'il grimpe sur le fauteuil.

Pas le temps de jouer les pudiques. Casey s'est retournée poliment, mais Wes et Iris sont occupés et, en toute franchise, ils m'ont déjà vue en soutien-gorge. J'arrache donc mon tee-shirt, je le secoue pour enlever autant de poussière que possible et je le remets à l'endroit.

– Comment ça s'est passé ? me demande Iris en tendant à Wes la grille d'aération.

– J'ai appelé Lee. Les braqueurs ont barricadé les portes. (Je retire mon pantalon, lui fais subir le même traitement, puis je récupère ma chemise et j'attrape mes boots.) On ne peut pas sortir par-devant. La seule issue est au sous-sol.

– Le shérif…

– Il ne peut rien faire avant l'arrivée du groupe d'intervention.

– Ça va prendre des heures ! siffle Wes, qui finit de remettre la grille en place avant de sauter du fauteuil.

Je lui donne les ciseaux.

– J'ai de la poussière dans les cheveux ?

Je me penche vers Iris et elle passe ses doigts dedans pour les débarrasser de la moindre peluche.

– Qu'est-ce qu'on fait, alors ? m'interroge-t-elle.

– Il faut qu'on les monte l'un contre l'autre.

– Comment ? demande Wes.

Avant que je puisse répondre, j'entends beugler : « C'est quoi, ce bordel ? » Et puis : « Fouille toutes les pièces ! Maintenant ! »

Ils ont vu la porte ouverte.

– Dans le coin ! lance Wes.

Il glisse les ciseaux dans son jean et soulève presque Casey dans sa hâte de la cacher derrière lui. On se serre les uns contre les autres tandis que les braqueurs retirent leur barricade de fortune dans un crissement assourdissant. S'ensuit une pause, un silence qui s'étire, insupportable, puis Casquette Grise entre d'un pas raide.

Il a des plaques rouges dans le cou, le regard brûlant. Une veine pulse sur son front, je la vois palpiter à l'ombre de sa casquette. Wes gonfle la poitrine en inspirant, comme s'il voulait prendre toute la place pour mieux nous protéger, et je sens l'épaule de Casey trembler contre mon bras.

Casquette Grise écrase le post-it sur le mur devant nous, mon « De rien » avec une petite étoile en guise de point sur le i pour la note artistique.

– Qui a fait ça ?

Personne ne regarde personne. Wes et Iris ne savent pas quoi faire. Casey est terrorisée.

Je lève le menton, puis la main.

Et je souris.

— 19 —

Samantha : discrète, délicate, diligente

Avec Samantha, ma mère entreprend sa première arnaque au long cours depuis ma naissance. Je suis assez grande désormais, m'explique-t-elle. J'ai assez appris.

Je suis fière qu'elle me fasse confiance. Je n'ai pas conscience de ce que cela implique, de la différence entre incarner quelqu'un pendant des semaines ou des mois et l'incarner pendant des années.

Samantha a huit ans et deux tresses hautes, car les mères de la banlieue riche dans laquelle nous avons emménagé ont le temps de faire des tresses hautes à leurs filles tous les matins. Elle a une dînette dans sa salle de jeux et une montagne d'animaux en peluche. Parfois, je rapporte un ours en peluche en douce dans ma chambre et je dors avec, comme s'il s'agissait d'un secret honteux. Sans comprendre pourquoi, je prends déjà mes distances avec l'idée de réconfort, je fixe des limites entre les filles et moi. Pourquoi l'ours en peluche de Samantha m'apaiserait alors que chaque soir je me libère d'elle une fois la lumière éteinte et qu'il ne reste plus que l'obscurité et moi, la fille que personne ne doit connaître ?

J'ai du mal à lui échapper. J'ai du mal à me raccrocher à elle, de jour comme de nuit. Alors à la place, je m'accroche à l'ours en peluche.

Samantha est un test. Un déploiement en douceur, si vous préférez. Abby veut s'assurer que je suis capable de jouer la fille parfaite avant de s'insinuer dans la vie d'un homme qui en désire une. Pour le moment, elle ne cible donc pas un homme. Sa victime est notre voisine, une mère prénommée Diana dont la fille a le même âge que moi. Son mari est mort, et c'est l'argent qu'il lui a légué qui intéresse ma mère.

Cette fois, ma mère s'appelle Gretchen et elle est veuve, comme Diana, ce qui n'est pas faux, mais pas tout à fait vrai non plus – tant de choses sont vraies et fausses en même temps.

Elle a inventé l'histoire tragique d'un homme qui l'aimait mais qui est décédé trop tôt, avant même d'avoir pu faire la connaissance de sa petite fille. De quoi toucher la corde sensible, et nous trouvons rapidement notre place dans cette maison semblable à toutes celles de notre quartier résidentiel monochrome, entre les après-midi de jeux chez les petites voisines, les cours de danse classique et les brownies tout juste sortis du four exhibés sur le plan de travail chaque vendredi.

Je vais à l'école pour la première fois, et c'est à la fois plus facile et plus barbant que ce que j'imaginais. Je n'aime pas ça. Je lis sous mon bureau, la prof me retient après la classe quand elle me surprend, et comme je sais que je n'ai pas le droit de me faire remarquer, j'arrête.

Samantha ne peut faire de remous. Samantha doit être parfaite. Discrète, délicate et diligente.

Pour chaque nouvelle fille, maman me donne trois qualificatifs. Pour Rebecca, c'était suave, silencieuse et souriante.

Plus je me tiens tranquille, plus on oublie ma présence. Et les gens – surtout les hommes, je m'en apercevrai bien vite – ne se gênent pas pour dire et faire les choses les plus secrètes devant vous quand ils vous croient insignifiante. Quand vous êtes gentille et que vous allez leur chercher des bières avec des tranches de citron et que vous ne les dérangez jamais. Je n'étais réelle pour aucun d'entre eux, et quand vous n'existez pas vraiment, vous apprenez un nombre de trucs infini.

Mais peu importe les hommes pour l'instant. Ce qui compte, c'est la cible de Samantha. Car dans cette arnaque, je dois jouer un rôle crucial.

Diana ne sait pas comment s'y prendre avec sa fille et n'a aucune intention de faire des efforts. Quand je ressors de chez elles, après y avoir été invitée pour la première fois, je comprends pourquoi ma mère m'a affublée de souliers en cuir verni, de chaussettes en dentelle et d'une impeccable robe guindée parfaitement assortie aux deux tresses hautes qui tombent dans mon dos, attachées par des rubans.

Diana veut une fille qui ressemble à Samantha : avec des froufrous, de la dentelle et beaucoup, beaucoup de rose.

La sienne n'est pas comme ça. Elle et moi passons le plus gros de l'après-midi à sauter sur son trampoline et elle ne jure que par des acrobaties périlleuses qui nous sont interdites. Victoria est libre et intrépide, comme les enfants sont censés l'être, et à chaque seconde passée en sa compagnie, je réalise à quel point nous sommes différentes. À quel point *je* suis différente de Victoria et de Samantha et de toutes les filles qui vivent vraiment leur enfance au lieu de la simuler.

Lorsque ma mère vient me chercher, Diana s'extasie sur ma si jolie robe et regrette avec force soupirs que Victoria refuse de quitter ses jeans. Victoria lève les yeux au ciel. J'ai envie de lui décocher un sourire, car je n'aime pas beaucoup cette robe non plus, mais Samantha l'adore, elle. Samantha est parfaite.

La petite fille idéale. Toujours obéissante et souriante, à jouer tranquillement dans sa chambre avec ses peluches et sa dînette et ses cheveux d'or angéliques. « Elle est tellement adorable. Quel est votre secret, Gretchen ? »

Samantha n'a ni besoins ni envies. Elle n'existe que pour répondre à ceux des autres.

Une fois en sécurité chez nous, derrière nos coûteux rideaux, maman défait mes tresses trop serrées et passe les doigts dans mes cheveux en disant : « Tu as été très bien, ma chérie. » Une chaude sensation de fierté m'envahit et efface presque la culpabilité qui m'étreint quand je revois Victoria lever les yeux au ciel.

Je m'installe facilement dans le rôle de la délicate petite poupée que Diana désire tant. Elle m'adore et s'éternise toujours dans l'embrasure de la porte pour nous regarder jouer, Victoria et moi. « Tu as une si bonne influence sur elle, Samantha », roucoule-t-elle, et à l'époque je ne comprends pas ce qu'elle sous-entend. Ce dont elle a peur.

Je suppose qu'elle serait surprise d'apprendre que cette petite fille si coquette a fini par emprunter gaiement le chemin arc-en-ciel de la bisexualité. Mais bon, qui sait ? Peut-être que Victoria a réalisé les pires craintes de sa mère. D'un côté, j'espère que non, car quand j'y repense, Diana semblait bien du style à la renier, genre « Pas de ça chez moi ! ». À cet âge, je n'en savais pas assez là-dessus – ni sur moi-même – pour décoder son inquiétude, mais ma mère, si. Ma mère a créé Samantha pour l'entretenir. C'était dégueulasse. Malsain. Dangereux.

Comme ma mère, quoi.

Celle-ci se fraie sans peine un chemin dans la vie de Diana ; elles prennent un café ensemble presque tous les matins, nous déposent à l'école, Victoria et moi, puis vont au yoga ou faire des courses. Et puis un jour, l'air de rien, ma mère évoque une idée qu'elle a eue : ouvrir un magasin de couture, et non seulement Diana mord à l'hameçon, mais elle gobe la ligne et le plomb avec.

Ma mère est douée. Elles font des inventaires, visitent des locaux, parlent chaînes d'approvisionnement. Tout est tellement convaincant, maman incarne si bien le soutien dont Diana a besoin, et moi, je suis tellement parfaite. Je suis la fille qu'elle s'était imaginé avoir : douce à l'intérieur comme à l'extérieur, qui confectionne elle-même les vêtements de ses poupées et ne saute pas comme une malade sur le trampoline ni ne court joyeusement dans les champs derrière nos maisons jusqu'à ce que des teignes collent à ses jeans et que je doive les arracher une à une de ses revers, car Samantha n'aime pas le désordre.

« Pourquoi elle n'est pas satisfaite de ce qu'elle a ? je demande un jour à ma mère. Victoria est sympa. Elle ne fait pas de bêtises. Pourquoi veut-elle quelqu'un de différent ? »

« On est rarement content de ce qu'on a », répond-elle, l'une de ses vérités universelles.

Mon ventre se serre.

« Et toi, tu es contente de m'avoir ? »

Une mère normale se hâterait de me rassurer. Elle ne prendrait pas le temps de soupeser la question.

« Tu apprends très vite. Plus vite que ta sœur à ton âge. Plus vite que moi. Tu as un don inné, ajoute-t-elle en lissant mes cheveux. On ira loin, toutes les deux, ma chérie. »

Ce n'est pas une réponse et elle m'a trop bien formée pour que ça m'échappe. Néanmoins, je suis encore trop jeune pour jouer au jeu dans lequel elle m'a entraînée.

Mais plus pour longtemps.

20

10 h 36 (84 minutes de captivité)

~~*1 briquet, 3 mignonnettes de vodka, 1 paire de ciseaux,*~~

2 clés de coffre-fort

~~*Plan n° 1 : à la poubelle*~~

Plan n° 2 : fonctionne peut-être

Il m'entraîne dans le couloir en me tirant par le tee-shirt. Iris hurle mon prénom et son cri m'écorche plus que la moquette contre mes genoux.

– Reste là et surveille-les ! lance-t-il à Casquette Rouge, avec une telle fureur dans la voix que celui-ci ne peut qu'obéir.

Je deviens toute molle. Je ne lutte pas. Je le laisse me traîner comme une poupée puis me relâcher dans le hall d'entrée. Je me retrouve par terre, la joue pressée contre le carrelage froid, et je roule sur le côté avant qu'il n'essaie de me frapper. Ils essaient toujours. À croire qu'ils ne peuvent pas résister. J'ai mal quand je me relève, mais ça vaut mieux qu'un coup de pied dans les côtes.

Je ne m'attendais pas à une telle rage. Qu'est-ce que Lee a bien pu lui dire ? Elle a forcément pris soin de ne pas le contrarier, donc, quoi que ce soit, elle ne s'est pas rendu compte que c'était une bombe à retardement.

Mauvais, ça. Et si je l'avais déclenchée par inadvertance ?

On se tient à un mètre l'un de l'autre, et de là où je suis je vois les portes de devant, complètement bloquées avec les grands meubles de rangement du fond. De toute évidence, ils ont prévu de se terrer ici un bon moment.

Ce que contient ce coffre est vraiment important.

– Tu te crois maline ? demande-t-il.

– Je veux juste sortir de là… et vous vouliez entrer dans ce bureau, non ?

Il relâche son souffle ; dans une réalité alternative, ça pourrait ressembler à un rire sans humour. Je remarque qu'il n'a pas pris son fusil. Il a un pistolet sur la hanche, mais c'est tout.

Où est son fusil ? Avec Casquette Rouge ?

– Tu as du cran, petite, je te l'accorde. Pas une once de bon sens, mais du cran.

– Je voulais juste vous donner un coup de main.

– C'est drôlement généreux de ta part, étant donné que je vais tous vous descendre, tes copains et toi.

Ça me fait l'effet d'un direct dans le ventre, de l'entendre sortir ça aussi nonchalamment, confirmant mes pires craintes. Je l'ai su au plus profond de moi dès l'instant où j'ai vu qu'ils ne portaient pas de masques.

– Je préférerais éviter ça, dans la mesure du possible, je réplique, et putain, je réussis à balancer ça sans un tremblement dans la voix.

Il souffle encore une fois. J'ai piqué son intérêt. Je le fixe d'un regard inébranlable. Si on cligne trop des yeux, ça les rend nerveux. Si je montre ma peur, il s'en nourrira. Il aime ça. En revanche, les gens qui ne le craignent pas l'intéressent, car ça lui plaît de les *forcer* à le craindre.

– T'es qui, toi ? lance-t-il, et je sais qu'il ne me demande pas que mon nom.

Ce qu'il veut savoir, c'est « Pourquoi tu as risqué ta vie ? Pourquoi tu ne pleures pas ? Pourquoi tu ne trembles pas ? » Et tout ce qui, finalement, se concentre en une question : « Qu'est-ce qui ne tourne pas rond chez toi, putain, Nora ? » Et tu sais quoi, mec, tu n'imagines même pas. Tu n'es même pas la chose la plus terrible qui me soit arrivée et c'est la seule certitude qui m'aide à tenir debout.

J'ai survécu à pire que ça. Je ne suis pas assez naïve pour croire que ce simple fait me permettra de m'en tirer aujourd'hui. Mais je ne vais pas me priver d'essayer.

Je jette un coup d'œil à la table basse sur laquelle sont encore posées toutes nos affaires.

– J'ai besoin de mon portable pour répondre à cette question.

Il m'observe un moment, les yeux plissés, puis il va le chercher.

– C'est celui avec l'étui bleu, dis-je en le pointant du doigt.

Il appuie sur l'écran pour le déverrouiller. Je ne fais pas mine de m'en emparer. Je ne veux pas qu'il croie à un piège ou à un coup de force, bien qu'il s'agisse précisément de ça. D'un coup de force.

– Il y a un dossier sur la deuxième page du menu. Divers. Le mot de passe est TR, symbole dollar, 65.

J'inspire, j'expire, et je prie pour que mon cœur ne propulse pas trop vite le sang dans mon visage. Si je rougis, il le remarquera.

Je repère à son expression le moment exact où la galerie photo se charge. Ses sourcils se rejoignent brusquement, puis ses yeux se relèvent rapidement avant de se reposer sur l'écran. Confirmant que la fille blonde sur les photos est bien la même que celle, plus âgée, aux cheveux foncés, qui est plantée en face de lui.

– Oui, oui, c'est moi, dis-je.

– Et lui…

– Oui, c'est bien lui.

J'attends la question suivante. Celle qu'il est obligé de poser, puisque tout le monde connaît le visage de cet homme alors que personne ne connaît le mien. Lee a veillé à ce que je sois déjà bien loin et à ce que mon apparence ait changé au moment où les tabloïds et les journalistes ont eu vent de son arrestation par le FBI et où ont commencé à circuler les premières rumeurs sur cette fille qui existait peut-être, ou peut-être pas.

– Pourquoi tu as une série de photos de toi et Raymond Keane ?

J'inspire. Pas profondément, pas ostensiblement, juste un peu. Dans mon esprit, je visualise un miroir. *Ashley. Je m'appelle Ashley.*

– Parce que je suis Ashley Keane. C'est mon beau-père.

— 21 —

Le Boucher

Que dire sur Raymond Keane ?

Les tabloïds, qui ont fait leurs choux gras de cette histoire, l'ont baptisé le « Boucher du bayou ». On pourrait croire que ça suffit à se faire une idée du bonhomme, mais ce n'est que le début.

Il était intouchable. Homme d'affaires, une banque à lui tout seul, dealeur – pas uniquement de drogue, mais aussi de secrets. Il savait à quelles organisations caritatives faire des dons, à quels politiciens graisser la patte, il connaissait les ragots sur les bonnes personnes, et il avait gravi tous les échelons, depuis les marais de son enfance jusqu'à son gros manoir comme on en construit à la chaîne dans les Keys, en Floride.

J'avais dix ans quand ma mère a rencontré Raymond. À cette époque, elle commençait à sentir son âge, même si elle ne le faisait pas. On sortait d'une période difficile – elle avait dû laisser tomber l'arnaque du concessionnaire de voitures –, et on était toutes les deux épuisées par nos efforts pour trouver le fric nécessaire à un nouveau départ. Je me sentais tout le temps coupable, parce que c'était à cause de moi qu'elle avait dû renoncer à ce coup. C'était la chose la plus maternelle qu'elle avait jamais faite et la reconnaissance m'avait rendue faible plutôt que méfiante.

J'aurais pourtant dû me méfier. Je le savais déjà, à l'époque, mais…

J'avais besoin d'une maman. Cela dit, deux années de vie auprès de Raymond Keane m'ont définitivement libérée de ce besoin primaire.

Ce n'était même pas une escroquerie. J'aurais peut-être pu le supporter si au moins elle l'avait entubé. Peut-être qu'alors mon bien-être l'aurait emporté, puisque c'était déjà arrivé une fois.

Mais non, Raymond n'a jamais été une cible.

Raymond, c'était *l'amour*, le vrai, celui qui chamboule tout, « celui que je ne croyais jamais trouver, ma chérie ».

Je ne faisais pas le poids. Je n'étais que sa fille. Elle en avait déjà laissé partir une sans sourciller.

En moins de six mois, ils étaient mariés.

À l'époque, j'ai cru que tout avait dégénéré en une soirée. Mais quand j'y réfléchis aujourd'hui, je revois les signes annonciateurs.

La première fois qu'il m'a maltraitée, c'était le jour de mon anniversaire. Ça sortait de nulle part ; ça se préparait depuis des mois. Comment ces deux vérités opposées peuvent-elles coexister ? Je l'ignore toujours. Je sais juste que pendant tout le temps que ça a duré – que je l'ai enduré – j'ai eu l'impression de manquer d'air, de ne même pas pouvoir inspirer à fond, et encore moins faire le zoom arrière nécessaire pour me rendre compte que c'étaient ses mains à lui qui m'étranglaient.

Je suppose que, ce jour-là, je n'avais pas témoigné assez de reconnaissance pour le cadeau qu'il m'avait offert. Il adorait en faire des tonnes. Il adorait l'idée d'incarner une figure paternelle forte. Une figure paternelle *stricte*. Il adorait l'idée d'une famille en kit, parfaite sur les photos. La superbe épouse et la ravissante belle-fille blonde enveloppées avec un joli ruban. Mais si on ne réagissait pas exactement comme il se l'était imaginé, ce ruban était vite recouvert de sang.

Il ne m'a ni giflée ni frappée. Il m'a *poussée*. Je suis tombée du canapé, sur les genoux, si brutalement que mes poignets me faisaient encore souffrir le lendemain. Je me suis entaillé la tête sur la table basse et il m'a fallu quelques secondes, ou peut-être quelques minutes, pour comprendre ce qu'était la substance chaude et poisseuse qui refroidissait sur ma peau.

Quand elle a hurlé, il l'a frappée. Le genre de coup de poing qui – je l'ignorais à l'époque mais l'apprendrais vite – fait s'entrechoquer vos dents et remplit votre bouche d'une amertume qu'on ne peut ni cracher ni rincer.

Et au lieu de réagir comme elle avait *toujours* affirmé qu'elle le ferait si quelqu'un nous maltraitait – on plierait boutique, on filerait en un éclair, on recommencerait ailleurs, avec une autre cible –, elle s'est juste ratatinée.

C'était la première fois que je la voyais trembler, ma mère tout en manipulations précises et grâce de ballerine. Ça m'a encore plus effrayée que le sang qui coulait sur mon visage, alors quand le poing de mon beau-père est reparti en arrière pour asséner un deuxième coup…

Je n'étais ni forte ni courageuse. Je venais tout juste d'avoir onze ans, j'avais peur et je me suis enfuie.

Je l'ai laissée là pour aller me cacher dans ma chambre, où j'ai grelotté pendant ce qui m'a semblé durer des heures, jusqu'à ce que j'entende enfin toquer à ma porte et une voix cajoleuse : « Ma chérie ? Tu sors, d'accord ? Il est désolé. Il regrette. Il veut se faire pardonner. »

Un grand classique. Mais je ne le savais pas. Pour moi, il allait de soi que chaque homme qu'elle nous ramenait représentait un certain degré de danger. C'était ma normalité.

En revanche, qu'elle ne fiche pas le camp quand l'un d'eux devenait une menace, c'était nouveau.

Une nouvelle normalité.

Parce que Raymond, c'était l'amour.

« L'amour conquiert tout, ma chérie. »

Et c'était vrai – il l'avait conquise.

Mais moi, j'ai refusé de me laisser faire.

Deuxième partie

La confiance est une force

(Les 72 minutes suivantes)

— 22 —

L'original

Pour comprendre Ashley, il faut connaître Katie. Et pour connaître Katie, il faut avoir rencontré Haley. Et pour qu'Haley puisse exister, il a d'abord fallu Samantha, pour l'entraînement, et avant elle, Rebecca. Mais avant Rebecca, il y avait…

Une fille.

Elle avait un prénom. Mais on m'a appris à le garder pour moi, comme un trésor secret.

Au début, c'était la fille de quelqu'un. Mais quand elle a été assez grande, elle est devenue une distraction bien pratique. Un peu plus tard, un outil. Et encore un peu après, un appât.

Et quand elle serait plus grande ? Au bout de toutes ces années, qui se couronneraient par dix-huit bougies ?

L'arnaque évoluerait. Les enfants parfaites ont une durée de vie limitée. Elles se transforment.

En proies parfaites.

On a le choix, quand on sait que son destin est d'être chassée, engloutie et recrachée.

On peut céder à la fatalité, ou on peut retourner la situation.

On m'a élevée en vue d'une sorte d'abattage. Mais au final, c'est moi qui suis devenue une chasseresse. Qui atteint toujours sa cible. Quoi qu'il en coûte.

Rebecca et Samantha, c'était de l'entraînement.

Haley et Katie, c'était du sérieux.

Et Ashley ?

Elle, elle était dangereuse.

— 23 —

10 h 45 (93 minutes de captivité)

~~1 briquet, 3 mignonnettes de vodka, 1 paire de ciseaux,~~

2 clés de coffre-fort

~~Plan n° 1 : à la poubelle~~

Plan n° 2 : fonctionne peut-être

– Ashley Keane, dit-il en me jaugeant.

Je soutiens son regard sans montrer la peur qui crépite sous ma peau.

– Bon Dieu, je pensais que t'étais un putain de mythe.

– Ben voyons.

– C'est ce que tout le monde dit, réplique-t-il en haussant les épaules.

Je fixe le bout du bandage qui dépasse de sous la manche de son tee-shirt.

– C'est pour cacher un tatouage de prisonnier, non ?

Il se retient à grand-peine de porter la main à son biceps.

– Cela dit, je poursuis, ça fait au moins plusieurs années que vous êtes sorti. Sinon vous seriez plus nerveux.

Il se contente de me regarder. *Procède avec prudence.* Qui sait ce qui lui a fait péter les plombs pendant sa conversation avec Lee.

– Si vous étiez au trou… un type comme vous connaissait forcément les gens qu'il faut à l'intérieur. Donc vous avez entendu parler de moi. Même ici.

Sa bouche se crispe. C'est plus fort que lui. Évidemment qu'il est au courant.

– Ta tête est mise à prix, lâche-t-il finalement.

– Vous pouvez simplement dire qu'il veut que je meure, dis-je en haussant les épaules. Pas la peine de parler comme le shérif de Nottingham.

– C'est un tic nerveux, tous ces traits d'esprit, ou quoi ?

– Ou alors je me suis trompée… Et vous avez passé plus de temps en taule que ce que je pensais.

Il lève les yeux au ciel, agacé.

– Aux dernières nouvelles, il te voulait vivante.

Je souris. « Laisse le pigeon te corriger. Il se sentira intelligent. » Les hommes comme lui adorent se croire plus malins que les autres. Et ils sont évidemment *persuadés* d'être plus intelligents qu'une adolescente. Quasiment tout le monde se croit plus intelligent qu'une adolescente. C'est ce qui nous donne autant de puissance, quand on sait se servir de cette gigantesque erreur.

– Vous avez raison : je me suis mal exprimée. Ce qu'il propose, c'est beaucoup d'argent en échange d'un road-trip prolongé pour lui livrer la marchandise. Et c'est pour ça que vous devriez arrêter de pointer ce flingue sur moi. Parce que si vous me tuez et qu'il l'apprend, il ne sera pas content. Sans compter que vous perdrez le gros lot : la possibilité de voler le contenu du coffre *et* de m'emmener.

Je ne mentionne pas Casquette Rouge, pour voir s'il va en parler. (Je sais déjà que non. Je l'ai cerné. Il a prévu de la lui faire à l'envers.)

Ses doigts se contractent sur son arme, il les regarde brièvement, puis ses yeux reviennent sur moi.

– Et tu accepterais gentiment de venir avec moi ?

– Si j'ai le choix entre *mourir tout de suite* et *peut-être mourir plus tard,* je choisirai la deuxième option. D'autant plus que votre petit braquage a complètement foutu en l'air mes projets.

– Ah ouais ?

– Vous pensez *vraiment* que l'argent que je suis venue déposer est destiné à un refuge animalier ? je demande, la voix lourde de dérision. Je ressemble à une fille qui passe son été à collecter du fric pour des chatons ? Le mec là-bas, celui avec qui j'étais. Son père est riche. Et un peu tête en l'air quand il s'agit de fermer son coffre-fort. Mais à cause de vous, mon plan est foutu. Je n'avais plus qu'à réussir deux ou trois coups comme ça avant de pouvoir enfin foutre le camp de chez ma tante, où je suis coincée depuis toute cette histoire avec Raymond. « L'argent pour le refuge animalier » devait m'aider, et maintenant on va me le confisquer en tant que pièce à conviction, puisque votre copain va forcément tout faire foirer et causer votre mort ou votre arrestation.

Je prends une expression exaspérée, un mixte d'adolescente agacée et d'arnaqueuse qui tourbillonne dans mon cerveau. À cet instant précis, je ne suis pas Ashley. Ashley était… Elle avait eu peur. Et elle avait été un peu brisée.

C'est ensuite qu'elle est devenue violente.

Je ne sais pas qui est cette nouvelle fille. (Moi ? Je bannis aussitôt cette pensée.)

– Alors comme ça j'ai foutu en l'air ton arnaque ?

Il me pose cette question d'une voix suintante de condescendance, et je comprends que je ne me suis pas trompée. Il est comme Raymond. Du genre patriarcal. Il aime les sales gosses. Les grandes gueules.

Il aime les faire taire. Les faire saigner et les démolir. Et je finirai peut-être en sang, mais il ne me détruira pas.

Il n'est qu'un énième pigeon. J'ai survécu à tous les autres. Ce sera pareil avec lui. C'est ce que je me dis, là, tout de suite. Je me fais ce serment, car plus je passe de temps seule avec lui, plus ça devient dangereux.

– Exactement, dis-je, et quand il laisse échapper un rire bref, j'ajoute en marmonnant : Vous pourriez au moins vous excuser.

– Le gars qui tient le flingue n'a jamais à s'excuser.

Il agite son arme dans ma direction, comme pour dire : « Rappelle-toi qui c'est, le patron. » Je serre les dents.

C'est peut-être lui qui commande, mais à la fin c'est moi qui prendrai le contrôle. C'est la seule solution.

– Au fait, qu'est-ce qu'il y a dans ce coffre ? Il faut vraiment que ça vaille le coup, pour en être réduit à s'associer avec ce génie à la casquette rouge… (Ses lèvres tressaillent de nouveau.) Ou alors vous êtes assez désespéré pour vous contenter du pire. Et ce n'est pas un compliment.

– Je crois que c'est le moment de la fermer, là.

Mais j'en rajoute encore, parce que j'ai besoin de semer mes graines si je veux que des épines poussent.

– Je suis déjà descendue au sous-sol. Si j'étais vous, j'échangerais le meilleur otage en ma possession contre un poste à souder et je commencerais à faire fondre les barreaux. Puis je forcerais le coffre qui m'intéresse. Comme ça, tout irait bien. Enfin, mieux.

– Laisse-moi deviner, ricane-t-il. C'est toi, le meilleur otage ?

– Moi, non, dis-je en toute sincérité. Moi, je vaux quelque chose. C'est pour ça qu'il ne faut pas me tuer. Votre meilleur otage, c'est la petite. Si vous demandez à échanger une gamine terrifiée contre du matériel, le shérif pensera que vous coopérez, et il vous donnera tout ce que vous voudrez, puisqu'il pense que vous ne pouvez pas vous enfuir. Ça lui fera gagner du temps en attendant l'arrivée du groupe d'intervention, et ça l'arrangera, vu qu'ils doivent être six à tout casser dehors. Les coupes budgétaires ont été terribles pour le shérif.

– Tu m'as l'air bien renseignée.

– Pourquoi, pas vous ?

Je lui décoche un regard hautain, incrédule. Il ne va pas tarder à vouloir me remettre à ma place. Plus qu'une dernière petite provocation.

Mais avant que je puisse le pousser à bout, ses yeux dérivent au-dessus de mon épaule et je me tends. Des bruits de pas. C'est Casquette Rouge.

– La fille avec la robe dit qu'elle va me gerber dessus si je ne lui explique pas ce qui se passe, se plaint-il. Elle n'arrête pas de tousser. Je pense qu'elle va le faire.

Un peu qu'elle le fera. Iris Moulton est un véritable don du ciel, je vous le dis.

– Tu te fous de moi ? aboie Casquette Grise.

– Je supporte pas le vomi !

– Retourne les surveiller ! s'emporte-t-il, mais soudain il pousse un soupir frustré, range son arme et me prend par le bras.

Je le suis. Je n'ai pas envie qu'il me traîne une fois de plus dans le couloir, vu qu'il fait quinze centimètres de plus que moi et qu'il a le genre de physique *et* de personnalité des types qui bouffent des stéroïdes. Il crache quelque chose à Casquette Rouge en passant. Je crois que c'est « putain d'abruti », mais je n'en suis pas sûre, trop concentrée sur lui et son self-control usé jusqu'à la corde.

Casquette Grise est un loup solitaire.

C'est dangereux, les loups solitaires. Ils sont capables de se ronger la patte pour se libérer d'un piège. Je reconnais ça, chez Casquette Grise, cette lueur dans le regard qui semble dire : « Rien à foutre, je ferai ce qu'il y a à faire », et qui n'augure jamais rien de bon, à part dans des situations de vie ou de mort. Sauf que si ça arrive, c'est lui qui vivra, et mes amis et moi qui serons morts. Donc on est fichus, à moins que les graines que j'ai semées ne se transforment en épines cachées sous des fleurs tentatrices, de celles qui te transpercent si tu as le malheur de les cueillir.

Il tire sur la table qui bloque la porte sans relâcher sa prise. Mais au lieu de l'ouvrir il se retourne vers moi.

– Plus de coups de main et peut-être que je ne te descendrai pas.

– Okay.

C'est alors que ça se produit. Il me regarde de la tête aux pieds, réalisant vraiment à qui il a affaire. Je ne cille pas, je ne flanche pas malgré ma peau qui fourmille et mon cœur qui tape à cent à l'heure. Je le laisse faire en attendant la question qui me prouvera que ma stratégie a pris racine.

– Tu as vraiment fait ce qu'on raconte ?

Je patiente un instant. Le temps d'une respiration. Il faut savoir choisir son moment. Mon sourire, quand il apparaît, s'étire lentement. Charmant, d'abord, puis tirant sur le sinistre, parce qu'il se fige en une expression qui ne devrait pas avoir sa place sur le visage d'une jolie fille. Il est subjugué, et ses doigts se crispent involontairement sur mon bras. Encore quelques secondes et il aura la chair de poule.

Je suis douée à ce point. Ou dangereuse à ce point, peut-être.

– Non. J'ai fait pire.

— 24 —

Le mythe *vs* la fille

Voici ce que le monde ordinaire sait sur Ashley Keane : c'est un fantôme. Un nom noirci sur de nombreux dossiers du FBI et autres documents juridiques. Un point d'interrogation qui n'a jamais trouvé de réponse lors des procès. Y avait-il une fille ? N'était-ce qu'une rumeur ? Un énième mensonge de ma mère ? Ashley a-t-elle réellement existé ? A-t-elle fait ce dont on l'accuse ?

Des sites entiers sont consacrés à ce mystère. Des témoignages de gens qui prétendent l'avoir vue. Des discussions. Des portraits-robots de ce à quoi elle aurait pu ressembler à l'époque, de la personne qu'elle serait devenue en vieillissant. Tant de théories, toutes tellement éloignées de la réalité.

Ma mère n'a pas pipé mot sur moi, et le deal passé entre Lee et le FBI nous a garanti une liberté et une clandestinité totales. Quant à Raymond…

Raymond ne tenait pas à ce que le FBI soit au courant de ce que j'avais fait. Il ne voulait pas que quelqu'un me recherche à moins que ce soit pour son compte à lui. Parce qu'il avait une nouvelle mission dans sa nouvelle vie derrière les barreaux : être libéré pour pouvoir me retrouver et me tuer.

Voilà ce que le monde criminel sait sur Ashley Keane : c'est une balance. Une jolie petite garce devenue fatale. Une lolita pétillante aux cheveux blonds et aux lèvres roses qui a démoli l'organisation de Raymond Keane d'un seul claquement de doigts. Ils la sexualisent, ces hommes qui parlent d'elle et qui la recherchent. Sans ça, ils auraient peur d'elle, parce qu'elle a osé ce qu'aucun d'entre eux n'aurait eu l'audace de faire.

La tête d'Ashley Keane est mise à prix – et son bon vieux beau-papa est prêt à payer très cher pour cette tête. Je ne suis même plus sûre qu'il tienne à ce qu'elle soit attachée au reste de mon corps, au point où on est. Je sais qu'il préférerait m'avoir vivante, mais jusqu'à maintenant – et bien plus longtemps qu'il ne l'imaginait – j'ai échappé aux hommes qui traquent Ashley. Si bien que je suis devenue son obsession : Raymond Keane doit avoir le dessus sur celle qui a eu le dessus sur lui.

Voilà ce que je sais sur Ashley Keane : elle avait douze ans. Elle avait peur. Elle était acculée. Et elle a fait ce qu'il fallait pour s'en sortir.

Mais il y a eu des conséquences. Et celles-ci pourraient bien me tuer.

25

10 h 58 (106 minutes de captivité)

1 briquet, 3 mignonnettes de vodka, 1 paire de ciseaux, 2 clés de coffre-fort

~~Plan n° 1 : à la poubelle~~

Plan n° 2 : en cours

– Qu'est-ce qu'il t'a fait ? me demande Iris dès que j'entre dans le bureau et que la porte se referme.

Je lève la main et nous attendons que le raclement de la table s'arrête.

– Tu vas bien ? s'enquiert-elle alors, au moment même où Wes lance :

– Qu'est-ce que tu as fait ?

Deux questions très différentes, posées par deux personnes très différentes et adressées à deux filles très différentes. Wes sait laquelle est la vraie. Iris s'apprête à faire sa connaissance.

Mon cœur s'affole à cette pensée. Au souvenir de la réaction de Wes quand il a tout découvert.

Je me tourne vers la petite, en partie pour me distraire de l'inéluctable.

– Ça va, Casey ?

Elle hoche la tête, assise dans son coin, les genoux serrés contre sa poitrine.

– Tiens bon. C'est presque fini.

– Qu'est-ce que tu as fait ? répète Wes avec sévérité, les sourcils froncés.

Ça ne va pas lui plaire, mais je n'ai pas trouvé d'autre solution.

– J'ai fait en sorte qu'ils me considèrent comme la chose la plus précieuse de cette banque.

Il se raidit. Il recule presque devant moi.

– Non.

– Je n'avais pas le choix.

– Tu lui as dit ?

– Il a fait de la prison. Il sait ce qu'elle vaut. Alors je lui ai montré des preuves.

Le regard d'Iris fait des allers-retours entre Wes et moi, comme si elle assistait à un match de tennis, mais Wes n'a d'yeux que pour moi.

– Qu'est-ce que je pouvais faire d'autre ?

Je n'ai pas d'autres armes que la vérité. Je ne suis plus une blonde parfaite et prudente. Je n'ai plus l'air timide ou mignon des filles que je jouais. Même Ashley… Au début, elle n'était pas grand-chose. Elle était gentille. Un énième stéréotype de l'enfant idéale. C'est quand elle s'est retrouvée dans la panade qu'elle s'est transformée en une légende capable de hanter les cauchemars de certains hommes.

– Je n'en sais rien, répond-il, mais par contre je sais que lui dire qui tu es était une mauvaise idée.

– Il est à deux doigts de tuer quelqu'un, je murmure sèchement pour que Casey ne m'entende pas. Il fallait que je balance quelque chose. C'est tout ce que j'avais sous la main.

– Vous pourriez arrêter et m'expliquer ce qui se passe ? intervient Iris.

– Putain…

C'est Wes qui lance ça, pas moi, même si je me dis la même chose. Il se frotte le front comme si c'était lui qui s'apprêtait à dévoiler tous ses secrets les plus noirs, les plus profonds.

– Tu fais partie d'un programme de protection des témoins ? demande Iris. C'est ça ?

Wes laisse échapper un soupir qui s'apparente presque à un rire, et je le foudroie du regard. Je sais pourquoi il se marre.

Il m'a posé exactement la même question.

– Tu ne m'aides pas, je lui fais remarquer.

– D'accord. Tu as raison. Désolé. C'est ton histoire.

En effet, c'est *mon* histoire. Mais c'est en partie la sienne aussi, désormais. Parce que je l'aimais. Et que je l'aime encore, d'une manière différente. Parce que Lee et moi avons fait de lui un membre de notre famille, contre tout bon sens. Parce que je ne lui ai pas seulement avoué la vérité : je l'y ai mêlé.

Je regarde Iris, on est face à face, et j'espérais que ce serait plus facile. Wes a découvert la vérité en plein chaos, dans la lumière rouge d'un soleil voilé par la fumée d'un feu de forêt, une sorte d'avertissement malsain. Il a tout découvert et on a crié, on a pleuré et on s'est brisés en tellement de morceaux qu'il nous a fallu des mois pour les recoller et devenir des Franken-Friends.

Je voulais l'annoncer à Iris dans des circonstances opposées à celles-ci. Je rêvais de paix et de calme sans aucun soleil couleur sang me hurlant de fuir. Je voulais trouver les bons mots et les répéter avant. Je ne voulais pas de larmes. J'en ai tellement marre de pleurer à cause d'elles… ces filles et ce qui est arrivé à chacune d'entre elles. Ma mère et ce dans quoi elle m'a entraînée… La façon dont je m'en suis sortie à la force du poignet.

Mais de toute manière, ça n'aurait jamais pu être facile, et maintenant on y est, au beau milieu d'un braquage de banque, comme par hasard. Alors c'est parti. Attache ta ceinture, Nora.

– Ma mère est une escroc.

S'en tenir à des phrases courtes, factuelles. Comme ça, peut-être que ma voix ne tremblera pas.

– Son truc, c'est les arnaques à l'amour. À sa sauce. Elle cible des hommes qui n'iront pas se plaindre à la police parce que leurs affaires sont véreuses… et eux aussi.

– Et tu l'as envoyée en prison ?

– Oui.

– OK, mais pourquoi « dire qui elle est » était une mauvaise idée ? demande-t-elle à Wes, sans me quitter des yeux. Si ta mère est une arnaqueuse, alors tu…

Elle se lèche les lèvres ; son gloss a un goût de fruit rouge, et soudain, je réalise avec stupeur que je pourrais ne plus jamais goûter ce parfum sucré mélangé au sien.

– Tu n'es pas celle que tu prétends être, conclut-elle, presque dans un soupir, avec une telle expression sur le visage que j'ai l'impression qu'on m'a enfoncé dans le ventre une cuillère aiguisée comme un rasoir et qu'on a commencé à creuser comme dans un melon.

Je jette un coup d'œil à Casey. Je ne peux pas tout expliquer maintenant. Pas avec la petite dans la pièce. Tout avouer à Iris est déjà bien assez affreux comme ça.

– Je…

Je ne vais pas plus loin, car on entend soudain des éclats de voix dans le couloir.

– Ils se disputent, souffle Wes.

– Tant mieux, lance Iris en fonçant coller son oreille contre la porte.

Je distingue quelques jurons, puis le silence revient.

Je me demande si ça a pris. Les graines que j'ai semées. Si c'est le cas, il faut que je prépare Casey. Et vite.

Elle doit transmettre un message à Lee de ma part.

26

Haley : humble, loyale, modeste (en trois actes)

Acte I : Replie les doigts

– Il s'appelle Elijah, dit-elle en me brossant les cheveux devant le miroir.

Elle jette un coup d'œil à son ordinateur portable, ouvert à la page d'un blog intitulé « Vie heureuse, épouse heureuse ». Il déborde de photos de jeunes filles radieuses aux cheveux longs, d'âges proches et vêtues de robes coordonnées, versions miniatures de leur mère brune et tout aussi radieuse.

– Et son fils s'appelle Jamison, poursuit-elle en s'attaquant à ma coiffure, imitation du style capillaire des filles du blog.

Le sourire de celle qui semble la plus proche de mon âge n'arrive pas jusqu'à ses yeux, contrairement à celui de ses sœurs, et je me surprends à me focaliser sur elle plutôt que sur ma mère.

– Haley ? Haley !

Elle me tire brusquement les cheveux.

– Aïe !

– Sois attentive, m'ordonne-t-elle. On sera dans son église dès dimanche.

– Désolée, je marmonne en revenant au miroir.

– Je t'écoute, reprend-elle d'une voix plus douce.

Je commence à réciter les données qu'elle m'a fait mémoriser :

– Elijah Goddard. Quarante-deux ans. A débuté en tant que pasteur dans un petit ministère du Colorado, qu'il a transformé en business valant des millions.

– Il n'y a pas de plus belle escroquerie que l'évangile de la prospérité, soupire-t-elle en secouant la tête. Si j'étais un homme, je serais entrée dans les ordres. Imagine tout le fric qu'on aurait pu se faire.

– Toi aussi, tu prêches. À ta manière.

Cette remarque l'amuse, ce qui allume une douce chaleur en moi. C'est très rare de l'entendre rire sincèrement. Je suis plutôt habituée à son faux rire : léger, voilé et bien rodé, un son tentateur et non joyeux.

– Continue.

– Jamison Goddard, onze ans. Sa mère est morte dans un accident de voiture quand il avait cinq ans. Son père ne s'est jamais remarié.

– Jusqu'à maintenant, précise-t-elle en souriant. C'est vraiment très simple – on ne pourrait rêver arnaque plus facile pour ton premier véritable essai sur le long terme. Tu seras très gentille et polie avec Elijah, mais tu n'attireras pas trop son attention, à moins que je ne t'en donne le signal. Ton job à toi, c'est d'occuper Jamison.

– Comment ?

Elle m'accorde un autre sourire ; elle aime que je lui pose des questions. Elle aime me transmettre son savoir.

– Observe-le bien quand tu feras sa connaissance. S'il te sourit, tu sauras qu'il faut jouer là-dessus jusqu'à ce qu'il en pince pour toi. S'il commence au contraire à se comporter comme un petit merdeux, tu pourras aussi en tirer profit.

– Comment ça ? je demande, les sourcils froncés.

– Toutes les brutes ont besoin de quelqu'un à brutaliser, ma chérie. Et tu es coriace. Tu es capable de tout supporter, non ?

Je m'humecte les lèvres et me frotte le pouce avant de répondre. Aller-retour, aller-retour.

– Bien sûr.

Acte II : Ne rentre pas ton pouce

Jamison Goddard est le prince héritier du ministère de Mountain Peak. La prunelle des yeux de son père. Le meneur des garçons du club de jeunes.

Ce n'est pas qu'un petit merdeux ou une simple brute. C'est une putain de terreur.

Il n'a jamais accepté le mot *non* sans essayer de passer en force.

Il ne me remarque pas tout de suite. Haley est censée être réservée, avec sa cascade de cheveux dorés, ses robes simples et sa petite croix en or blanc autour du cou. Au début, je passe donc inaperçue ; la façon dont les filles sont traitées comme inférieures est la fois discrète et criante dans cette approche de la chrétienté (comme dans le reste du monde, soyons honnêtes).

Je suis la recommandation de ma mère : je laisse la réaction de Jamison guider mes actions. Ce premier mercredi et le dimanche qui suit, je garde mes distances et j'observe, je souris gentiment et je parle doucement quand on m'adresse la parole. Mais le mercredi d'après, je me mets à l'œuvre. J'arrive de bonne heure, avant tout le monde sauf Michael, le jeune pasteur affublé d'un bouc qu'il devrait vraiment raser, parce qu'il n'a pas l'air aussi cool qu'il le croit. Mais ça, je ne le lui dis pas. Je l'aide à installer les chaises et je prends soin de m'asseoir à l'endroit où Jamison aime tenir salon.

Je l'ai vu faire ; il vole des parts de pizza dans les assiettes de ses amis et personne ne bronche. Il a ri à deux reprises pendant la dernière réunion : une première fois quand quelqu'un a fait une blague sur les pets – « C'est à ça qu'on voit que c'est un garçon », dirait ma mère –, une seconde quand Michael a trébuché sur son siège – ce à quoi je vois qu'il est mauvais.

Je me glisse donc sur la chaise qu'il considère comme la sienne et j'attends, comme un canari qu'on met dans une mine pour savoir si elle est toxique. En l'occurrence, je sais déjà qu'elle l'est.

Il me repère dès qu'il entre dans la pièce. Mes poils se dressent sur mes bras. Une voix en moi chuchote : *Barre-toi.*

C'est la première fois que j'ignore cette voix.

– C'est ma place, lâche-t-il.

J'ai naturellement de grands yeux, mais j'en rajoute encore, les écarquillant comme ceux d'une poupée.

– Oh non ! Je suis désolée !

Je me lève instantanément et je me décale de quelques chaises, puis, pour bien emballer l'affaire, j'hésite devant mon nouveau siège.

– Celle-là, ça va ? je demande en le regardant, comme s'il me fallait sa permission.

Il hoche la tête, et quand il se retourne vers ses amis, j'aperçois son sourire méprisant.

Abby a raison : toutes les brutes ont besoin de quelqu'un à brutaliser.

Je fais donc d'Haley la victime parfaite et il tombe dans le panneau.

Cette arnaque prend un temps fou, car Elijah se soucie plus des apparences que la plupart des autres cibles. Il refuse d'officialiser sa relation avec ma mère ; Jamison n'est même pas au courant. Haley n'est pas censée l'être non plus, mais bien entendu j'ai droit à un rapport détaillé de leurs rendez-vous et à l'analyse des manœuvres de ma mère pour s'immiscer plus profondément dans sa vie.

Quand elle voit les bleus sur mon poignet, elle hausse un sourcil.

– Quel petit merdeux, marmonne-t-elle. Tu peux le gérer, ma chérie ?

– Pas de problème, dis-je en tirant sur la manche de mon gilet pour qu'il me couvre correctement.

Il y a pourtant un problème. Jamison me dépasse de dix centimètres et il a trois ans de plus que moi. Et de toute manière je n'ai pas le droit de me défendre. Haley ne sait pas frapper. Une enfant comme elle rentrerait son pouce dans son poing si elle essayait. C'est une cible qui se déplace lentement.

– Jamison va être furieux, je la préviens lorsqu'elle me montre la bague qu'Elijah a fini par lui offrir.

Elle sourit.

– Dans ce cas, on se servira de sa colère, voilà tout.

– Tu sors avec *sa* mère ? s'insurge Jamison.

– N'oublie pas tes bonnes manières, mon garçon, le réprimande Elijah, de l'autre côté de la table du brunch.

– Ce n'est rien, intervient ma mère. Je sais que ça doit vous surprendre, tous les deux.

Elle prend ma main sur mes genoux et la ramène sur la nappe, recouverte de la sienne.

– Maya et moi avons passé beaucoup de temps ensemble depuis qu'elle s'est portée volontaire pour s'occuper de la planification, après que Mme Armstrong s'est cassé la jambe, poursuit Elijah. Et nous avons beaucoup prié, n'est-ce pas, mon ange ?

Ma mère hoche la tête et pose sur lui un regard doux et révérencieux. Ses yeux brillent d'adoration.

– Oh, oui.

– Et le Seigneur nous a répondu, nous assure Elijah. Il a œuvré pour tous nous rapprocher.

– Afin que nous formions une famille, ajoute ma mère en tendant l'autre main pour saisir celle de son futur mari.

– Quoi ? s'étrangle Jamison en fixant son père, les yeux plissés.

– J'ai demandé à Maya de devenir ma femme. Et elle a accepté.

– Qu'est-ce que tu en penses, ma chérie ? m'interroge ma mère.

Nous avons travaillé sur ma réponse hier soir. Dans notre scénario, Jamison est le fauteur de troubles, et moi, pour reprendre les mots de ma mère, l'enfant idéale.

– Je veux que tu sois heureuse, maman. Vous aussi, pasteur Elijah, dis-je en lui adressant un sourire tremblotant, les épaules courbées juste ce qu'il faut. Vous avez aidé tellement de gens. Vous le méritez.

Cette dernière phrase ne pourrait être plus sincère. Il mérite exactement ce qui va lui tomber dessus. C'est un escroc, comme nous. Il ne vénère rien d'autre que l'argent, et nulle vérité ne sort jamais de sa bouche, rien que des mots soigneusement choisis pour dépouiller des personnes naïves de leur fric. « Des offrandes d'amour », mon cul. Plutôt des offrandes pour faire le plein de son jet privé.

– Quelle connerie ! crache Jamison, et les yeux d'Elijah se durcissent comme quand il parle du diable devant ses fidèles, avec son micro de pop star autour de la tête.

– Surveille ton langage, jeune homme.

Mais Jamison s'est déjà levé et quitte le restaurant comme un ouragan. Elijah soupire, ma mère me décoche un regard entendu.

Je sais ce qu'elle attend de moi.

Je sais aussi ce qui va se passer si je me lance à sa poursuite.

Je le fais quand même.

Quand Jamison s'éloigne d'un pas rapide pour aller bouder dans la voiture, j'ai la lèvre en sang. Je la touche avec ma langue. Elle a un goût de cuivre.

– Tiens.

Quelqu'un fourre une serviette en papier sous mon nez. Je la prends et la porte à ma bouche tout en relevant les yeux sur le pasteur Elijah.

– Ce n'est rien, dis-je pour le tester. Je me suis juste mordue.

Il jette un coup d'œil à la voiture sur le parking, puis son regard revient sur moi. Il sait exactement ce qui s'est passé.

– Je t'ai observée, ces derniers mois, dit-il.

– Je n'essaie pas de me faire remarquer.

– Tu es une bonne petite. Continue comme ça, quoi qu'il arrive, poursuit-il en me jaugeant d'un air approbateur.

Et moi, je lui rends son sourire, parce que je ne me suis décidément pas trompée sur son compte. Il est en train de m'envoyer un message : « Voilà ce que tu es, rien qu'une victime avec la lèvre en sang. » Il essaie de me rabaisser encore plus.

Mais je ne me suis jamais sentie rabaissée. J'attends juste le moment de me déployer.

– Je veux être une bonne personne, je réponds, et c'est vrai, d'une certaine manière.

Je veux être géniale. Je veux être *parfaite.* Comme ma mère.

– Tu feras une gentille petite sœur, m'assure-t-il, plus comme un ordre que comme un compliment.

– Je l'espère.

Et ça aussi, je le pense vraiment. S'il y a bien quelque chose que je désire, à part être la fille parfaite de ma mère, c'est que ma grande sœur m'aime.

– Bon, allons chercher ta mère. On a beaucoup de choses à organiser.

Il me tend la main comme s'il s'attendait à ce que je la prenne.

Alors je m'exécute.

Tout ça fait partie du plan.

Acte III : Vise là où ça fait mal

Tous les ans, Elijah organise une fête pour célébrer l'anniversaire de son église. Pâques et Noël mis à part, c'est le jour du jackpot en termes d'offrandes.

Ma mère a tout millimétré : le service commence à quatorze heures ; ensuite, quelques femmes vont préparer à manger dans la cuisine tandis que les autres se dispersent pour tenir le troupeau d'enfants. Elijah navigue dans la mer de fidèles, flanqué de sa future épouse. Elle croise mon regard et hoche la tête.

Je passe à l'action.

Haley est effacée. Personne ne fait vraiment attention à elle. Si bien que personne ne me remarque quand je me glisse hors du sanctuaire et que je m'engage dans le labyrinthe de couloirs que j'ai cartographié non seulement dans mon esprit, mais aussi sur du papier pour m'entraîner.

Je récupère le sac planqué derrière une pile de chaises, puis je me dirige vers les toilettes les plus proches du bureau.

Elles sont inoccupées et, au bout de dix minutes, je les ai assez bouchées pour que l'eau déborde sur le carrelage. Je sors sur la pointe des pieds pour éviter que mes chaussures ne laissent des traces humides et je repars en fredonnant. Je n'ai plus que des bibles dans mon sac. Je les retire, les coince soigneusement sous mon bras, puis je jette le sac dans une poubelle au passage. D'un coup d'œil par-dessus mon épaule, je vois que la moquette devant la porte des toilettes s'assombrit déjà.

Parfait. Pile à temps.

À ce moment-là, ma mère s'est excusée, laissant Elijah parmi la foule sous prétexte d'aller superviser les femmes en cuisine.

Il ne la reverra plus jamais.

Mes bibles toujours serrées contre moi, je frappe légèrement à la porte du bureau, au bout du couloir, puis, sans attendre de réponse, je l'ouvre en grand et passe la tête à l'intérieur.

Adrian, l'assistant administratif d'Elijah, est assis à sa table, comme toujours après le service. La beauté de cette arnaque, c'est qu'Elijah dirige son entreprise d'une façon qui lui est profitable financièrement, mais préjudiciable s'il est sur le point de se faire voler, ce qui est le cas. Il sous-paie ses employés et n'aime pas débourser pour la sécurité. Adrian est un stagiaire bénévole de vingt-trois ans issu de l'Institut biblique. Il ne devrait pas être chargé de « garder » le coffre. Mais Elijah ne se fie à personne pour manipuler – ou compter – le liquide. Toutes les offrandes sont fourrées là-dedans, sans que personne sache combien il y a, jusqu'à ce qu'il ait le temps de s'en occuper personnellement le lendemain matin. Cette manière lamentable de procéder nous facilite la tâche. Parce qu'après une grosse journée comme celle-ci, le coffre est forcément plein. Et la seule chose qui se dresse entre lui et nous, c'est Adrian, un naïf doux et gentil que ses parents ont toujours protégé de l'effrayant monde séculaire et qui n'a jamais osé, ne serait-ce qu'une fois dans sa vie, sortir un orteil de son petit univers.

– Adrian, je crois qu'il y a un *gros* problème dans les toilettes. J'allais ranger ces bibles pour ma mère et j'ai vu de l'eau sale dans tout le couloir !

– Quoi ?

Il bondit de son siège et je lui tiens la porte alors qu'il sort en toute hâte et disparaît au tournant. « Oh mon Dieu ! », l'entends-je s'exclamer quand il aperçoit le désastre.

Je n'ai pas beaucoup de temps. Le cœur au bord des lèvres, je me précipite à la fenêtre, la déverrouille et la soulève suffisamment pour que ma mère puisse entrer. Je me décale tandis qu'elle saute dans la pièce.

– Monte la garde, ordonne-t-elle.

J'entrouvre la porte. J'ai l'impression que tout mon corps vibre. Tout en faisant le guet, je me retourne toutes les deux secondes pour surveiller sa progression.

– Il m'a fallu des semaines pour qu'il consente enfin à faire le code devant moi, marmonne-t-elle en s'agenouillant devant le coffre avec le coûteux fourre-tout en cuir qu'arborent toutes les mères riches. Je dois être en train de perdre la main.

Elle tape le numéro sur le clavier. Le coffre s'ouvre et elle pousse un petit cri de triomphe. Puis, avec une rapidité incroyable, elle transvase tout l'argent dans son sac et referme le coffre d'un coup sec.

– Briefe-moi, demande-t-elle.

– Je vais proposer à Adrian d'aller chercher de l'aide. Ensuite, je quitte discrètement les lieux pour rejoindre l'endroit où tu m'attends dans la voiture.

Elle sourit, embrasse le bout de son index et de son majeur et le presse contre ma joue.

– Ça, c'est ma petite fille. Allons-y.

Je ramasse la couverture posée sur le canapé et je sors tandis qu'elle passe par la fenêtre avec son fourre-tout rempli d'offrandes.

Je me mets à courir dans le couloir et j'exagère mon essoufflement quand je pousse la porte des toilettes.

– J'ai trouvé ça ! dis-je en brandissant la couverture. Pour éponger !

Adrian se tient dans cinq centimètres d'eau sale. Sa chemise à col boutonné d'habitude immaculée est tachée et ses yeux sont un peu paniqués.

– C'est… C'est bien, répond-il en balayant la pièce d'un regard désespéré, car ma pauvre petite couverture ne suffira pas. Comment ça a pu arriver ?

Je baisse la tête en me mordillant la lèvre, tellement transparente que même lui ne peut pas passer à côté.

– Tu sais quelque chose, Haley ?

– Non, je…

– Tu peux me parler.

– C'est juste que j'ai vu Jamison sortir des toilettes. Mais je suis sûre qu'il y a une explication.

– Oui, certainement, acquiesce-t-il en se raclant nerveusement la gorge. Et si tu courais chercher le gardien ? Et peux-tu aussi prévenir le pasteur Elijah, s'il te plaît ? Il va falloir couper l'eau dans tout le bâtiment, et c'est lui qui a les clés.

– D'accord. J'y vais tout de suite.

– Merci, Haley.

– De rien.

L'excitation – l'adrénaline – tambourine sous ma peau quand je repars dans les couloirs, mais pas en direction du sanctuaire. Vers la sortie.

Je suis enfin libérée de cet endroit et de ce petit merdeux de Jamison Goddard, de ses pincements, de ses gifles, de ses marques sur ma peau. Mais soudain, comme je passe le dernier tournant de ma carte mentale, j'ai l'impression que d'avoir pensé à lui l'a fait apparaître comme par magie : il est planté devant le distributeur, à côté de la salle de repos.

Merde. Trop tard pour faire demi-tour. Je dois continuer d'avancer. Pour l'instant, il est concentré sur les barres chocolatées, mais d'une seconde à l'autre, il me remarquera.

Je dispose d'une fraction de seconde pour me décider.

– Hey.

La voix qui sort de ma bouche n'est pas celle d'Haley, trop douce, trop timide. C'est *la mienne*, plus grave, plus dure.

Mon poing s'écrase sur sa figure à l'instant où il se tourne vers moi. Il titube et tombe sur les fesses au pied du distributeur – c'est plus à cause de l'effet de surprise que de ma force, mais ça me fait quand même plaisir.

Il bafouille mon prénom, il n'en revient pas.

Je souris, de mon vrai sourire, et pour la première fois, je ne me contente pas de comprendre mon pouvoir, je le savoure, car ses yeux s'élargissent comme si j'étais la chose la plus flippante qu'il ait jamais vue.

– Tu sais, à force de frapper les filles, on finit toujours par en trouver une qui rend les coups.

– Je suis… Je suis…

– N'oublie jamais ça.

Je ne le laisse même pas terminer. Je n'ai pas le temps. Il faut que je fiche le camp avant qu'il se mette à hurler ou je ne sais quoi.

Je pousse les portes derrière lui et, une fois dehors, je pique un sprint, juste au cas où il tenterait de me suivre. Mais il n'en fait rien. Il est plus du genre à courir se plaindre à papa qu'à me pourchasser.

L'église est au milieu de plusieurs hectares de terres non exploitées, et je marche plusieurs minutes dans de l'herbe qui m'arrive aux genoux, à l'abri des chênes hauts, sans voir la voiture. J'essaie d'ignorer la légère panique qui pointe en moi, cette petite voix irrationnelle qui me dit : « Elle est partie sans toi. »

Enfin, j'entraperçois une tache bleue entre les arbres. J'accélère, maladroite dans les babies écossaises aux semelles glissantes d'Haley.

Je monte dans la voiture et ma mère démarre. Elle suit le chemin de terre jusqu'à la route principale, puis elle tourne à gauche et nous nous éloignons de l'église.

– Rien à signaler ? demande-t-elle en jetant un coup d'œil dans le rétroviseur.

– Rien à signaler.

– Qu'est-ce que tu t'es fait ?

Elle désigne ma main.

– Jamison était dans le hall, je réponds alors qu'on s'engage sur l'autoroute.

– Tu ne viens pas de dire qu'il n'y avait pas eu de problème ?

– Si. Tout va bien.

Elle s'insère dans le flot de voitures et choisit la voie du milieu. Elle ne conduit jamais trop vite – seuls les amateurs se font arrêter pour excès de vitesse –, mais quand ils se rendront compte de notre départ, nous aurons passé la frontière de l'État depuis belle lurette, direction la côte Ouest.

– Pourtant tu lui as donné un coup de poing ?

– Il était sur mon chemin. Ça m'a semblé le moyen le plus facile.

Elle rit.

– Je me suis dit que ça nous ferait gagner du temps, j'explique. Il va aller chialer auprès de son père, qui va t'envoyer un texto. Comme tu ne répondras pas, il supposera que tu es en train de t'occuper de mon cas. Si ça se trouve, il sera tellement distrait qu'il n'ira même pas regarder dans le coffre avant demain soir. Il accusera sans doute Adrian avant de réaliser qu'on a filé.

Elle ne rit plus. Elle est soudain très calme. J'ai fait quelque chose de mal ? J'espérais qu'elle serait fière de moi.

– Tu as réfléchi à tout ça ?

– J'ai pensé à ce que tu ferais à ma place.

– Oh, ma chérie. Tu es trop mignonne.

Cette conversation m'avait fait sourire.

Elle me fait encore sourire quand j'y songe aujourd'hui. Mais pour des raisons très différentes.

— 27 —

Transcription téléphonique, Lee Ann O'Malley dialogue avec le preneur d'otages n° 1 (PO1)

8 août, 11 h 03

O'Malley : Merci d'avoir décroché. Je ne connais toujours pas votre nom.

PO1 : Vous pouvez m'appeler « monsieur ».

[Cinq secondes de silence.]

PO1 : *[rires.]* Je me disais bien que ça ne vous brancherait pas trop.

O'Malley : Vous avez l'air de bonne humeur. C'est encourageant. Pouvez-vous me dire si les otages vont bien ?

PO1 : Ils vont bien. Pour l'instant.

O'Malley : Que pouvons-nous faire pour que tout se termine au mieux pour tout le monde ?

PO1 : Je veux parler à Frayn.

O'Malley : M. Frayn étant toujours au bloc opératoire, je crains que ce ne soit impossible.

PO1 : Vous vous obstinez vraiment à vouloir gagner du temps avec cette histoire d'accident ?

O'Malley : Ce n'est pas une histoire. Une Ford 150 a grillé un feu rouge et a enfoncé sa voiture. Si vous prenez la peine d'y réfléchir une seconde, vous comprendrez que je n'ai aucun intérêt à vous refuser le seul souhait que vous ayez exprimé. Si je pouvais ramener le directeur ici pour vous parler, je le ferais. Malheureusement, il est un peu occupé à se faire retirer des morceaux de goudron de son bassin écrasé, alors il va falloir commencer à penser à ce que vous voulez d'autre que bavarder avec lui.

PO1 : Vous n'êtes vraiment pas une flic, vous, hein ?

O'Malley : Je suis là pour rendre service, c'est tout. Comment puis-je vous être utile ?

PO1 : Vous pouvez déjà demander au shérif de reculer d'environ dix mètres. Ensuite, vous pourrez m'apporter un poste à souder à l'arc.

O'Malley : Ça me paraît faisable. Mais pour que le shérif accepte, je vais devoir lui donner quelques bonnes nouvelles. Si vous laissez sortir les otages...

PO1 : Vous pouvez en avoir *une*.

O'Malley : OK. C'est faisable. Il va falloir un moment pour trouver un poste à souder. Vous pouvez rester en ligne ?

PO1 : Trouvez-le. Faites bouger le shérif. Ensuite vous aurez la fille.

[Fin de l'appel.]

— 28 —

11 h 04 (112 minutes de captivité)

1 briquet, 3 mignonnettes de vodka, 1 paire de ciseaux, 2 clés de coffre-fort

~~*Plan n° 1 : à la poubelle*~~

Plan n° 2 : en cours

– Casey, tu peux venir par ici ?

Elle se lève et s'approche de moi, l'air incertain.

– Quoi ?

– Dans quelques minutes, ils vont venir te chercher. Ils vont sûrement t'attacher les mains. Laisse-toi faire. Ils vont t'échanger.

– M'échanger ? répète-t-elle d'une voix tremblante.

– Tu vas sortir d'ici. En échange du matériel dont ils ont besoin pour faire fondre les barreaux, en bas. Ils vont te faire passer par l'issue au sous-sol, pas par les portes de devant. Ce sera effrayant et ils te placeront devant eux comme un bouclier. *Laisse-toi faire.* Concentre-toi sur tes pieds, sur tes pas. Ne fais pas de mouvements brusques. Ne t'éloigne pas d'eux en courant, même pas pour rejoindre les policiers quand tu les verras. Continue simplement de marcher lentement et tranquillement jusqu'à ce qu'un agent t'attrape.

– Pourquoi est-ce qu'ils ne nous laissent pas tous partir ?

Je n'ai pas le temps de lui expliquer les subtilités de l'art de l'arnaque et le pouvoir de la suggestion, mais heureusement, Wes a une réponse à lui donner.

– Tu es la plus jeune, c'est toi qui sors en premier, dit-il fermement.

– C'est exactement ça, ajoute Iris en me dévisageant.

Je vois presque tourner les rouages de son brillant cerveau. Iris aime les puzzles, et je viens de lui en présenter un à mon effigie. Je n'imagine même pas dans quelles directions ses pensées doivent fuser, entre le peu que j'ai révélé et ce que Wes a dit. Sans compter tout ce qui a pu m'échapper cette année, des petites choses insignifiantes quand je n'étais que Nora pour elle, mais qui doivent tourbillonner dans son esprit maintenant qu'elle essaie de se faire une idée claire de qui je suis.

– Et Hank, alors ? demande Casey, qui, devant nos regards perplexes, ajoute : Le vigile. Ce n'est pas lui qui devrait sortir en premier ?

Personne ne répond, car nous nous posons tous la même question : est-ce qu'il est encore vivant ? Casquette Grise avait du sang sur les mains. Est-ce qu'il a…

– Les enfants d'abord, dis-je, esquivant son interrogation.

Elle devient toute blanche. Je serre les dents.

– Je ne veux pas me retrouver toute seule avec eux. Et s'ils…

Elle n'arrive pas à finir sa phrase. Sa lèvre tremblote. Iris émet un bruit de gorge, étranglée par l'émotion.

– Ils ne vont pas te faire de mal, je reprends avec conviction. Ils ont besoin de ce matériel pour entrer dans la salle des coffres. Le shérif ne le leur donnera qu'à la condition qu'ils te libèrent.

– Comment tu le sais ?

Parce que je me suis débrouillée pour. Mais je ne peux pas lui répondre ça, ça la perturberait trop.

– Parce que celui qui a une casquette grise me l'a dit. Mais on doit faire vite. J'ai besoin d'un bout de papier. Et d'un stylo.

Wes et Iris s'activent aussitôt, et en quelques secondes j'ai ce qu'il me faut. Sur un côté du post-it, je dessine une carte grossière, avec l'entrée et la zone où nous sommes détenus. Sur l'autre, j'écris un message.

– Ma sœur s'appelle Lee, c'est elle qui a le mégaphone, dehors, j'explique à Casey en lui tendant le papier. Mets ça dans ta chaussure. Tu le lui donneras quand tu seras en sécurité. Et dis-lui quelque chose de ma part : tu sais, le chef, celui avec qui elle parle ? Dis-lui que c'est un Raymond.

– Je…

– Elle comprendra. Tu peux faire ça pour moi ?

Ses yeux sont immenses, ses pupilles dilatées par la peur et l'adrénaline dévorent presque ses iris noisette tachetés de bleu. Elle inspire profondément, puis elle hoche faiblement la tête.

– Super, dis-je.

Je serre ses épaules un peu trop fort et, quand je vois pointer ses larmes, je regrette de ne pas être capable de réconforter une quasi-inconnue en situation de crise. Mais je ne suis pas comme ça. Iris, si. Wes aussi. Ils sont câlins, moi je suis tranchante. Le genre de fille qui peut compter sur les doigts d'une main – quatre, précisément – les personnes qu'elle a étreintes sincèrement dans sa vie.

– Tu vas gérer ça comme une pro, j'ajoute. Tu vas t'en sortir, et je te promets que ta mère ne t'en voudra plus d'avoir oublié ton sac. (Je parviens presque à lui soutirer un sourire, mais il s'éteint quand je poursuis.) Rappelle-toi : n'essaie pas de leur échapper. Obéis-leur.

– Et je donne les messages à ta sœur.

J'acquiesce en pressant ses épaules.

– Rien que quelques minutes de marche, et tu seras saine et sauve.

– D'accord, dit-elle avant de déglutir.

Bon sang, c'est pas juste. Je me vois en elle. Je reconnais l'acier enveloppé de peur que toutes les petites filles rencontrent sur le chemin semé d'embûches qu'elles doivent emprunter pour devenir des femmes. Si seulement elle avait pu tomber dessus ailleurs qu'ici.

Je me tourne vers Iris et Wes. Je n'ose même pas essayer de déchiffrer leurs expressions.

– Vous, il faut que vous preniez un air bouleversé quand il viendra la chercher. Comme si vous ne compreniez pas pourquoi.

Au raclement désormais familier de la table derrière la porte, nous filons dans le coin.

Casquette Rouge entre le premier, suivi de Casquette Grise.

– Vas-y, lance ce dernier à son acolyte.

Iris pousse un cri de protestation quand Casquette Grise saisit Casey par le bras bien trop brusquement.

– Hé ! je m'exclame tandis que Wes se précipite en avant.

– Ne la touchez pas ! beugle-t-il.

– Où vous l'emmenez ? demande Iris.

Mais ils font sortir la petite en silence.

Je lutte contre mon envie de tenter de les arrêter, parce que la laisser partir… Néanmoins, je me rappelle que c'est mieux comme ça. Ils ne lui feront pas de mal. Ils ont besoin d'elle. Seulement ils ignorent encore pourquoi et à quel point. Si elle quitte les lieux avant qu'ils ne le découvrent, elle n'aura plus rien à craindre.

Quand la porte se referme, Iris s'affaisse contre le mur. Ses mains tremblent. Son gloss a bavé. Elle est tellement pâle. L'inquiétude s'insinue en moi, mais alors son regard s'enflamme et rencontre le mien, et je retrouve le brasier drapé dans du tulle années cinquante dont je suis tombée amoureuse. Elle arque les sourcils et croise les bras.

– Alors tu as tout organisé, déclare-t-elle, sans la moindre intonation interrogative.

– Tant qu'on n'aura pas entendu klaxonner sur le parking, on ne sera pas sûrs qu'ils l'ont vraiment relâchée.

Je ne peux pas *ne pas* essayer d'éviter la confrontation. Ma psy dirait sans doute que c'est pathologique, mais pour moi, c'est une question de survie.

– Tu es une manipulatrice, poursuit-elle.

– Elle a pris sa retraite, fait remarquer Wes.

– C'est *maintenant* que tu te décides à me défendre ?

– Ce que je veux dire, c'est qu'au moins tu ne t'amuses pas à dépouiller des petites vieilles, insiste-t-il, comme si ça allait m'aider.

– Je n'ai *jamais* arnaqué de petites vieilles !

Techniquement, c'est vrai. Mais ce qui l'est aussi, c'est que je traîne derrière moi toute une série de crimes dont la gravité est allée crescendo. À mesure que je grandissais et que ma mère m'impliquait dans ses combines, j'ai dû incarner de plus en plus de filles. Et toutes les choses terribles et inévitables qui viennent à l'esprit quand on imagine une enfant élevée comme ça se sont produites. C'est monté en puissance jusqu'à cette soirée sur la plage où Raymond m'a poussée. « Va le chercher, maintenant ! »

Et quand ça a fini par péter, le sang a coulé sur le sable et je suis partie libre, certes, mais indemne, non. Clean, non.

On ne peut pas dire que j'ai complètement tiré un trait là-dessus depuis que j'ai emménagé à Clear Creek. J'ai juste ramené les mensonges à l'essentiel.

– Tu as fait quoi, alors ? insiste Iris. Parce que, pour ce que j'en vois, tu t'es débrouillée pour que ce braqueur relâche son meilleur otage en échange d'une machine à souder avant qu'il comprenne qu'il s'agissait de son meilleur otage.

– C'est exactement ce qu'elle a fait, confirme Wes.

Elle serre les lèvres, et son gloss déborde encore un peu plus.

– C'est... Tu ne t'appelles même pas Nora O'Malley, pas vrai ?

Je secoue la tête.

– Et ce n'est pas ta vraie couleur de cheveux ?

J'humecte mes lèvres sèches avant de croasser :

– Je les teins.

Je désigne mes cheveux et mes sourcils, les joues brûlantes. C'est encore pire que cette scène ait lieu devant Wes. Il sait tout, il a été à sa place. Cela dit, c'est peut-être mieux pour elle, d'avoir quelqu'un qui comprend.

J'aime Iris, ce qui signifie qu'à cet instant précis, je dois la faire passer en premier. J'ai tellement menti et si naturellement que la frontière entre le faux et le vrai se brouille de manière effrayante, même pour moi. Or je sais ce que ça fait, d'aimer les gens comme moi. C'est trop dur. Ils sont insaisissables. Il n'y a pas assez d'*eux* pour qu'on puisse les saisir.

– Tu as vraiment les yeux bleus, au moins ? demande-t-elle d'une voix fêlée.

Mon ventre se serre et je fais un pas vers elle sans même y penser, mais elle secoue la tête, d'un geste bref et décidé. Je me fige.

– Oui. Les lentilles, ça m'irrite.

Elle bat des paupières, absorbant cette information.

– Alors tu fais ça souvent. Changer d'apparence. De nom. De…

Elle ne va pas plus loin, épuisée. Je me hâte de remplir son silence épouvantable.

– Plus maintenant. Ma mère m'a élevée comme ça. Mais à douze ans, je me suis enfuie, dis-je – et dans le genre euphémisme, je pourrais difficilement faire mieux. Lee m'a aidée. Depuis, ma mère est en prison. Et moi, je…

Cette fois, c'est moi qui ne vais pas au bout de ma phrase. Pas parce que je suis épuisée, mais parce que je ne trouve pas les mots.

– Elle se cache, conclut Wes.

C'est vrai, ça ? Je me cache ? Ou est-ce que j'attends, à l'affût ?

– De qui ? demande Iris.

– De mon beau-père.

– Mais tu as dit qu'il était en prison, lui aussi.

– Oui, mais il avait beaucoup d'influence, avant, et c'est toujours le cas.

– Il veut la tuer, explique Wes.

– *Wes.*

Je le foudroie du regard. Formulé comme ça, c'est effrayant. Mais je suppose que ça l'est, pour lui. Et il sait qu'Iris verra les choses comme lui.

Moi, je ne sais même plus si ça me fait encore peur, ou si ce n'est qu'une donnée par laquelle je ne peux pas me laisser écraser.

– Et elle vient de tout avouer à ce type, parce qu'une tonne de fric attend celui qui la ramènera vivante en Floride, poursuit-il.

Le visage blême d'Iris rougit à peine.

– Quoi ? Mais pourquoi ?

– Parce qu'elle est fondamentalement incapable de ne pas se mettre en danger.

– Je te déteste, dis-je à Wes.

– C'est faux, réplique-t-il.

– Peut-être, mais en tout cas je suis tout à fait capable de ne pas me mettre en danger. Qu'est-ce que tu crois que j'ai fait ces cinq dernières années ?

Il me décoche un de ces regards dont il a le secret, et la relation d'amour-haine que j'entretiens avec son côté sarcastique passe en mode haine absolue.

Iris lève les yeux au ciel avant de se refocaliser sur moi.

– Combien tu vaux ?

– Sept millions. Mon beau-père renfloue un peu la cagnotte à chaque printemps. Joyeux anniversaire, Nora !

Quelque chose vacille sur son visage.

– Alors ce n'est pas juste un petit malfrat, ce type.

Je me mords la lèvre. La vérité va changer des choses. Iris s'informe sur les faits divers et les pyromanes. Elle a forcément entendu parler de lui.

Elle a forcément entendu parler d'Ashley. De moi.

Je regarde Wes. Il hoche la tête d'un air encourageant. *Ça va aller. Je sais que tu en es capable.*

– Ma mère est mariée à Raymond Keane. C'est lui que j'ai envoyé en tôle.

Pendant une fraction de seconde, elle ne réagit pas, mais quand le déclic se fait, ses yeux s'agrandissent.

– Le type dont on raconte qu'il coupe les doigts de ses ennemis pour les donner à bouffer à des alligators ? demande-t-elle sans reprendre son souffle.

– Tu peux enlever le « dont on raconte ». C'est l'une de ses histoires préférées quand il a bu.

Il s'agissait effectivement d'une de ses menaces favorites. Il gardait un jeu de hachoirs datant de l'époque où il était boucher – son surnom ne sort pas de nulle part. Et je n'ai jamais douté de sa capacité à dépecer quelqu'un aussi bien qu'un bœuf. Il m'a appris tout ce que je sais sur les couteaux. Il le regrette peut-être aujourd'hui.

– Oh merde, lâche Iris. Je…

Mais avant qu'elle parvienne à exprimer ce qu'elle ressent, j'entends les coups de klaxon en provenance du parking. Trois longs, deux brefs.

Mes genoux manquent de céder sous l'effet du soulagement. Wes laisse éclore un sourire un peu trop grand pour une situation comme celle-ci.

– Oh merde, répète Iris. Tu as réussi. Casey est sauvée.

Et sur ce, elle se retourne et vomit dans la poubelle.

— 29 —

Transcription téléphonique : Lee Ann O'Malley + les adjoints de Clear Creek réceptionnent l'otage n° 1 (Casey Frayn)

8 août, 11 h 25

O'Malley : J'ai le poste à souder. Vous avez un otage ?

PO1 : Mais oui. Je suis quelqu'un de raisonnable, moi. Je vous remets la plus jeune du groupe. Une petite fille.

O'Malley : Je vous en suis reconnaissante. Une fillette n'a pas sa place dans ce genre de situation. Vous avez des enfants ?

PO1 : Et vous ?

O'Malley : Oh, vous savez, la famille, c'est compliqué. Et si je vous expliquais comment nous allons procéder ?

PO1 : Ce ne sera pas nécessaire. Vous déposez le bazar devant la porte de derrière et vous restez au fond du parking.

O'Malley : On doit pouvoir arranger ça.

PO1 : Appelez-moi quand ce sera fait.

[Communication interrompue.]

O'Malley : Il faut qu'on aille derrière. Il va relâcher une gamine.

Le shérif Adams : Allez déposer le matériel !

O'Malley : On va devoir la jouer fine, shérif. Il ne faut pas qu'on l'effarouche avec tous ces otages à l'intérieur.

Le shérif Adams : Je m'en charge, Lee. Restez ici, OK ?

La shérif adjointe Reynolds : C'est elle qui mène la négociation, shérif. S'il ne la voit pas...

Le shérif Adams : C'est un ordre, Reynolds. Vous aussi, vous restez ici.

O'Malley : Que cela vous plaise ou non, je mène cette négociation. Quand ce sera terminé et que tout le monde sera sain et sauf, vous pourrez en récolter les lauriers. En revanche, si vous continuez à vous mettre dans mes pattes et qu'il arrive quoi que ce soit aux otages, c'est *vous* qui en serez tenu responsable. Je vais donc vous demander de reculer d'environ trois pas et de me laisser gérer ça. On se comprend ?

[Pause.]

Le shérif Adams : OK.

O'Malley : Dans ce cas, je l'appelle.

Le shérif Adams : Si ça part en sucette...

O'Malley : Ça n'arrivera pas.

[Pause. O'Malley compose le numéro de la banque. Trois sonneries.]

PO1 : Tout est en place ?

O'Malley : Le matériel est prêt.

PO1 : Je veux tous les flics devant la banque. Si je vois n'importe qui d'autre que vous en train d'attendre l'otage dans l'allée de derrière, on ouvre le feu.

Le shérif Adams (en arrière-fond) : Non mais quel enc...

O'Malley : Je serai seule.

Le shérif Adams (en arrière-fond, étouffé) : C'est de la folie, putain. Putains de détectives privés.

PO1 : Cinq minutes.

O'Malley : À tout de suite.

[Appel interrompu.]

Le shérif Adams : Que quelqu'un aille lui chercher un gilet pare-balles. Qu'est-ce que vous avez sur vous, O'Malley ?

O'Malley : Un semi-automatique… et ma Winchester est dans le coffre.

Le shérif Adams : Si j'étais vous, je me l'attacherais dans le dos.

O'Malley : Pour une fois, nous sommes d'accord, shérif. Je vais prendre ça comme un signe du destin.

Le shérif Adams : Enfilez ce gilet. Et ne vous faites pas descendre. Sinon on n'a pas fini de me casser les oreilles avec ça.

[Voix et bruits indistincts, impossibles à transcrire. Temps écoulé : 3 minutes, 18 secondes. D'après le rapport officiel : le shérif et ses adjoints repartent à l'avant de la banque, laissant O'Malley à la porte de derrière.]

O'Malley : Milwaukee. Akron. Austin. San Francisco. Seattle. Rochester. Milwaukee. Akron. Austin. San Francisco. Seattle. Rochester. Milwaukee. Akron. Austin. San…

[Bruit fracassant.]

O'Malley : Je veux voir vos mains !

PO1 : Et moi qui croyais qu'on se comportait en personnes civilisées.

O'Malley : Braquer une gamine avec un fusil, c'est ce que vous appelez un comportement civilisé ?

PO1 : Aux grands maux les grands remèdes.

O'Malley : Vous laissez la petite venir vers moi et je pousse le matériel vers vous. Ça marche ?

PO1 : Ça marche.

O'Malley : À trois. Un. Deux. Trois.

PO1 : Vas-y.

[D'après le rapport officiel : l'otage n° 1 (identité : Casey Frayn, 11 ans) traverse l'allée et rejoint la police. O'Malley donne un coup

de pied dans le chariot contenant le poste à souder pour le faire rouler jusqu'à PO1, qui se replie ensuite dans la banque.]

O'Malley : Hey, est-ce que ça va ? Ils t'ont fait du mal ? Comment tu t'appelles ? Il me faut des ambulanciers !

Casey Frayn : C'est vous, Lee ? Vous êtes sa sœur ?

O'Malley : Oui. Elle va bien ?

Casey Frayn : Elle m'a dit de vous dire que c'est un Raymond. Vous comprenez ce que ça veut dire ? Il va les tuer. Tous. Elle croit que je ne le sais pas, mais je l'ai bien vu. Je l'ai senti. Elle m'a demandé de… Tenez… C'est ça… Elle…

Un adjoint non identifié : L'ambulance sera là dans deux minutes.

O'Malley : Prenez-la. Emmenez-la loin d'ici. Et au nom du Ciel, que quelqu'un appelle sa mère !

La shérif adjointe Reynolds : C'est quoi, ça ?

O'Malley : Rien.

La shérif adjointe Reynolds : Lee ! Tu viens de glisser quelque chose dans ta poche.

O'Malley : Non.

La shérif adjointe Reynolds : Je…

O'Malley : Non. Je n'ai rien mis dans ma poche. Bon, on sait quand ce foutu groupe d'intervention va arriver ? S'ils ne se dépêchent pas, il faudra un miracle pour que tout le monde sorte vivant de cette banque.

30

La piscine

Deux mois plus tôt

Quand on commence à sortir ensemble, Iris et moi, on garde ça secret. Elle n'est pas prête à faire son coming out auprès de sa mère, et mon soulagement me fait culpabiliser, parce que je sais que c'est dur de se cacher. Mais n'en parler à personne me facilite tellement les choses… Nous sommes dans une petite bulle et je n'ai pas envie qu'elle éclate au contact du réel.

Ça fait maintenant des années que je vis dans un monde de vérité avec Wes et Lee, et c'est douloureux de devoir refermer des portes que j'avais ouvertes en grand. Avec Wes, je ne fais que retarder l'inévitable, et mentir à Lee à propos de certaines choses a toujours fait partie de mon quotidien. Mais avec Iris…

Avec Iris, j'ai une ardoise vierge. La dernière fois que j'en ai eu une, c'est quand j'ai rencontré Wes, et je l'ai remplie de mensonges avec ce que je croyais être de l'encre permanente. Mais en réalité, c'était de la craie, et tout s'est effacé grâce à l'amour et à la sécurité. Wes ne s'est pas laissé duper.

Iris aussi finira par voir clair dans mon jeu. Peut-être pas aujourd'hui. Peut-être pas demain. Mais elle y arrivera, à moins que je trouve le moyen de tout lui raconter.

Sa tête est posée sur mon ventre, sa queue-de-cheval caresse mon bras comme de la soie. Ça me procure plus de plaisir que je ne saurais le dire, de pouvoir jouer avec ses cheveux. Je craignais que ça me rappelle le poids de ma crinière blonde qui se balançait dans mon dos et me tenait tellement chaud en été, les mains de ma mère la modelant selon le style de chaque fille. Mais c'est différent quand ce ne sont pas les miens. Ceux d'Iris sentent le jasmin – comme le buisson devant notre boîte aux lettres qui ne fleurit que la nuit – et m'évoquent cette maison qu'il m'a fallu une éternité pour considérer comme *la mienne*.

– Ton téléphone vibre, me dit-elle en l'attrapant sur son bureau, à côté de son lit.

Elle me le donne et je vois que c'est un appel de Terry.

Terrance Emerson troisième du nom est le meilleur ami de Wes depuis la maternelle, et aussi l'héritier d'un magnat de l'amande. Il est d'une gentillesse tirant sur la niaiserie, il est presque tout le temps défoncé, et il a le chic pour se mettre dans le pétrin, même s'il s'en sort toujours rapidement grâce à son statut de futur roi de l'amande. Il ferait la cible la plus facile du monde. L'arnaquer, ce serait comme voler des bonbons à un bébé très riche et très endormi. Mais Wes l'adore et c'est un bon gars – très drôle, à condition de garder un œil sur la junk food quand il est dans les parages.

– Salut, Terry. Quoi de neuf ?

« Nora ? Il faut que tu viennes. »

– Qu'est-ce qu'il y a ?

Iris s'assied.

« Wes est défoncé. Il ne peut pas rentrer chez lui dans cet état. »

– Quoi ? Qu'est-ce que tu as fait ?

Cette fois, c'est moi qui me redresse, et Iris articule : « Qu'est-ce qui ne va pas ? » Je lève un doigt pour la faire patienter.

« Ce n'est pas moi qui l'ai drogué, si c'est ce que tu insinues ! » s'offusque Terry.

– Terry…, dis-je d'un ton menaçant.

« Bon, d'accord, c'est un peu de ma faute. J'avais un sachet de cookies que je n'avais pas étiqueté. »

– Il a mangé des space cookies ? je demande en commençant à reboutonner ma chemise. Oh merde. Combien ?

« Il en était déjà à la moitié du sachet quand je suis remonté dans ma chambre. »

– Terry !

« Je sais, je sais. Je suis désolé, mais… »

Est-ce que j'entends quelqu'un chanter faux en arrière-fond ? Probablement. Wes devient à la fois très émotif et très mélomane quand il est stone.

– Tu as oublié ce qui s'est passé la dernière fois ?

Je voulais dire ça sur un ton réprobateur, mais ma voix est étranglée, trop éprouvée par ce souvenir.

« C'est bien pour ça que je t'appelle, répond-il avec sérieux. Je ne peux pas le garder chez moi. Si mes parents le trouvent dans cet état en rentrant à la maison, ça arrivera aux oreilles du maire. »

– Enferme-le dans ta chambre en m'attendant.

Je raccroche et Iris me lance un regard interrogateur.

– Je suis vraiment désolée. Je dois y aller.

– Wes va bien ?

– Comment tu sais que je parlais de Wes ?

Elle hausse un sourcil.

– Ne le prends pas mal, mais de qui d'autre pourrais-tu parler ? Tu ne traînes qu'avec lui.

– Je traîne aussi avec *toi*.

– Tu vois très bien ce que je veux dire.

– Je n'ai jamais été du genre à avoir des tonnes d'amis.

J'essaie d'adopter un ton détaché, mais elle me fixe de son regard perspicace.

– Alors, il va bien ?

– Ouais. Il faut juste que je le ramène chez moi le temps qu'il retrouve son état normal. Je ne veux pas qu'il ait des ennuis.

J'ai beau faire comme si de rien n'était, mon cœur bat violemment contre ma poitrine, et j'ai l'impression d'avoir de nouveau quinze ans, de monter cet escalier et d'ouvrir la porte de la salle de bains de Wes, sachant très bien ce que je vais y trouver. Il faut que j'y aille. Il faut que j'aille le chercher.

– Je peux venir avec toi ?

Elle me pose cette question avec prudence, le regard méfiant ; on dirait presque qu'elle me met au défi de refuser.

– Bien sûr, dis-je, tellement pressée de partir que je ne réfléchis pas vraiment. C'est moi qui conduis.

Terry ouvre la porte, un paquet de chips à la main et un milliard d'excuses aux lèvres.

– Je ne l'ai laissé seul que quelques minutes, m'assure-t-il alors que je monte l'escalier au pas de charge, suivant la mélodie de plus en plus forte.

Wes a une voix *affreuse*. Il serait incapable de chanter juste quand bien même sa vie en dépendrait. D'habitude, il en a conscience, mais il suffit de quelques taffes pour qu'il se prenne pour un chanteur d'opéra.

– Je suis sûre que ça va aller, dit Iris à Terry.

Il secoue la tête d'un air sombre et elle fronce les sourcils. C'est déstabilisant, car Terry n'a rien d'un type sombre, mais il sait ce qui se passera si le maire l'apprend.

Il a planqué Wes dans la salle de jeux, et celui-ci s'illumine quand nous entrons. Je ne peux pas m'empêcher de lui rendre son sourire ; ça faisait longtemps que je ne l'avais pas vu aussi insouciant.

– Ah, les filles, vous êtes là !

– Il paraît que tu as mangé des cookies.

– Je croyais que c'étaient des cookies normaux.

– Depuis le temps, tu devrais savoir que tout ce qui traîne dans la chambre de Terry a des chances d'être bourré de cannabis.

– Mais ils étaient aux pépites de caramel ! proteste-t-il en faisant la moue.

– Dans ce cas, c'est vrai que tu n'avais pas le choix, dis-je, et il opine avec le plus grand sérieux, mon sarcasme lui passant complètement au-dessus de la tête. Allez, lève-toi. Je te ramène à la maison, tu dormiras jusqu'à ce que ça passe.

– Si Lee veut un cookie, dommage, je les ai tous mangés.

Il rit un peu trop longtemps, et je le prends par le bras pour l'aider. Puis je le guide jusqu'à ma voiture, où il s'y reprend à trois fois pour attacher sa ceinture. Ses paupières tombent dès que je démarre. Décidément, il ne supporte pas plus les space cakes que l'alcool.

Je ne réfléchis pas quand je pousse la porte de ce qui était autrefois la chambre d'amis, mais qui, dans les faits, est devenu celle de Wes. Ses vêtements sont dans la commode, ses chaussures par terre et, sur le bureau, son ordinateur portable est ouvert sur le fond d'écran où on le voit poser avec des chiens du refuge. Il se jette sur le lit en soupirant et remonte sur lui la couverture froissée aussi naturellement que s'il avait fait ça des centaines de fois, ce qui est le cas.

C'est seulement quand je me retourne vers Iris, plantée dans l'embrasure de la porte, que je réalise qu'elle n'est encore jamais entrée dans cette pièce. Jusqu'à maintenant, elle n'était pas au courant de l'accord tacite qui existe entre Lee et moi – et qui stipule que Wes sera toujours le bienvenu chez nous, à n'importe quelle heure du jour et de la nuit, aussi longtemps qu'il en aura besoin.

Je me suis débrouillée pour esquiver le sujet, me convainquant qu'il n'était pas nécessaire de lui en parler. Désormais, ma loyauté est écartelée entre mes secrets, ceux de Wes et une partie de ceux d'Iris, et je ne veux pas que ça aussi vole en éclats.

– Tu te reposes, OK ? On sera à côté de la piscine, dis-je à Wes, qui hoche la tête sous la couverture.

Je laisse sa porte entrebâillée, puis je regarde Iris en désignant le jardin.

– Ça te dit ?

– Oh oui, carrément, répond-elle d'un ton si cassant que j'ai l'impression qu'un poids coule au fond de mon ventre, comme une pierre jetée dans un étang immobile.

Elle est énervée et elle a tous les droits de l'être : c'est une chose de rester la meilleure amie de son ex, c'en est une autre de vivre à moitié avec lui.

On sort et j'attends qu'elle soit installée dans l'une des chaises longues que Lee a fabriquées avec des palettes et que j'ai garnies avec un gros coussin jaune déniché dans une braderie.

– Alors, commence-t-elle, *tu peux m'expliquer,* c'est ça ?

Je m'assieds au bord de la deuxième chaise et me mets à jouer avec l'étiquette du coussin.

– Je trouve ça bien que vous soyez amis, tous les deux, reprend-elle, face à mon silence. Vraiment. Mais je ne… Il *vit* ici ?

– Pas officiellement.

– Chaque fois que je viens ou presque, il est là, sauf quand il est avec Terry ou au refuge, ajoute-t-elle lentement, comme si elle en prenait tout juste conscience. La semaine dernière, Lee l'aidait à travailler une dissertation pour la fac. Il y a les crackers à l'oignon qu'il aime dans le placard, alors que tu les détestes. Et il a sa chambre dans ta maison. Juste en face de la tienne.

– S'il te plaît, ne dis pas ça comme ça.

– Comme quoi ?

– Comme si c'était un truc sordide. Ce n'est pas le cas.

– C'est quoi, alors ? Je ne comprends pas, avoue-t-elle avec une sincérité qui me tue. Au lycée, personne ne sait pourquoi vous avez rompu. Je me suis renseignée quand je me suis mise à traîner avec vous. Tout le monde m'a servi la même histoire : un jour, vous étiez ensemble, et le lendemain, *bam*, c'était fini, sans aucune explication, et vous êtes redevenus amis comme si de rien n'était.

– Ça ne s'est pas passé comme ça.

– Et comment ça s'est passé ? Parce que je commence à me demander si je ne suis pas tombée au milieu d'une crise passagère entre vous. Et je ne veux pas de ça, Nora. Je ne veux pas être la diversion bi dans l'acte un de la comédie romantique où tu finis par te rabibocher avec le gars canon dans l'acte trois.

– Tu ne me divertis de rien du tout ! je réplique avec force, désarmée devant ses craintes. Je n'ai pas besoin d'être divertie de quoi que ce soit. Tu… (Je souffle bruyamment.) Tu me terrifies.

C'est la vérité, mais vu sa tête contrariée, j'aurais peut-être mieux fait de me taire.

– Ce n'est pas ce qu'on a envie d'entendre dans la bouche de sa petite amie.

– Tu me donnes envie de tout déballer, là, tout de suite. Toutes les erreurs que j'ai commises. Tous mes secrets. Toutes mes blessures, toutes mes cicatrices, toutes les choses qui m'ont touchée. Avec toi… je ne savais pas qu'on pouvait ressentir ça. Et je suis terrifiée à l'idée de tout foutre en l'air. Mais si je te raconte tout sur moi, c'est forcément ce qui va se passer, et pas parce que je me languis de Wes ni parce qu'il se languit de moi. Tu n'as pas vu comment il regardait Amanda pendant qu'elle faisait son discours, la semaine dernière ? C'est à *ça* qu'il ressemble quand il veut être avec quelqu'un.

– Il faut vraiment qu'il se décide à l'inviter à sortir.

– Je sais. Elle est super.

– Et que crois-tu qu'elle penserait de vos petits arrangements, elle ?

Cette fille est aussi tranchante qu'un cutter flambant neuf… de ceux qu'il faut assembler soi-même en priant pour ne pas se couper.

– C'est mon meilleur ami.

– Ça, tu l'as déjà dit.

– Son père craint, Iris.

– Je sais qu'ils ne s'entendent pas, répond-elle comme si c'était un détail, mais…

– Non, écoute, j'insiste lentement, sans la quitter des yeux, essayant de lui transmettre par le regard ce que je ne peux pas lui dire avec des mots, car ça reviendrait à trahir Wes. Son père craint *vraiment*. Tu comprends ?

Elle penche la tête sur le côté et sa queue-de-cheval glisse de son épaule. Juste à ce moment-là, la porte de derrière s'ouvre dans un bruit fracassant et nous nous retournons pile à temps pour voir Wes traverser la pelouse rabougrie comme une flèche et faire une bombe dans la piscine, nous éclaboussant toutes les deux.

Iris pousse un cri perçant et se lève d'un bond. Je reste plantée là à bredouiller tandis que Wes remonte à la surface, ravi.

– Wes ! s'exclame-t-elle en secouant la tête et en éventant sa robe devant elle. Il y a des paillettes vieilles de plus de quatre-vingts ans sur cette ceinture ! Elles deviennent toutes collantes si on les mouille ! Tu es vraiment…

Elle relève les yeux et reste muette.

Wes a retiré son tee-shirt avant de sauter dans la piscine, ce qu'il ne fait jamais devant des gens. Il ne va plus nager nulle part sauf ici, avec Lee et moi. Il a pris l'habitude de faire attention.

Mais pas aujourd'hui, et Iris se rassied brusquement sur le coussin jaune en lâchant un « oh » tout bas.

Heureusement, il a gardé son short. Et étant donné qu'il s'ébroue dans l'eau comme un chien géant, il ne voit rien, n'entend rien, ne se rend compte de rien. Le regard horrifié d'Iris se fixe sur ses épaules, et quand elle finit par sortir de sa sidération, je n'essaie même pas d'inventer un bobard.

Je m'efforce de voir ces cicatrices avec un regard neuf, comme la première fois, mais je les connais trop bien, lui et elles. Un morceau de Wes est enroulé comme un bandage autour de mon cœur. Ma peau se souviendra toujours de lui, parce qu'on n'oublie pas la première personne qui vous a touchée avec amour quand la vie vous avait appris que tout contact physique n'apporte que peur et souffrance.

Je prononce le prénom d'Iris pour la libérer de ce mauvais sort. Quand elle se retourne vers moi, sa colère s'est transformée en inquiétude.

– Est-ce que ça va ? je l'interroge. Tu veux un verre d'eau, ou…

Elle secoue la tête, les yeux rivés au sol, les sourcils tellement froncés que je me demande si le V qui s'est formé sur son front demeurera incrusté là de façon permanente.

– Pourquoi tu ne m'as rien dit ? lâche-t-elle finalement.

– C'est mon meilleur ami, je répète, tel un disque rayé.

Elle hoche la tête. Rapidement, résolument.

– Il reste avec toi et Lee pour ne pas être chez lui.

– Oui, c'est ça, entre autres.

Je pourrais lui laisser croire que ça s'arrête là, mais je ne veux pas qu'elle pense qu'on ne fait ça que par charité. Je ne tiens pas non plus à ce qu'elle se fasse des idées. Ça me rend malade de savoir qu'elle se fait du souci, qu'elle se demande quand je vais lâcher sa main pour celle de Wes. Ce n'est pas du tout mon intention ni celle de Wes, je le sais : il a passé la moitié du semestre à dévorer Amanda du regard comme si ses fossettes détenaient les réponses à toutes les questions de l'univers – ce qui, d'ailleurs, pourrait bien être le cas ; Amanda est aussi géniale que ses fossettes.

– Alors quoi d'autre ?

Je m'assieds à côté d'elle, les jambes et le corps tournés vers elle. Je me retiens de lui prendre la main. Je ne suis pas sûre qu'elle ait envie que je la touche. Je ne suis plus sûre de rien. Est-ce que c'est fini ? J'espère que non.

– On a rompu à cause de moi. J'ai déconné. On pourra en parler un jour, toi et moi, mais ce n'est pas le genre de conversation qu'on peut avoir après seulement un mois de relation. Je suis désolée. Je ne suis pas…

Je fixe la piscine. Wes s'est emparé de la bouée licorne géante que Lee a rapportée à la maison dans un rare accès de fantaisie. Il est affalé dessus, les yeux mi-clos.

– C'est un membre de ma famille, je reprends. Je ne vais pas te dire qu'il est comme mon frère, ce serait dégoûtant. Mais avant de le connaître, je n'avais confiance en personne, et notre histoire d'amour n'a représenté qu'une petite partie de notre relation. Quand elle s'est terminée – et elle est *bel et bien* terminée –, la relation a continué, elle.

– Les Franken-Friends, dit-elle.

– Il t'en a parlé ?

– Il me parle de beaucoup de choses. Du moins c'est ce que je croyais.

Elle sourit presque en le regardant chantonner, les bras autour du cou de la licorne, mais ça ne dure pas. La prise de conscience de tous les secrets que lui et moi partageons se fera par vagues ; elle n'en connaît même pas la moitié. Je ne suis pas certaine qu'elle les connaîtra tous un jour.

– Putain, lâche-t-elle, comme pour elle-même. Tous les pères du monde sont des salauds, ou quoi ?

– Pourquoi tu dis ça ?

Est-ce que j'ai laissé échapper quelque chose ? Je me repasse toutes nos discussions à toute vitesse.

– Pour rien, répond-elle. Pour rien.

Elle aurait sans doute réussi à garder cette remarque pour elle si elle n'avait pas été aussi secouée, mais là, ça me saute aux yeux : ce n'est pas moi qui ai laissé échapper quelque chose. C'est elle.

– J'ai l'impression que c'est la première fois que tu parles de ton père, dis-je en tâtant le terrain.

En réalité, j'en suis sûre. Je conserve une base de données à son sujet au fond de mon crâne, une petite bibliothèque spécialisée à laquelle je ne cesse d'ajouter des rayonnages.

– Il n'y a rien à dire, réplique-t-elle si sèchement que je comprends qu'elle aurait en fait des tonnes de trucs à dire. Mes parents vont divorcer. Je ne le vois plus. Depuis combien de temps ça dure ?

Elle désigne la piscine.

– Ce n'est pas à moi de t'en parler. Il sera gêné quand l'effet des cookies se sera dissipé, quand il réalisera que tu as compris.

– D'accord. Je verrai ça avec lui. Il le maltraite toujours ?

Elle ne peut s'empêcher de m'interroger, c'est plus fort qu'elle.

– Éviter de passer du temps chez lui fonctionne plutôt bien. Ça fait longtemps que… ça fait plusieurs années.

– Alors il a arrêté.

– Les hommes dans son genre n'arrêtent jamais, dis-je, et je baisse les yeux sous le poids de son regard, de toutes les questions qu'elle ne posera pas et des réponses qu'elle ne me donnera pas parce que je ne la connais pas encore assez bien.

– C'est vrai, acquiesce-t-elle doucement.

Tous les pères du monde sont des salauds, ou quoi ? Cette interrogation tourne en boucle dans mon esprit, car si ce terme s'applique bien au maire, je me demande ce que son père à elle a bien pu faire pour mériter qu'elle dise ça. Il faut que je m'en mêle, comme je l'ai fait pour le père de Wes ? Je sens ruer l'instinct qui se réveille en moi chaque fois que je repense aux épaules de Wes avant et après ; à ce jour dans les bois où j'ai imposé au maire un pacte dangereux qui pourrait se briser à tout moment et nous détruire pour de bon.

– Il n'y a donc que toi, Lee et Terry qui êtes au courant, résume Iris.

– Et toi.

– Et moi.

– On essaie d'assurer sa sécurité.

Est-ce qu'elle comprend le sens de ces mots ? Ce que je lui demande ?

– Je comprends, dit-elle en se tournant vers Wes, qui se prélasse toujours sur sa bouée en battant des pieds dans l'eau comme un petit garçon.

– Vraiment ?

Elle hoche la tête, sans le quitter des yeux.

– On se ressemble plus que tu ne le crois, toi et moi…

Elle ne va pas plus loin. Son petit doigt effleure le mien sur le coussin jaune et s'empare de lui. Ce n'est pas une promesse, mais la reconnaissance de ce qui nous unit : elle, moi, et ce secret entre nous. Un lien bien plus profond qu'un serment, enraciné en moi et sur le point d'éclore.

Je sais que c'est de l'amour, et pourtant, à cet instant qui précède son prudent déploiement, je préfère faire semblant de l'ignorer.

Mais je n'ai jamais été douée pour me duper. Même quand j'en ai envie.

— 31 —

11 h 21 (129 minutes de captivité)

1 briquet, 3 mignonnettes de vodka, 1 paire de ciseaux, 2 clés de coffre-fort

~~Plan n° 1 : à la poubelle~~

Plan n° 2 : en cours

Je retiens les cheveux d'Iris pour qu'ils ne tombent pas sur son visage pendant qu'elle vomit, une main pressée contre son ventre. Quand elle se redresse, les lèvres tremblantes, elle essuie de son poing les larmes qui se sont échappées du coin de ses yeux. Son mascara ne coule presque jamais devant les drames historiques et tristes qu'elle aime regarder – tout en corsets, falaises et promenades au bord desdites falaises –, et maintenant non plus. Je serais impressionnée si je n'étais pas aussi inquiète.

– Ça va. C'est juste la douleur. (Mais soudain, elle s'appuie contre le bureau et se replie sur elle-même.) Si seulement j'avais un peu d'eau, ajoute-t-elle d'une toute petite voix avant de se redresser, comme si ses os, momentanément réduits à l'état de verre brisé, retrouvaient la dureté de l'acier. La vodka, ce n'est pas idéal pour se rincer la bouche.

– Sauf si tu as envie de prendre une cuite, lance Wes.

Elle lui adresse un sourire vacillant, pousse la poubelle dans un coin, puis va s'asseoir par terre à côté de lui, à l'autre bout de la pièce. Je reste près du bureau, doutant d'être la bienvenue. Je sais que ce n'est pas terminé. Ses questions. Mes révélations.

Mais si les deux braqueurs sont en train de s'occuper des barreaux, ça devrait probablement laisser le temps au groupe d'intervention de se pointer.

Le problème, c'est le *probablement*. Je ne peux pas jouer notre vie sur la probabilité que les flics de Sacramento soient assez rapides. Les villes perdues au milieu de nulle part du genre de Clear Creek ne sont jamais la priorité de personne.

La seule chose de sûre, ici, c'est moi. Donc soit je fais confiance à la police, ce qui va à l'encontre de tout ce qu'on m'a appris… soit je ne compte que sur moi-même. Et franchement, j'ai toujours eu du mal à respecter l'autorité. Je préférerais m'en remettre à Jésus plutôt qu'au FBI, et tout bien considéré, aucun des deux ne me convient. Il n'est plus question que je cède devant l'autorité d'un dieu, d'un parent ou d'une agence gouvernementale.

– C'est pour ça que vous avez rompu ? demande soudain Iris.

À en juger par l'expression de Wes, qui reflète la mienne, je dois avoir l'air complètement ahurie.

– Tu m'as dit que c'est toi qui avais merdé, poursuit-elle. Je pensais que tu l'avais trompé ou un truc comme ça.

– C'est plus ou moins ce que j'ai sous-entendu pour éviter que tu découvres la vérité.

Autant avouer ça, puisqu'on a choisi de jouer cartes sur table.

– Tu préférais que je doute de ta fidélité ?

– Si je vis sous une fausse identité, ce n'est pas pour rien. Personne n'est censé connaître la vraie.

– Wes la connaît, lui.

– Elle ne m'a rien dit, précise-t-il. J'ai compris tout seul.

– Super, maintenant je me sens débile de ne pas avoir capté.

– Il ne faut pas. Je n'y suis parvenu qu'après trois ans, un feu de forêt et le système de chantage délirant qu'elle a mis en place.

– Ça n'avait rien de délirant, dis-je. Et si tu continues d'en parler, on va devoir *en parler*.

À ma grande surprise, il hausse les épaules.

– Qu'est-ce que ça peut faire, au point où on en est ? Tu crois que j'ai oublié ? Je n'étais pas si défoncé que ça. Je sais qu'elle a vu mes cicatrices.

– Oh, Wes… souffle Iris, mais il se contente de hausser les épaules de nouveau, les joues tachetées de rouge.

– On n'est pas obligés… je commence, pour le protéger.

Je veux aussi protéger Iris. Je ne sais pas si je peux faire les deux à la fois. En tout cas, pour moi, je ne peux plus rien. Je pourrais les défendre de moi-même, alors ? Qu'est-ce que ça impliquerait ? Qu'est-ce que ça donnerait ?

Moi, partie, loin d'eux.

– Qu'est-ce que tu veux qu'on fasse d'autre ? réplique Wes. Tu mets tout sur le tapis. Je peux bien en faire autant. Tu en dis quoi, Iris ? On sera peut-être morts d'une minute à l'autre. Vérité contre Vérité ?

– Vérité contre Vérité, accepte-t-elle en lissant la jupe de sa robe.

Ils me regardent d'un air interrogateur.

– OK. Vérité contre Vérité.

32

Vérité contre Vérité

L'une des premières choses que j'apprends sur Iris, c'est qu'on peut lui lancer n'importe quel défi : tant que ça n'implique pas de faire mal à une personne ou un animal, elle le relèvera. Mais elle ne se compte pas dans la catégorie personnes et animaux. Elle est insouciante, pleine de joie de vivre, et fait preuve du même instinct de survie qu'un papillon de nuit attiré par les défis *et* par les flammes.

Voilà pourquoi, suite à un jeu d'Action ou Vérité qui a dégénéré – elle s'est cassé le poignet en manquant de tomber du toit de Terry, qui lui avait demandé d'escalader son belvédère –, Wes a inventé Vérité contre Vérité.

Comme son nom l'indique, le jeu consiste à échanger un secret contre un autre secret. En général, on joue en buvant de l'alcool, ce qui facilite les choses. Néanmoins, à cet instant précis, il n'y a que nous, le danger et cette pièce fermée. Bon, Iris a des mignonnettes de vodka dans sa poche, mais ce n'est pas le moment.

C'est juste le moment de vérité. Pour nous tous.

— 33 —

Le maire

Presque trois ans plus tôt

Pendant trois années entières, je fais ce que Lee me demande. Je me comporte normalement. Comme une ado, pas comme une arnaqueuse. Je cherche encore des issues de secours et des personnes susceptibles de me mener à elles. Je me réveille encore trois nuits sur quatre parce que je suis en train de me battre avec des gens qui ne sont pas là. Mais je suis ma thérapie et je ne sèche pas les cours. Wes et moi sommes amis. Des mois, puis des années passent, et à quatorze ans, on devient un peu plus que ça… et à quinze ans, on devient *nous*.

Je ne savais pas ce que c'était, de faire partie d'un *nous*. Je n'avais pas la moindre idée de ce que ce genre d'amour nourrirait et ferait croître en moi. Une espèce de plante épineuse, plus chardon que fleur, qui protège et qui pique, capable de devenir vénéneuse en cas de menace.

Au moment où on se transforme en *nous*, on a déjà une routine. On arrive bien à jongler entre ses allées et venues dans la maison. Pour moi, ce n'est pas *sa* maison. C'est celle du maire. Son petit fief. Une sorte d'immense chalet ostentatoire posé sur cinq hectares qu'il dirige comme un seigneur médiéval.

Mais on se débrouille toujours pour que Wes soit déjà parti quand le maire rentre chez lui. Ce n'est pas une science exacte, et ce n'est pas parfait. Je ne peux pas empêcher son père de le battre. Par contre, je peux réduire le temps que Wes passe là-bas afin qu'il ait moins d'occasions de le faire.

Nous trouvons de bonnes excuses et des mauvaises, des séances de révisions et des soirées qui s'éternisent et pendant lesquelles on retient notre souffle. Parfois, j'envisage carrément de fonder un club avec des réunions tous les jours après le collège, juste pour garder Wes auprès de moi.

Lee observe. La plupart du temps, elle ne fait aucun commentaire sur le garçon dans la chambre d'amis. Elle ne dira rien tant que je ne dépasserai pas les limites. Tant que je ne nous mettrai pas vraiment en péril.

Ce qui finit par arriver.

Parce qu'un jour, Wes ne vient pas à la maison comme prévu.

Un jour, je dois aller le chercher.

Je sais ce que je vais trouver avant même de passer par la porte de derrière sans frapper, trois ans et son amour n'ayant pas suffi à me dépouiller d'instincts qu'il m'a fallu douze ans et six filles pour intérioriser.

Il est torse nu sur le sol de sa salle de bains, à l'étage, et il y a tellement de sang sur les serviettes que mon ventre et ma tête se mettent à tourner. Je dois m'agripper au rebord du lavabo. Le carrelage, froid sous mes doigts, m'aide à me calmer, assez pour réussir à inspirer. Wes a les yeux gonflés ; des traces de larmes maculent ses joues alors qu'il se détourne de moi.

Je m'agenouille à côté de lui et, pendant un moment horrible, bien trop long, je ne sais pas quoi faire de mes mains. Je ne sais pas par où commencer. Ses épaules…

Je suis tétanisée. Moi, la fille qui sait toujours quoi faire. Je brûle de lui demander ce qui s'est passé, mais j'ignore comment formuler ça sans laisser entendre qu'il a dû faire quelque chose pour provoquer ça – parce que merde, le maire est plus malin que ça d'habitude. Cette pensée me dégoûte encore plus que tout le reste, et pourtant c'est la vérité. Il ne laisse presque jamais de marques indélébiles.

Or celles-ci ne partiront jamais.

– De quoi tu as besoin ?

C'est ce que me demande parfois ma psy. Le besoin, c'est plus que l'envie. C'est… c'est quelque chose que je peux gérer. Je peux l'aider.

Il le faut. Il faut que j'arrête ça.

(« Tu pourrais arrêter le maire », murmure une voix intérieure qui me ressemble tellement, pas à ma mère ni à aucune des filles, que je ne sais pas quoi faire d'autre que la rejeter.)

– Il faut que tu partes, murmure-t-il comme s'il avait peur.

Soudain, je réalise que c'est le cas, et que je ne l'avais encore jamais vu comme ça. Wes est fort, et réservé, du moins jusqu'à ce qu'on arrive à le faire sortir de sa coquille : ensuite, c'est un vrai moulin à paroles. Mais on a toujours l'impression qu'il accepte la douleur, pas qu'il la craint.

– Il va revenir, ajoute-t-il. S'il tombe sur toi…

– Pas question que je te laisse. Il faut que tu ailles à l'hôpital. Tu as besoin de points de suture.

– Je ne peux pas, répond-il en secouant la tête.

Évidemment. Pourquoi est-ce que j'ai dit ça ? Pourquoi je n'arrive pas à réfléchir correctement ?

Parce que je pense comme Nora. Comme si j'étais normale. Il est temps que ça s'arrête.

– Tu as une trousse de premiers secours ?

– En bas. Dans la cuisine.

– Je reviens tout de suite. Appuie fort sur la plaie.

Je pose une serviette sur son épaule, et quand il lève la main pour la maintenir en place, ses doigts effleurent les miens.

– Je t'aime, dis-je.

C'est tellement peu, c'est dérisoire, et pourtant, il me regarde de ses yeux rougis comme si pour lui, c'était tout.

Je mets un temps fou à trouver la trousse. Je suis encore dans la cuisine, en train de fouiller dans les placards du bas, lorsque j'entends crisser des pneus sur le gravier. Quelqu'un approche.

Je me relève brusquement et je referme les placards, oubliant la trousse. Mes poils se dressent sur mes bras à mesure que le bruit s'amplifie, et je jette un coup d'œil par-dessus mon épaule. La porte de derrière est juste là. Je pourrais…

Mais si le maire pose encore une fois la main sur Wes…

Mon esprit déborde de pensées à moitié formées. Je suis trop rouillée. J'ai l'impression que la partie de moi censée réagir vite et bien s'est atrophiée et doit lutter pour revenir à la vie avant qu'il ne soit trop tard. Heureusement, mon corps prend le relais comme si lui savait quoi faire. Je me surprends à mettre une poêle sur la cuisinière avant même d'avoir échafaudé un plan. Je me dirige vers le frigo, sors des légumes du bac et un lourd paquet enveloppé dans du papier. *Pas de précipitation*. Si je me dépêche, je vais rougir. Or il va m'examiner de près.

Je saisis le plus gros couteau de boucher. La mère de Wes aime cuisiner, et ses couteaux sont magnifiques : fabriqués à la main au Japon, aiguisés avec amour et expertise. Ce serait tellement facile de…

Je pourrais…

Non. Je ne pourrais pas.

J'entends le petit coup de klaxon qui indique qu'il a verrouillé sa voiture. Il sera là d'un instant à l'autre. Je verse un filet d'huile d'olive dans la poêle, puis je me retourne vers la planche à découper. Au moment où il pénètre dans le couloir, j'ai déjà haché un oignon entier, qui grésille dans la poêle. Je prie pour que Wes reste en haut. S'il ne se montre pas, je peux y arriver.

– Wes, tu cuisines quelque…

Le maire s'arrête brusquement en m'apercevant.

Je relève les yeux de la carotte que je suis en train d'émincer et lui adresse un sourire détendu. C'est l'une des choses les plus dures que j'aie jamais faites. J'ai envie de lui hurler dessus. De le poignarder. J'ai tellement d'envies, dont certaines sont terrifiantes, car je ne suis plus censée être comme ça.

Je suis censée être Nora.

Mais je ne suis plus Nora à ce moment-là. Je retrouve vite mes vieilles habitudes, maintenant que je suis de nouveau réveillée – *en vie* –, maintenant que j'ai un plan.

– Nora, que fais-tu ici ?

– Excusez-moi, je vous ai fait peur ? Wes ne se sentait pas bien, et avec la grippe qui traîne en ce moment, je suis venue voir comment il allait. Il dormait déjà quand je suis arrivée, alors je me suis dit que j'allais lui préparer de la soupe pour plus tard. Mme Prentiss m'a autorisée à utiliser ces ingrédients – je l'ai appelée.

Je me remets à découper les légumes tandis que les morceaux d'oignon suent sur la cuisinière. Je le surveille du coin de l'œil. Il essaie de comprendre ce qui se passe.

Je fais tomber les carottes dans la poêle avec la lame du couteau, puis je m'attaque au céleri.

– Je vais faire des nouilles maison, je poursuis pour remplir le silence inquiétant qui s'est abattu sur la pièce caverneuse.

Il reste planté là à me dévisager. Il se demande si je suis au courant ou pas. Comment réagir dans les deux cas.

– J'ignorais que tu savais cuisiner, lâche-t-il finalement en se rapprochant de moi.

Mes doigts se resserrent sur le manche du couteau. Combien de pas me faudrait-il pour atteindre la porte de derrière ? Dix ? Quinze ? J'aurais dû compter.

– Oui, et coudre, aussi. Ma mère m'a appris avant de décéder.

– C'est important de savoir faire la cuisine.

– Surtout quand on a une sœur qui travaille autant que la mienne. Elle est tellement occupée à attraper des criminels et à assurer notre sécurité à tous que le moins que je puisse faire, c'est préparer le dîner deux ou trois fois par semaine !

Cette allusion à Lee le ralentit. C'est un rappel : quelqu'un m'attend chez moi. S'il me fait du mal, elle le retrouvera et l'éventrera avec un trombone.

Le céleri rejoint les autres légumes dans la poêle, et je remue le tout. Le maire s'installe sur un tabouret, de l'autre côté de l'îlot. Je serre les dents. Au moins, tant qu'il est avec moi, il n'est pas à l'étage avec Wes.

Je déballe le poulet et le pose sur la planche à découper. Il m'observe si attentivement que, si je prends une grande inspiration pour me donner du courage, il le remarquera. Je saisis donc le couteau et commence à découper la volaille comme Raymond me l'a appris. Je suis douée avec les couteaux et je n'ai jamais été écœurée par la viande crue. C'est comme ça qu'il s'est rapproché de moi la première année, quand il était encore en pleine opération de séduction avec ma mère et moi.

Je sépare la chair, les os et la peau avec l'adresse d'une chirurgienne, et quand je relève les yeux, je vois que le maire fixe mes mains avec une intensité surprenante.

– Mon fils dit que tu ne chasses pas.

– Non, en effet.

Je mets les ailes et les cuisses de côté avant de fendre la poitrine en deux. Je choisis un couteau plus petit pour retirer un peu de graisse.

– En tout cas, tu sais te servir d'un couteau.

– Je sais cuisiner, c'est tout.

Et puis, en contradiction directe avec ce que je viens d'affirmer, je fais tournoyer le petit couteau entre mes doigts. C'est de la frime, de la pure provocation, et je ne devrais pas, mais je le fais quand même. Je veux le déstabiliser. Parce que j'ai pris ma décision : je vais lui faire la peau, à ma manière.

Il se lève.

– Je ferais mieux d'aller voir comment va Wes.

Avant même qu'il termine sa phrase, ma main se referme sur le couteau de boucher. Ses yeux se posent sur elle, et les miens restent rivés aux siens. Je ne fais pas un geste en direction du poulet, pas plus que je ne tente de cacher le fait que j'empoigne ce manche, parce qu'il a raison : je *sais* m'en servir.

– Ce n'est pas la peine, je m'en occupe, dis-je, retrouvant mon sourire naïf, détendu. Je suis sûre que vous mourez d'envie d'aller vous relaxer dans votre bureau, débordé comme vous l'êtes.

Mais il insiste. Ils insistent toujours. Vous posez une limite, et il faut toujours qu'ils la piétinent. *Je te connais,* murmure ce qui est peut-être moi à l'état pur. *Et je ne te raterai pas.*

– S'il est malade…

– Je m'en charge, monsieur le maire.

On dirait que le temps se fige entre nous, puis revient en arrière, car il me décoche un regard qui me donne l'impression d'avoir de nouveau douze ans. Sauf que cette fois, je ne lâche pas le couteau. Je le serre encore plus fermement. Et je ne fuis pas.

– J'ai effectivement de la paperasse à finir, concède-t-il.

– Je vous préviendrai quand le dîner sera prêt, si vous voulez.

En réalité, je rêve de l'enfermer dans la maison et de faire sortir Wes avant d'y foutre le feu.

– Bonne idée, dit-il avant de quitter la cuisine.

Je retiens mon souffle, redoutant à moitié qu'il se dirige directement vers l'escalier pour montrer qui est le chef. Mais ses pas continuent de claquer sur le carrelage qui mène à son bureau – je n'entends pas le craquement des marches en bois étouffé par le tapis ancien.

Je m'affaisse contre le plan de travail tandis que les légumes sifflent et chauffent, sur le point de brûler.

Mais je ne lâche pas le couteau.

Wes met presque deux mois à se rétablir. On essaie de garder ses plaies propres et bandées, mais avec des steri-strip en guise de points et d'agrafes, elles se rouvrent tout le temps et guérissent beaucoup plus lentement. Ses épaules dessinent un autre paysage désormais : la vieille cicatrice qui m'a appris que nous étions pareils est coupée en deux par des marques à vif, bleuâtres et violets.

Il fait comme si de rien n'était. Il m'assure qu'il n'a pas envie d'en parler, qu'il va bien, même s'il passe des heures tout seul dans la « chambre d'amis » à lire tous les livres que Lee lui prête.

Ce goût nouveau pour la lecture me donne le temps dont j'ai besoin.

J'abandonne si rapidement la normalité que ça me paraît risible d'avoir un jour espéré pouvoir m'y faire. J'étais naïve de croire que quelques années avec Lee annuleraient quoi que ce soit. J'avais juste tout mis sous clé, mais maintenant je suis libre.

J'échafaude donc deux plans. Je trouve des moyens de pression. Mais je ne reste pas tapie à l'attendre.

Je pars à sa recherche.

Le maire aime aller chasser le dimanche après l'office. Seul. Rien que lui, son fusil et ses pensées dans son mirador d'affût tandis qu'il essaie de dégommer Bambi – mal, bien sûr, puisque c'est un chasseur de merde en plus d'être une ordure.

Avant Clear Creek, je n'avais jamais vécu dans un endroit aussi boisé. Pour des raisons évidentes, Abby préférait la ville quand elle était célibataire. Mais mes randonnées avec Wes pendant nos années de collège m'ont éveillée non seulement à la beauté, mais aussi à la valeur des forêts. Elles sont secrètes, il y règne un silence plein de bruits, et les sentiers oubliés apaisent agréablement ce qui en moi est destiné à fuir et à se cacher. Et maintenant, elles s'avèrent utiles.

Je me sens un peu bête de rôder derrière les arbres, dans la pente sous le mirador, écoutant les tirs foireux du maire et attendant que la bière fasse son effet et m'offre une ouverture. Finalement, les coups de feu irréguliers s'arrêtent et j'entends les grincements de l'échelle.

Je me mets en mouvement en même temps que lui et le regarde disparaître à travers les feuillages pour aller pisser à l'écart de son terrain de chasse. Je remonte le talus à toute vitesse, me dirigeant vers les arbres devant lesquels il passera pour retourner au mirador. Je scotche les photos sur les troncs, à hauteur d'yeux, pour qu'il ne puisse pas les rater. Puis je gravis l'échelle et la remonte à l'intérieur.

J'attends, assise dans l'obscurité. À chaque minute qui s'écoule, mon rythme cardiaque accélère d'un cran. Son fusil est juste là. Je m'en écarte. Ce n'est pas que j'aie peur… et ce n'est pas non plus que je sois tentée.

Seulement je sais ce qui se passera si je le touche.

J'entends le craquement de ses pas dans les sous-bois ; vu sa discrétion, ses proies potentielles doivent fuir à des kilomètres à la ronde. J'enfonce mes ongles dans mes paumes de main. Il a dû trouver les photos. J'espère qu'il est terrifié.

– Hé ! beugle-t-il d'en bas.

Je m'accorde quelques respirations, partagée entre la peur et la surexcitation d'une gamine qui vient d'apercevoir son gâteau d'anniversaire. Je suis heureuse comme quelqu'un qui est sûr de gagner, parce que c'est pour ça que je suis la meilleure. Mais je dois bien m'y prendre. Je ne peux pas me permettre de me planter ; trop de choses en dépendent.

– Je sais que vous êtes là-dedans !

Je surgis dans l'embrasure de la porte telle la plus vilaine des surprises.

– Bonjour, monsieur le maire.

Il en reste bouche bée, à tel point que je me demande s'il ne s'est pas luxé la mâchoire. Il se ramollit, coupé dans son élan, et prononce mon prénom dans une expiration sifflante. Il tient dans sa main l'une des photos, imprimées sur du papier glacé de qualité, en haute définition – je n'ai pas lésiné sur les moyens pour produire mon petit effet. Elle crisse quand il la froisse dans son poing.

– Je vais rester ici pendant notre conversation, dis-je, prenant soin de m'asseoir sur le seuil en laissant mes jambes pendre dans le vide.

Il ne bredouille pas, mais il prend dix bonnes secondes pour répondre. Je les sens passer, parce que c'est long, dix secondes, quand on est seule face à quelqu'un en pleine forêt, avec des éléments de chantage accrochés aux arbres. Un peu de mise en scène pour faire battre son cœur plus vite.

– Que fais-tu ici, Nora ? demande-t-il, comme le jour où ma main s'est refermée sur le couteau de boucher, dans sa cuisine.

Je ne peux plus revenir en arrière. D'ailleurs, je n'en ai pas envie. Je suis venue pour ça.

Le maire ne m'a jamais aimée. Je l'ai toujours mis mal à l'aise, et je n'ai jamais su si c'était parce que je n'étais pas assez féminine à son goût ou parce qu'il sentait la malhonnêteté en moi.

Après tout, avec les pasteurs, les politiciens sont les seuls escrocs socialement tolérés. J'ai su dès le premier jour que cet homme était plus que véreux. Et maintenant, les preuves sont dans sa main et sur d'autres arbres qu'il a manqués en courant récupérer son arme ici.

– C'est ta sœur qui les a prises ? demande-t-il. Elle est là, elle aussi ?

Il jette un coup d'œil derrière lui, montrant pour la première fois un signe de nervosité.

– Non, c'est moi. Lee ignore tout de vos activités *extraprofessionnelles*.

Son expression passe en un clin d'œil de « Je suis foutu » à « Je vais la foutre en l'air » et, même si je m'y attendais, l'adrénaline fait tambouriner mon cœur contre ma cage thoracique quand il s'avance vers le mirador.

– Tss-tss, fais-je en sortant un pistolet électrique de la poche de ma veste, qui est en fait celle de Wes.

Il l'a reconnue, au moins ? J'imagine que non. Je l'ai choisie en guise de rappel. Pour y puiser de la force.

J'appuie sur le bouton et du courant jaillit en crépitant. Le maire s'arrête, comme un chien qu'on met au pas.

Il plisse les yeux. Il réfléchit. Il assemble les pièces du puzzle. Ce jour-là, dans la cuisine, quand je l'ai dissuadé d'aller voir Wes. Tous les petits moments avant ça. Quel genre de fille anticiperait le moindre de ses gestes ? Quel genre de fille ferait une chose pareille ? Ça commence à venir.

– En plus de ces photos, j'ai piraté vos mails, je les ai donc tous aussi. Vous devriez penser à améliorer votre système de sécurité informatique. J'ai tout programmé pour que le dossier complet soit envoyé à tous les médias locaux – et au shérif – si je n'entre pas un mot de passe chaque jour. Voilà pourquoi vous n'allez rien faire de stupide, genre me tuer et m'enterrer dans les bois.

– Ne sois pas ridicule, Nora. Je crois que tu regardes trop la télévision.

Il adopte le ton glacial de l'homme politique acculé. Il va tout essayer pour s'extirper de cette situation, mais il n'y parviendra pas.

Je n'ai eu que l'embarras du choix, le concernant. J'ai finalement opté pour ce qui lui ferait le plus de mal.

L'argent, c'est le pouvoir. Or Mme Prentiss a hérité d'un beau pactole l'année dernière, à la mort de son père. Le meilleur moment pour quitter un mari violent, c'est sans doute quand on est pleine aux as, non ? Ça lui a forcément traversé l'esprit.

Je suis donc partie sur les infidélités du maire. Et je dois dire que je n'aurais pu inventer une meilleure histoire.

– On n'est pas à la télé, dis-je. On est dans la vraie vie.

– C'est ridicule, répète-t-il, comme s'il ne connaissait que ce mot-là.

– Vous savez ce que je déteste le plus, chez vous ? je demande, de façon purement rhétorique. Je parie que vous êtes persuadé que c'est une question de *discipline*. Je me trompe ?

Sa peau prend une teinte de vieille tomate un peu terne, et une veine se met à battre sur sa tempe, m'indiquant que j'ai visé juste. Ça ne me fait pas plaisir : c'est terrifiant. Si seulement il pouvait faire une crise cardiaque et m'épargner tout ça. Je devrais peut-être avoir honte de penser ça, mais ce n'est pas le cas. Parce qu'on ne peut pas rééduquer quelqu'un comme lui, imprégné de ses privilèges et de sa rage et de toutes les merdes qu'il a commises impunément pendant des décennies sous prétexte qu'*il est comme ça*.

Eh bien moi, je suis comme *ça*. Et il va devoir faire avec.

– Je parie que c'est comme ça que vous vous donnez bonne conscience, je poursuis, regrettant que mes mots ne soient pas des armes ou du poison. Mais vous savez quoi ? En fait, ça s'appelle de la maltraitance. Vous avez toujours été un bourreau. Vous êtes juste plus doué que la moyenne pour le cacher. Sauf que moi, je vous vois tel que vous êtes.

– Tu ne vas pas me dire comment je dois élever mon fils, crache-t-il. Tu n'es qu'une *gamine*.

– Ouais, c'est vrai que je suis venue à vélo. N'empêche que c'est moi qui vais vous dire ce que vous allez faire. Sinon je ne me serais pas fatiguée à rassembler tout ça pour vous faire chanter. Il faut suivre, hein !

Je joue la fille bravache, sûre d'elle, alors qu'au fond, je me retiens de trembler. Au fil des ans, j'ai appris à duper mon corps, tout comme je le dupe, lui.

– Qu'est-ce que tu veux ? Qu'est-ce que tu mijotes, putain ?

Je pousse un rire dur, cassant. Son écho retentit dans les branches des arbres, un son sans âme qui fait s'envoler les oiseaux. Sa confusion ne m'apporte aucune satisfaction. Elle ne fait qu'augmenter ma colère.

Elle me donne envie de le tuer. Ce n'est pas la première fois, et ça ne sera pas la dernière. On serait tellement mieux sans lui. Mais je ne peux pas. Je ne le laisserai pas me transformer en quelqu'un d'autre.

J'ai représenté de choses pour tant de gens différents. La fille qu'ils n'avaient jamais eue. L'adoration candide qu'ils avaient toujours désirée. La tentation miroitante à laquelle ils n'ont même pas essayé de résister, le monde entier leur confirmant que je n'étais que de la chair à canon.

J'en ai assez d'être de la chair. Maintenant, je suis le canon.

– Je ne veux qu'une seule chose. C'est simple. Vous êtes prêt ?

Sa main se contracte, comme s'il mourait d'envie de la refermer autour de mon cou. Je suis contente que le mirador soit aussi haut. Je ne suis pas sûre que lui raconter ce qu'il risquerait en me tuant suffirait si on était au même niveau.

– Je veux que vous arrêtiez de frapper votre fils.

– Je ne…

– J'ai pris des photos du dos de Wes.

C'est un énorme mensonge. Je n'aurais jamais fait une chose pareille. Mais comme j'ai tapé dans le mille jusqu'à présent en exposant ses petits secrets, je peux profiter de sa crédulité. Du pouvoir que j'exerce sur lui.

– Mme Prentiss serait sans doute bien contente de les montrer au tribunal, si elle décidait de divorcer de son connard de mari infidèle.

– Elle ne ferait jamais ça.

– Ne sous-estimez pas ce dont est capable une femme bafouée, humiliée publiquement. Soit dit en passant, vous devriez tous vous faire tester. Votre petite amie n'est pas la seule à avoir des aventures. Son mari, le pasteur Thompkins, a été traité deux fois pour chaude-pisse cette année. J'espère pour vous que vous vous protégez, ce serait dommage que quelqu'un attrape une MST.

La veine sur son front se remet à palpiter.

– Comment…

– J'ai mes sources. Je sais aussi que vous avez passé un deal avec le pasteur Thompkins : vous l'aidez à rezoner la parcelle qu'il a achetée près de la rivière pour sa méga-église et il vous donne vingt pour cent. Pas mal. Vous croyez qu'il couperait votre pourcentage en deux s'il apprenait que vous vous envoyez sa femme ?

Il ne répond pas, le visage de marbre. Fini, le sourire de pub pour dentifrice. Fini, le vernis du politicien plein de charme. Il ne reste que la rage à l'état pur qui court en lui et lui intime de détruire ce qui pourrait le ruiner : moi.

– Si vous arrêtez de frapper Wes, on en reste là.

– Ensuite, tu voudras de l'argent.

– Je n'ai pas besoin de votre argent. Je me fiche complètement des lois qui encadrent le zonage ou des gens qui gaspillent leur fric dans des arnaques religieuses. Je m'intéresse à très peu de choses, mais Wes est au sommet de ma liste.

Je regarde en bas. Si je descends par l'échelle, je serai obligée de lui tourner le dos. Il a la même carrure que Wes – il est grand, large, puissant –, sauf que Wes ne s'en sert jamais pour s'imposer. Le maire, lui, ne connaît que cette méthode : il fonce dans le tas et obtient ce qu'il veut par la force.

Je me laisse glisser dans le vide en m'efforçant de rester détendue. Je sais tomber, mais d'une telle hauteur, on peut facilement se casser une jambe. Heureusement, je m'accroupis au bon moment et je pose une main sur le sol pour me stabiliser. Le maire n'est qu'à un mètre de moi quand je me relève, toute décoiffée, et sa main se crispe de nouveau. C'est un signe qui ne trompe pas. Un signe meurtrier. Je me demande s'il a fait ça avant de frapper son fils avec un tisonnier.

– C'est simple : vous laissez Wes tranquille, je vous laisse tranquille. Bon, il faut que je rentre avant que la nuit tombe. Ma sœur n'aime pas que je fasse du vélo de nuit.

– Tu vas le regretter, lance-t-il, s'efforçant autant d'avoir le dernier mot que de proférer une menace qu'il ne pourra jamais exécuter.

– Ça m'étonnerait. Je n'ai jamais rien fait d'aussi bien.

C'était vrai à l'époque.

Ça l'est encore aujourd'hui.

Ça le sera sans doute toujours, parce que je ne suis pas vraiment quelqu'un de bien. Mais quand j'aime, c'est à fond, sans limites.

Et personne ne peut se dresser en travers de mon chemin.

— 34 —

11 h 27 (135 minutes de captivité)

1 briquet, 3 mignonnettes de vodka, 1 paire de ciseaux,
2 clés de coffre-fort

~~Plan n° 1 : à la poubelle~~

Plan n° 2 : en cours

Nous sommes assis en triangle, genoux contre genoux. Wes me rend les ciseaux parce qu'ils lui piquent le dos. Iris s'appuie de tout son poids contre les étagères. Je sens les moments où elle se tend à cause de la douleur, les frissons presque imperceptibles quand elle bouge, essayant de trouver une position qui lui apportera un peu de soulagement.

– Ça va ? lui demande Wes.

Elle répond d'un hochement de tête crispé et pas très convaincant.

– Qui commence ? me lance-t-elle en haussant un sourcil provocateur.

– Je crois que j'ai été plutôt honnête.

– Apparemment, c'est la première fois, rétorque-t-elle sèchement.

Mais alors, elle expire et ferme les yeux un moment. Ses cils sombres s'étalent comme des toiles d'araignée sur sa peau.

– C'était mesquin, chuchote-t-elle.

– Je comprends que tu sois en colère.

Elle secoue la tête.

– Non, tu ne comprends rien du tout. Lui, peut-être, ajoute-t-elle en désignant Wes.

– Ça, c'est sûr, acquiesce-t-il, et quand je lui donne un coup de genou, il dit : Quoi ? On a dit Vérité contre Vérité.

– Tu t'es vraiment senti bête ? l'interroge-t-elle.

– Carrément.

On n'a commencé que depuis cinq secondes et ça vire déjà au cauchemar. Depuis qu'ils se sont rencontrés, c'est comme si chacun avait trouvé le frère ou la sœur qu'il n'avait jamais eu. Ils s'envoient des piques, ont leurs propres blagues compliquées et incompréhensibles parce qu'ils rient trop fort pour les expliquer. Et maintenant, ils comptent exploiter cet esprit de camaraderie pour former un groupe de soutien à « Ceux à qui Nora a menti » ?

Et je ne peux rien y faire, puisque en effet, j'ai menti.

Le truc, quand on arnaque quelqu'un, c'est que si ça marche on n'est plus là pour voir les conséquences. Le chagrin. La souffrance. La trahison. La prise de conscience de tous les mensonges. La remise en question de *tout*.

Quand Wes a découvert qui j'étais vraiment, je n'ai pas pu fuir. Il fallait que je sois là. Pour réparer son cœur brisé et apaiser sa souffrance et confirmer le moindre mensonge et répondre à la moindre question. Tout ça en étant moi-même dévastée, rongée par la culpabilité, et en comprenant que ça ne pourrait plus jamais se reproduire.

Et pourtant, nous y revoilà. Mais après tout, à quoi je m'attendais en tombant amoureuse d'une fille comme Iris Moulton ?

Je sais que le fait de n'être attirée que par des personnes suffisamment intelligentes pour me démasquer en dit long sur moi. Peut-être que je ne peux tout simplement pas vivre sans prise de risques. Chaque fois que je me rapproche trop de la révélation, je sens le Chanel N° 5 de ma mère et j'entends le murmure de la soie qui l'accompagnait partout. Loin de me pousser à franchir le pas, ça me ramène en arrière, quand j'étais plus jeune, sans défense et à la dérive.

– Lee est vraiment ta sœur, au fait ? demande soudain Iris. Oui, forcément. Vous vous ressemblez tellement. À moins que… vous n'ayez fait en sorte de vous ressembler ?

– Elle est bien ma sœur. Même mère, pères différents.

– Et il est où, ton père, dans tout ça ?

– Et le tien, Iris ?

C'est un coup bas. Mais on joue à Vérité contre Vérité, pas à « Toutes les Vérités de Nora » contre « Aucune des Autres ».

– Nora, s'il te plaît, intervient Wes.

Je le dévisage et le feu me monte aux joues. Pas parce que je me sens coupable, mais parce que je viens de comprendre qu'il *sait*. Il sait tout ce qu'il y a à savoir sur le père d'Iris. Elle lui en a parlé à lui, mais pas à moi.

J'ai bien conscience que c'est hyper hypocrite de ma part, mais j'en ai mal au cœur, blessée comme je ne peux l'être que par elle. Des larmes que je n'oserais jamais verser me brûlent le fond de la gorge.

– Mon père est dans l'Oregon, lâche-t-elle, comme si ça répondait à ma question.

Elle joue avec moi, et si je ne peux pas gagner à mon propre jeu, qu'est-ce que je deviens ? Elle a transformé cette partie en défi ultime avec autant de talent qu'elle en déploie pour retoucher ses vêtements, collecter de l'argent pour des chatons abandonnés et évaluer le comportement du vent lors d'un incendie de forêt.

– Je n'ai aucune idée de qui est mon père ni de l'endroit où il se trouve, dis-je.

– Et le mien est un connard que Nora a dû faire chanter pour qu'il arrête de me frapper, intervient Wes, à la stupéfaction d'Iris. Tout le monde dans cette pièce a un putain de connard en guise de père. C'est ça, la vérité.

– Alors quoi ? insiste Iris en me regardant. Tu te balades la bouche en cœur à la recherche de crimes à commettre et de gens à escroquer ?

– Tu m'as déjà vue faire la bouche en cœur ? Et pour ce qui est de faire chanter le maire… je suis sortie de ma retraite. Exceptionnellement.

– Tu as pris ta retraite ? Ça m'étonnerait !

– Puisque je te le dis ! je proteste, extrêmement consciente de la présence de Wes à ma droite.

Il regarde ses genoux, celui qui touche celui d'Iris, celui qui touche le mien. Je sais qu'il se demande de quel côté faire pencher sa loyauté, parce que je suis en train de tricher.

– Tu n'es pas celle que tu prétends être, reprend Iris. Ta mère n'est pas morte. Des tueurs à gages te cherchent partout. Tu as réussi à convaincre ce braqueur de remettre la petite à Lee, comme une magicienne. Et tu oses dire que tu n'es pas *impliquée* dans quoi que ce soit ? Tu n'es pas Nora O'Malley !

Sa voix monte dans les aigus quand elle prononce ces mots et je tressaille de tout mon corps. Je ne m'y attendais pas, et elle non plus, je crois.

– C'est quoi, ton vrai nom ? Je sais au moins que ce n'est pas Ashley Keane.

Ma bouche s'assèche. Je sens la brûlure fantôme du caoutchouc sur mon poignet. *Tu es Rebecca.* Clac. *Tu es Samantha.* Clac. *Tu es Haley.* Clac. *Tu es Katie.*

Tu n'es jamais, jamais *elle*. Elle, elle doit rester enfermée, dans un endroit sûr, indemne. La seule fille que personne ne touche. La seule qui demeure inconnue.

Je n'ai prononcé son nom à voix haute qu'une fois depuis que j'ai quitté cette chambre d'hôtel en Floride avec Lee. Je l'ai chuchoté à l'oreille de Wes, terrifiée à l'idée qu'il s'en serve comme d'une arme pour asséner un coup fatal à notre relation déjà réduite en pièces par ma faute. Mais au lieu de ça, il a ramassé un premier lambeau et l'a étiré pour entamer la construction des Franken-Friends. Il a toujours eu la grâce que j'ai tant de mal à feindre.

Iris aussi a de la grâce. Je crois que j'en ai démoli une partie aujourd'hui, peut-être trop.

– Pour l'instant, dis-je, je dois être Ashley.

Elle plisse les yeux, et pendant une seconde, je confonds son expression avec de la colère. Mais alors son regard flamboyant me fait fondre.

– Écoute-moi, qui que tu sois, lance-t-elle. Je mettrai le feu à ces ordures plutôt que de les laisser t'emmener en guise de lot de consolation ou de bouclier humain.

– Iris…

– Non ! Pas la peine de soupirer mon prénom ou de t'ébouriffer les cheveux ou de me faire ton regard triste. Tu crois que tu peux débarquer dans ma vie, m'embobiner jusqu'à me donner le tournis et ensuite *partir* de la façon la plus horrible qui soit ?

Non, et tu ne vas certainement pas te livrer à ces braqueurs sur un plateau d'argent avec une pomme coincée dans la gueule comme un cochon à la broche.

À chacun de ses ordres, ma bouche se tord un peu plus, jusqu'à ce que je sois remontée comme une pendule. Quand je l'entends dézinguer mon plan aussi facilement, je ne peux pas m'empêcher d'exploser :

– Et pourquoi pas, putain ?

– Parce que je t'aime.

Elle me sort ça d'un ton si sec, si tranchant, que je sais que ces mots me marqueront pour le meilleur, pour le pire et jusqu'à la mort.

Ma poitrine contractée se détend en une seconde.

– Tu…

Je n'arrive à rien dire de plus. Je n'arrive même pas à respirer. J'ai vaguement conscience que Wes ricane à côté de moi, comme s'il l'avait toujours su. Iris me fixe comme si on jouait à Action *et* Vérité. Et je suppose que c'est le cas, parce que ça revient à ça, pour moi, de l'aimer : je n'ai pas pu nier la réalité de ce que j'éprouvais pour elle, donc j'ai pris le risque.

– Parfaitement, reprend-elle. Je t'aime, qui que tu sois vraiment. Alors plus de mensonges. Plus de secrets. Et plus d'arnaques sans nous en parler d'abord à *tous les deux*, ajoute-t-elle en désignant Wes, si rayonnant qu'il semble avoir oublié la dizaine d'enclumes suspendues au-dessus de nos têtes. Ça marche ?

Il s'agit d'une proposition honnête, pour quelqu'un qui a confiance. Ce qui n'est pas mon cas, bien sûr. On ne peut pas apprendre à accorder sa confiance, il faut avoir grandi entouré de gens qui la méritaient. Or le sol incliné sur lequel ma mère m'a élevée ne me portait pas à ça.

Pourtant, j'ai dû faire confiance à Lee. J'ai choisi de faire confiance à Wes.

Et j'ai tout risqué pour aimer Iris.

J'ouvre la bouche pour lui dire que oui, ça marche, parce qu'elle le mérite, mais avant que mes lèvres puissent former un seul mot, un hurlement retentit de l'autre côté du couloir et s'interrompt de manière affreuse, comme si quelqu'un se faisait éviscérer. Iris retourne se coller aux étagères et Wes essaie de se placer devant elle tout en me ramenant contre lui. Cette fois, mon cœur ne s'emballe pas. Non, il ralentit, et la terreur remplit l'espace terriblement long entre deux battements.

J'ai tendu un piège.

Et si la mauvaise personne était tombée dedans ?

— 35 —

Katie (10 ans) : gentille, vive, intelligente (en trois actes, à l'envers)

Acte III : Gentille

Quatre heures après

Il pleut toujours quand je rentre de la laverie. Derrière les fenêtres sombres, toutes les lumières sont éteintes, et sa voiture n'est pas dans l'allée.

Je pousse la porte de derrière et j'entre dans le noir. Des gouttes rosées tombent de ma chemise. Si j'arrive juste à récupérer l'argent que j'ai caché dans la salle de bains d'en bas, je pourrai peut-être m'enfuir…

Je dois traverser le salon pour y parvenir. Je me prépare mentalement, me répète que j'en suis capable.

« La couverture est assez grande pour deux. »

La couverture n'est plus là. Les coussins du canapé non plus. Ils étaient recouverts de sang, et maintenant ils ont disparu.

Comme lui.

On dirait qu'il ne s'est rien passé, que ce moment a été arraché au temps, et je reste plantée là, essayant de comprendre.

« Rapproche-toi encore un peu, ma puce. »

Il a tout nettoyé ? Forcément. Pourtant je croyais…

Il y a eu beaucoup de sang. Et des hurlements quand je suis partie en courant.

« Je ne mords pas. »

Alors il va bien, s'il a pu partir avec sa voiture.

Non ?

– Te voilà.

Je sursaute et dois plaquer mes deux mains sur ma bouche pour ne pas crier.

Ma mère me regarde depuis le couloir, un spray d'eau de Javel dans ses mains recouvertes de gants de vaisselle.

Je frissonne, prenant soudain conscience du froid.

Mon premier instinct est de m'excuser. J'ai des bleus sur l'intérieur des genoux, je suis devenue quelqu'un d'autre en l'espace de quelques minutes qui ont peut-être duré des heures, et malgré ça je n'ai que ces mots sur mes lèvres : « Je suis désolée. »

C'est dur, étrange, et ça me donne la nausée de rechercher la protection d'une personne dont j'ai peut-être besoin d'être protégée.

– J'ai presque fini, annonce-t-elle. Ensuite on s'en va.

Je me contente de la dévisager, comprenant à peine ce qu'elle raconte.

Où est-il ?

– Ça va aller, ajoute-t-elle, et il ne s'agit ni d'une question ni d'une promesse ; ni d'une bénédiction ni d'un souhait.

C'est un ordre. Elle me sort ça exactement comme elle dit : « Katie. Tu t'appelles Katie », et c'est si familier que ça me tire presque de l'emprise du doute.

Qu'est-ce qu'elle lui a fait ? Quelque chose de pire que ce que je lui ai fait, moi ?

– Viens, insiste-t-elle en me tendant la main.

Le rouge efface presque le jaune du caoutchouc.

Où est-il ?

Je le lis dans ses yeux. Et il y a trop de rouge sur ses gants.

Il est parti. Pour de bon.

Le choc me cloue sur place. Quand je comprends qu'elle est rentrée, qu'elle a vu ce que j'avais fait, tout ce sang, lui, et qu'elle a…

Mon Dieu, nous sommes exactement pareilles, c'est ça ?

Elle m'appelle par mon prénom. Pas *Katie*. Le vrai. Ça me sort brusquement de la spirale qui se rétrécit autour de moi.

– Allez, il faut que tu m'aides à me débarrasser de lui.

Elle me tend toujours la main.

Je la prends.

Je n'ai pas le choix.

— 36 —

11 h 32 (142 minutes de captivité)

~~1 briquet, 3 mignonnettes de vodka,~~ 1 paire de ciseaux, 2 clés de coffre-fort

~~Plan n° 1 : à la poubelle~~

Plan n° 2 : foutu

À la suite du hurlement, un silence de mort s'abat sur nous. Cette fois, Iris est au milieu, entre Wes et moi. Personne ne tremble, on est tous tendus. *Qu'est-ce qu'on peut faire, on n'a nulle part où aller.*

– Qui… ? commence-t-elle dans un souffle, avant d'être interrompue par le raclement si familier désormais.

Il entre.

Ce n'est pas comme tout à l'heure. *Il* n'est pas comme tout à l'heure. Son visage n'est plus qu'orage, sans substance. Plus aucun signe de curiosité. Et il a beaucoup plus de sang sur beaucoup plus que ses mains.

Merde. Merde. Il a forcément un couteau. Je pensais avoir repéré toutes les armes, mais manifestement je me suis trompée. Il y a trop de sang.

Je me lève d'un bond, car il tend le bras vers moi avant même d'avoir traversé la pièce. Si j'arrive à m'éloigner rapidement d'Iris et de Wes, peut-être que je pourrai…

Il me gifle du revers de la main, si vite que je n'ai pas le temps de planter mes pieds dans le sol ; je m'effondre. Mes dents claquent quand ma joue heurte la moquette. Wes beugle comme je ne l'ai pas entendu beugler depuis des années, et tout ce que j'ai dans la tête, c'est ce hurlement et une douleur brûlante et mes oreilles qui sifflent, et dans la bouche, du sang. Je le crache par terre, ainsi qu'un bout de molaire. *Putain.*

– Bouge pas, lance Casquette Grise, et il me faut un moment pour comprendre qu'il ne s'adresse pas à moi, que ce n'est pas sur moi qu'il pointe son arme, mais sur Wes, qui s'est levé, costaud et menaçant, et qui semble à deux doigts de se jeter sur lui, flingue ou pas.

Tout se met à tourner autour de moi alors que je tousse en grognant :

– Non.

Je plante mes coudes dans la moquette hideuse et inconfortable. Il faut que je me mette debout.

– Wes, non. Cha ba.

J'ai encore trop de sang dans la bouche pour bien articuler.

– Toi… siffle Casquette Grise en ramenant heureusement son arme sur moi.

Je croise son regard et je vois la brûlure de l'humiliation sur ses joues.

Qu'est-ce qui s'est passé ? Qu'est-ce qu'il a découvert ? Il s'en est pris à qui ?

– Qu'est-ce que tu fous ? me demande-t-il.

Casquette Rouge n'est pas derrière lui. Il est en bas, au sous-sol, avec le poste à souder ? On n'a plus affaire qu'à Casquette Grise ?

– Réponds-moi !

J'ai le choix. Je peux me recroqueviller et me mettre à pleurer dans l'espoir de lui faire avaler qu'un seul coup a suffi à me remettre à ma place. Ou alors je peux suivre mon instinct, qui me souffle qu'il ne croira plus jamais rien de ce que je dis ou fais, et que j'ai donc tout intérêt à jouer là-dessus.

Je laisse le sang couler sur mon menton.

– Je saigne.

Il m'empoigne et me redresse si violemment que les articulations de mes épaules protestent.

– Ce sera encore pire quand j'en aurai fini avec toi.

C'est vraiment naze, comme réplique, et je le lui ferais bien remarquer, mais je sais reconnaître l'expression d'un homme qui veut vous tuer et qui a seulement besoin qu'on le pousse un peu pour passer à l'action.

– Ne la touchez pas ! hurle Wes quand Casquette Grise me jette dans le couloir.

Je rebondis sur le mur d'en face, et l'impact fait tanguer le tableau au-dessus de moi. Je recule sur les fesses tandis qu'il tire la table devant la porte pour bloquer Wes et Iris, mais il me rattrape aussitôt. Il me relève encore en enfonçant douloureusement ses doigts dans mon aisselle et me traîne derrière lui.

Nous voilà de retour dans l'entrée. Pas de Casquette Rouge en vue. Il doit être en bas ; est-ce que ça aura la moindre importance dans quelques secondes ? Ça y est ? Je suis morte ?

Cette fois, il ne m'envoie pas valser par terre. Il me garde tout près de lui. Ça n'en est que plus effrayant. Il a une arme blanche – la quantité de sang sur son tee-shirt l'indique clairement – et il s'en est probablement servi contre l'un des otages. À cet instant précis, ce couteau me fait plus peur que son flingue.

Qu'est-ce qu'il a prévu ? Comment je vais me sortir de là ?

– Sale petite garce, me crache-t-il à la figure, avec une telle force que je sens ses postillons sur mes joues.

– Vous avez fait du mal à la petite ? je demande, feignant d'ignorer qu'il l'a libérée.

Lee a klaxonné. Ça veut dire que Casey est saine et sauve. C'est déjà ça. Mais ça ne suffit pas. Loin de là. C'est un petit point lumineux dans le noir. Wes et Iris sont toujours prisonniers, et ça signifie que ça ne peut pas s'arrêter là.

Je dois continuer de tisser ma toile.

Est-ce qu'il a abrégé les souffrances du vigile ? Est-ce que l'employée terrifiée est morte ? La dame plus âgée ?

– Non, je l'ai échangée. Exactement comme tu me l'avais suggéré.

Il souffle bruyamment. Ce n'est pas un rire. Ni un grognement. Mais ça répand de la colère et de l'amertume dans l'air.

– Pourquoi vous vous en êtes pris à un otage alors que vous avez obtenu ce que vous vouliez ?

Je déteste entendre une telle perplexité dans ma propre voix. Il a eu ce qu'il désirait. Sinon Lee n'aurait pas klaxonné.

– Tu crois que je suis content d'avoir perdu la gamine de Frayn ? réplique-t-il.

Et merde.

Les adultes. L'un d'eux a dû lâcher le morceau sans s'en rendre compte. Peut-être que l'employée a demandé des nouvelles de Casey. Je pourrais difficilement le lui reprocher, mais elle n'était pas obligée de préciser que c'était la fille du directeur.

Cela dit, j'essaie de ne pas éprouver trop d'hostilité à son égard, car si c'est elle qui a parlé, c'est sûrement elle la blessée.

Je ne peux pas penser *la morte*. Pas encore. Pas sans preuve. Je me voile la face ? Absolument. Il faut bien que je me raccroche à quelque chose.

– Eh ouais, je sais tout, reprend Casquette Grise.

Nier en bloc ne ferait qu'aggraver sa colère. Ce n'est pas mon but. Il faut qu'elle redescende avant d'en rajouter une couche. Son ego n'est pas seulement meurtri ; je l'ai défoncé. Il veut me le faire payer.

– Si je dis *trop tard,* vous allez encore me frapper ? je demande d'une voix juste assez tremblante pour obtenir un tressaillement de ses lèvres.

– Tu m'as entubé.

– J'ai été très claire sur mon identité.

Il lève la main et je sursaute. Ce n'est pas du cinéma. C'est cent pour cent réel, et ma bouche palpite rien qu'à l'idée de subir d'autres dégâts. Ma joue enfle déjà, mais heureusement il m'a cognée dans la mâchoire, et ma vision n'est pas affectée. Pour le moment.

– Qui est blessé ? je demande.

– Qu'est-ce que ça peut te foutre ?

Je mords l'intérieur de ma joue amochée pour ne pas hurler. Le moins qu'on puisse dire, c'est que la douleur me remet les idées en place. S'il commence à agresser les otages rien que pour se défouler, on est foutus. S'il tire, les adjoints trouveront un moyen d'entrer. Ou Lee arrachera les briques à mains nues pour arriver jusqu'à moi.

– Pourquoi ça te préoccupe autant ? insiste-t-il.

– Je préférerais ficher le camp d'ici avant que quelqu'un d'important se pointe.

– Tu te fais du souci pour les autres, s'entête-t-il, ce qui n'augure rien de bon pour moi. Tu es une tendre. Tu n'as même pas essayé de me convaincre de te libérer. Tu aurais pu, pourtant. Mais tu as préféré protéger la gamine.

– C'est une *gosse*.

– Une garce frigide dans ton genre devrait s'en foutre. Tu as laissé un sacré bordel en Floride, mais tu t'en es sortie. Pourquoi tu n'essaies pas de t'échapper ?

Il frôle la vérité de trop près. Je voudrais m'écarter, mais il me tient toujours par le bras, tout près de lui, et je comprends soudain pourquoi : il veut me regarder dans les yeux. Il pense que ça lui apprendra quelque chose.

– Je n'ai pas envie de me retrouver au milieu d'une fusillade, c'est si bizarre que ça ? Les adjoints du shérif ne sont pas franchement formés pour prendre une banque d'assaut. Ils sont plutôt occupés à faire la circulation ou des descentes sur des plantations de beuh. Sans compter que votre pote est un fou de la gâchette.

– Je n'ai tiré sur personne, moi.

Le *pour l'instant* reste suspendu dans l'air, non dit, mais bien là. Je n'ai aucune piste pour retourner la situation. Je l'ai privé de ce qu'il voulait. Mais pourquoi a-t-il encore besoin d'un moyen de pression sur le directeur alors qu'il a le poste à souder ?

Les clés du coffre. Celles que j'ai trouvées dans le bureau. Elles sont toujours dans mon soutien-gorge.

Casquette Grise croit que le directeur les garde sur lui. Il pense qu'elles ne sont pas dans la banque. C'est pour ça qu'il est aussi furieux d'avoir perdu Casey.

Je me lèche les lèvres et recule d'un pas. Il ne me lâche pas, mais il ne me retient pas non plus, il déplie le coude, ce qui me donne un peu d'espace. Bien. Bien. C'est un début.

– Qui est blessé ? je répète d'une voix plus douce. La dame du guichet ?

– Elle aurait dû me dire qui était son père. Et toi…

Il m'écrase le bras et je serre les dents en m'efforçant de garder la bouche décontractée. Il veut voir de la douleur. Pas question que je lui fasse ce cadeau.

– Je vous ai rendu service. S'ils avaient su qu'il y avait une gamine à l'intérieur, les gros bras de Sacramento auraient rappliqué plus vite. C'est dans votre intérêt de filer d'ici avant qu'ils arrivent.

– Et bien sûr, tu te préoccupes avant tout de mes intérêts.

– En temps normal, je ne pense qu'à moi. Malheureusement, dans ce cas précis je dois aussi me soucier de vous, puisque… comment vous avez dit ça, déjà ? « Le gars qui tient le flingue n'a jamais à s'excuser » ? Si vous ne m'avez pas encore tuée, c'est juste parce que vous avez fait des petits calculs. Vous avez compris que ce qui vous attend au sous-sol n'arrive pas à la cheville des sept millions que vous donnera mon beau-père si vous me ramenez vivante en Floride.

– Ça me paraît sympa, comme plan, mais je sais très bien que tu essaies de gagner du temps. Ça ne marchera pas. On va bientôt filer.

Je sais qu'il ne parle pas de Casquette Rouge et lui. Et il sait que je le sais. Il parle de lui et moi.

Je me suis transformée en appât parce que je suis née pour ça, et maintenant je dois en payer le prix. Mais au moins, Iris et Wes seront en sécurité.

– Tu vas te battre ? demande-t-il.

– Vous allez encore me frapper ?

– Ça dépend.

– Pareil.

Il garde le silence un moment. Sa prise sur moi change. Quand il resserre sa main autour de mon bras, ce n'est plus du tout comme avant. Avant, c'était une punition.

Là, c'est un viol. Une sorte de contact déplacé qui fait rugir tous mes sens et me donne envie de courir me cacher, de charger, de me figer.

– Te frapper, ce n'est pas la seule chose que je peux faire pour te forcer à être sage, ajoute-t-il, et elle est là, la vraie menace, entre les lignes, et sur ses lèvres qu'il lèche.

Fuis. Cache-toi. Fais-le. Maintenant.

Non. Du calme. Respire. Il veut me faire peur. Son fusil ne m'a pas arrêtée. Me frapper ne l'a mené nulle part. Du coup, il essaie ça.

Respire.

Fuis. Cache-toi. Bats-toi.

Non. Ravale cette putain de salive qui t'emplit la bouche, Nora. Parle. Il ne faut pas qu'il sache.

– Je vois que vous en êtes à la séquence « menace de viol ». Super original. Vous gardez aussi un joker « sadique » sous la manche ?

Je déblatère trop vite. D'une voix trop aiguë. Merde. Merde.

Fuis.

Il hausse les épaules avec une nonchalance terrifiante. Et ce n'est que le début, car il ajoute :

– Je n'ai pas besoin de te faire quoi que ce soit. Je n'ai qu'à aller chercher la fille avec la robe bouffante. Toi et ton pote n'arrêtez pas de vous mettre devant elle.

Cette fois, je suis incapable de maîtriser ma réaction. Mon visage se vide si vite de son sang qu'une expression de joie malsaine apparaît aussitôt sur le sien, et je me sens tellement stupide, putain. Je n'y avais même pas pensé. Je n'avais pas pensé qu'il…

Il fait un pas vers moi.

Cache-toi.

Il est trop près. Bien trop près.

Ma main se referme sur les ciseaux coincés dans l'élastique de mon jean.

~~*Bats-toi.*~~ *Tue.*

— 37 —

Katie (10 ans) : gentille, vive, intelligente (en trois actes, à l'envers)

ACTE II : VIVE

Quarante minutes après

Mon chemisier est taché. Je le cache en serrant les pans de mon blouson tout contre moi et j'accélère. Mes baskets frappent les flaques d'eau, le froid est presque aussi affreux que l'ambiance de fin de soirée dans cette partie de la ville. C'est vraiment pourri, Seattle, l'hiver, et ma veste est trop fine, mais je n'ai pas eu le temps de prendre mon gros manteau.

Je n'ai pas eu le temps de prendre quoi que ce soit, d'ailleurs. Mon portable est encore là-bas, avec tous mes vêtements chauds qui ne sont pas teintés de rouge sang.

Il faut que je trouve une cabine téléphonique, ce qui est quasiment impossible de nos jours. Pourtant, je continue de marcher. Si je m'arrête, je vais me rappeler ce qui s'est passé.

Bouge. Reste en mouvement.

Je suis Katie depuis six mois. Katie est la fille de Lucy. Elle vient juste d'avoir dix ans. Elle est sportive, elle porte un bracelet en or rose autour de son poignet droit, avec des breloques : raquettes de tennis, cœurs, tour Eiffel. Katie est le rêve de tous les country clubs. Ses vêtements semblent tout droit sortis du catalogue enfants de Ralph Lauren et ses épais cheveux blonds se balancent toujours dans une belle queue-de-cheval. Katie n'est pas réservée. Elle n'est pas silencieuse. Elle n'est pas invisible. C'est la première fois que maman me laisse incarner une fille avec un peu de caractère, plus proche de moi.

Ce serait arrivé si on ne s'était pas autant ressemblé ?

N'y pense pas. Continue de bouger.

Je marche pendant ce qui me semble durer une éternité. Je suis trempée lorsque j'arrive à la laverie ouverte vingt-quatre heures sur vingt-quatre. Il n'y a qu'une seule personne à l'intérieur, une étudiante, écouteurs dans les oreilles, qui ne relève pas les yeux quand j'entre, dégoulinante.

Il y a un téléphone au fond, mais je fonce dans les toilettes miteuses. Elles sont dégueulasses, comme la plupart des WC publics. Je m'appuie quand même contre le lavabo. Ma veste s'ouvre en grand. Je regarde mon chemiser blanc autrefois immaculé. Il est boutonné de travers, avec un espace de décalage. Je ne m'en étais pas rendu compte.

J'ai dû le fermer à toute vitesse, mes doigts glissaient sur les boutons. Les mains tremblantes, je fixe mon reflet dans le miroir, et soudain je me mets à tirer sur mon chemisier, essayant frénétiquement de le remettre comme il faut. Ça devient la chose la plus importante au monde. Il *faut* qu'il soit bien boutonné, et ce frisson de peur et d'hystérie s'abat sur moi comme un éclair. Je ne peux pas lutter.

Je finis par y parvenir, mais ça ne m'aide pas à me sentir mieux.

Je pourrais y retourner. Déjà, cette idée me tente. J'ai envie de me blottir dans les bras de ma mère et de pleurer. Elle rentrera bientôt à la maison, et ce qu'elle va trouver… Elle pourrait s'inquiéter. La police pourrait être sur place. Elle détesterait ça.

Je pourrais tout lui raconter. Je pourrais lui faire confiance, espérer qu'elle sera de mon côté.

Mais je ne suis pas sûre qu'une telle chose soit possible. Il n'y a que *son* côté à elle. Voilà ce que m'a appris Haley… et j'ai des cicatrices qui le prouvent.

J'ai peur qu'elle ne me croie pas, mais pas seulement.

J'ai aussi peur qu'elle me croie et qu'elle me demande de faire avec. « Le monde est comme ça, ma chérie. »

Combien de fois elle m'a dit ça ? Le monde est comme ça. Les hommes sont comme ça. C'est comme ça que ça marche, alors débrouille-toi pour que ça marche pour toi.

Est-ce qu'elle le répéterait aujourd'hui ?

« Tu peux gérer ça ? » C'est la question qu'elle a posée à Haley, et j'ai répondu par l'affirmative, et je l'ai payé de mon sang.

Est-ce qu'en disant oui à ce moment-là, j'ai dit oui à tout ?

Est-ce que j'ai accepté de renoncer à tout ?

Qu'on me prenne tout ?

Est-ce que ma mère est un monstre ?

Je ne sais pas. *Je ne sais pas.*

C'est pour ça que ma sœur a mis en place le signal de détresse. Pour ce moment précis. Ça fait des années que j'ai compris qu'elle voulait me protéger. Je pensais savoir de quoi.

Jusqu'à aujourd'hui.

Je remonte la fermeture éclair de mon blouson jusqu'au cou, je me lave les mains et les sèche avant de sortir des toilettes.

J'ai de la monnaie dans ma poche en cas d'urgence. J'ai mémorisé son numéro il y a des années, puis j'ai jeté la carte sur laquelle elle l'avait griffonné pour que ma mère ne la trouve jamais.

Tout en glissant les pièces dans la fente, je lutte contre l'impression de trahir tout ce qu'on m'a appris, car je commence à soupçonner que tout est faux.

Ça sonne. Longtemps. Trop longtemps. À chaque tonalité, mon cœur bat un peu plus vite. Et puis, *enfin* :

« Allô ? »

Au fil des ans, l'image d'un sauvetage s'est formée dans ma tête, a pris de l'ampleur jusqu'à se concrétiser aujourd'hui, car, pour la première fois, j'admets que j'en ai besoin.

Tout s'écroule quand une autre femme décroche. La réalité me frappe de plein fouet, si violemment que j'en ai le vertige.

« Allô ? répète la femme qui n'est pas ma sœur, d'une voix basse, rauque, comme si elle venait de se réveiller. Qui est à l'appareil ? »

« À qui tu parles ? »

Le téléphone doit être sur haut-parleur, parce que j'entends distinctement ma sœur.

« Attends… Tu as trouvé ça où ? »

« Pourquoi tu as un deuxième portable ? » demande l'autre.

« Donne-moi ça », ordonne ma sœur.

« Réponds-moi d'abord ! »

« Donne-moi ce téléphone, putain ! » hurle Lee, puis j'entends des bruits de coups et de lutte et je m'agrippe au combiné comme si lui seul me permettait de tenir debout.

J'entends alors une voix essoufflée, haletante :

« C'est moi. C'est moi. C'est toi ? Tu vas bien ? »

Ma sœur a une vie. Même si elle ne m'en parle pas, je sais bien qu'elle en a une. J'ignore pourquoi je n'ai jamais imaginé qu'elle pourrait avoir *quelqu'un*.

Je ne l'ai pas vue depuis un an. Ma mère ne la voit jamais quand on a une arnaque en cours, et Haley a été la plus longue que nous ayons jamais effectuée.

Elle a peut-être changé d'avis. Décidé que je n'en valais pas la peine. Que je gâcherais la vie qu'elle a réussi à construire.

Comme je gâche tout.

Elle prononce mon prénom sur un ton pressant, son émotion suintant de chaque syllabe.

« Allez, dis-le », murmure-t-elle.

Ce serait si facile. *Olive.* Elle viendra. Elle me tiendra la main. Elle me laissera pleurer.

Sa vie changerait. *Je* la changerais.

Elle m'en voudrait. Je lui serais redevable.

Nous serions prises au piège. Et je ne peux pas piéger la personne la plus libre que j'aie jamais connue.

Je pose ma main en coupe autour du micro du combiné.

– Désolée, dis-je à voix basse. Faux numéro.

Je raccroche avant qu'elle puisse protester. Et quand le téléphone se met à sonner quelques secondes plus tard, je me force à partir.

— 38 —

11 h 40 (148 minutes de captivité)

~~1 briquet, 3 mignonnettes de vodka,~~ 1 paire de ciseaux (actuellement plantée dans le braqueur),
2 clés de coffre-fort
~~Plan n° 1 : à la poubelle~~
~~Plan n° 2 : foutu~~
Plan n° 3 : poignarder

Si vous pensez que je n'ai pas poignardé ce connard, vous n'avez rien suivi. Car c'est exactement ce que j'ai fait.

Avec des ciseaux, ce n'est pas idéal. Mais on fait avec ce qu'on a.

– Espèce de… sale petite…

Casquette Grise se replie sur lui-même, referme sa main sur la mienne et trébuche en essayant de se libérer. Je résiste en poussant avec mon corps et avec les ciseaux, qui s'enfoncent plus profondément. Puis j'imprime une rotation du poignet, et un liquide chaud jaillit sur ma peau.

Il recule d'un pas, s'efforçant de surmonter la douleur, et *putain*, il est tellement en colère qu'il y arrive. Sa colère flamboie une seconde dans ses yeux avant qu'il se jette sur moi au lieu d'essayer de m'échapper, et sa main se referme sur ma gorge.

Après le moment de paralysie initial, il est presque impossible de ne pas agripper les bras et les poignets de quelqu'un qui vous étrangle. C'est instinctif : on gratte, on griffe pour réussir à prendre ne serait-ce qu'une inspiration, pour avoir plus de force pour se battre.

Sauf que moi, je ne peux pas lâcher les ciseaux. Je les retire brusquement. Il hurle, et ses doigts se contractent encore plus sur ma gorge, à l'inverse de ce que j'espérais. Des points noirs apparaissent en bordure de mon champ de vision, mais je ne peux pas abandonner. Tout mon visage palpite sous l'effet de la douleur et l'afflux de sang. Les ciseaux dégoulinent, ma main luit de sang à la lumière des néons. Maintenant, il a le choix.

Il me pousse et je heurte violemment le sol juste au moment où Casquette Rouge arrive en courant, les yeux exorbités, et braque son fusil sur moi.

– Lâche tes ciseaux, ordonne Casquette Grise, et comme je sais reconnaître ma défaite, j'obéis.

– Ça va ? lui demande Casquette Rouge.

– Elle m'a poignardé, putain !

Il pose sa main sur son flanc et, quand il la retire, elle est toute rouge.

– Merde, Duane ! hurle Casquette Rouge.

Yes. J'ai enfin un prénom. Il pointe son fusil sur moi, mais Casquette Grise – Duane – saisit le canon.

– Non, dit-il.

– Mais elle t'a planté !

– *Non*, répète Duane.

Il me protège – il préserve son atout. La jubilation pétille dans ma poitrine alors même que j'ai du mal à prendre une grande respiration sans avoir l'impression que des lames de rasoir me raclent la gorge. Il a mordu à l'hameçon.

– T'es complètement dingue, marmonne Casquette Rouge avant de s'adresser à moi : Je veux voir tes mains !

Duane est affalé contre le comptoir des bordereaux de dépôt. Il me foudroie du regard, haletant de plus en plus laborieusement. Ça doit lui faire un mal de chien. J'espère que j'ai touché quelque chose de vital.

– Donne-moi le fusil, lance-t-il à Casquette Rouge qui s'exécute, si confiant, si stupide. Comment ça se passe, en bas ?

– J'ai presque fini. Encore une vingtaine de minutes, je dirais.

– Bien.

Il grimace, appuyant plus fort sa main contre son flanc, puis il se laisse glisser sur le sol, en sueur. Mon cœur bondit de joie : j'ai peut-être réussi à faire des dégâts.

Casquette Rouge se met à jurer.

– Il faut qu'on te trouve des serviettes, dit-il en regardant autour de lui. Toi, va me chercher quelque chose pour stopper l'hémorragie.

– Vous n'avez qu'à vous servir de votre veste, je réplique.

– Ta chemise. Donne-la-moi.

Je pouvais compter sur ces deux abrutis pour me flinguer ma chemise préférée. Je la lui tends.

– Je la remets avec les autres ? demande-t-il à voix basse à Duane, en parlant de moi.

– Non, je veux l'avoir sous les yeux à tout moment.

– Tu l'as entendu, me lance Casquette Rouge en me regardant avec impatience.

Il se penche pour aider Duane à se relever. Celui-ci doit s'appuyer lourdement sur lui, mais il ne s'avoue pas vaincu pour autant. Loin de là. Et maintenant, il a toutes les armes. Je ne suis pas la seule petite maligne, ici.

Casquette Rouge est tellement docile. Je me demande comment il réagirait si je lui expliquais pourquoi son collègue tient tant à me garder près de lui. Et ce qu'il prévoit de lui faire pour pouvoir se tirer.

Je ne vais pas tarder à le savoir. Il est temps de les monter l'un contre l'autre.

Et ils viennent de m'offrir une occasion en or.

— 39 —

Katie (10 ans) : gentille, vive, intelligente (en trois actes, à l'envers)

Acte I : Intelligente

Avant (Après)

Au début, je crois que les sourires de Joseph sont comme ceux d'Elijah – affectés, empreints d'une gaieté de façade. Après tout, il possède une flopée de concessions de voitures. C'est un vendeur, et doué avec ça. Ce serait logique.

Chaque fois qu'il me regarde, j'essaie d'identifier sur son visage, dans ses yeux, ce qui le fait sourire, ce qui lui fait froncer les sourcils. De me comporter de façon à obtenir la première réaction et pas la seconde.

Qu'est-ce que tu veux ? Je n'arrive pas à savoir.

(Plus tard, je me dirai que j'étais stupide. Encore plus tard, après de nombreuses séances de thérapie, je comprendrai que je ne l'étais pas.)

Ma mère est trop sûre d'elle après le succès de l'arnaque d'Elijah. Elle est sur un petit nuage après deux réussites d'affilée, mais j'ignore encore que je ne peux pas lui faire confiance sur le choix de ses proies.

(Je me poserai toujours cette question : est-ce qu'elle était au courant ? Comment elle aurait pu savoir ? Comment elle aurait pu ne pas savoir ?)

Joseph mord trop vite à l'hameçon pour quelqu'un qui gagne sa vie en manipulant les gens. Après seulement deux mois de relation, on emménage chez lui. Ma mère se la joue, et moi, je suis tellement contente de ne plus me faire martyriser par Jamison que je laisse Haley et mes poings serrés derrière moi.

Je ne réalise que trop tard que j'aurais dû les garder serrés tout du long.

(J'ai passé des années à retourner ça dans tous les sens avec ma psy. Ces quatre mois de cohabitation et ce jour qui a tout changé.)

(Voilà ce que je sais :

Il a essayé de m'amadouer en usant de ce que les hommes comme lui – les prédateurs, les pédophiles – appellent la manière douce, ce qui est franchement à gerber. Comme si ça avait quoi que ce soit de doux. Les hommes dans son genre veulent vous domestiquer. Ils vous veulent docile, apeurée et complètement paumée.

Une autre forme de sol incliné.)

(Voilà ce que je sais :

Je n'étais pas « domesticable ». Pas parce que j'étais plus maligne ou meilleure que les autres. Au contraire : parce que quelqu'un s'en était déjà chargé avant lui.

Abby m'avait formée pour que je devienne elle. Il ne restait pas de place pour une influence extérieure. Elle était le poids qui nivelait mon univers.)

(Voilà ce que je sais :

S'ils ne peuvent pas vous avoir docile *et* apeurée, ils se contentent de vous apeurer.)

(Voilà ce que je sais :

Je n'avais aucune idée de ce que le mot *apeuré* signifiait quand ça m'est tombé dessus. Je n'avais aucune idée de ce que je ferais.

Mais j'imagine qu'on l'a tous découvert.)

40

11 h 44 (152 minutes de captivité)

~~1 briquet, 3 mignonnettes de vodka, 1 paire de ciseaux,~~
2 clés de coffre-fort
~~Plan n° 1 : à la poubelle~~
Plan n° 2 : ~~foutu~~ peut-être pas complètement
Plan n° 3 : poignarder ✔

Casquette Rouge me pousse dans le couloir. Lui et Duane me suivent laborieusement. Quand on passe devant la pièce dans laquelle sont enfermés Iris et Wes, je demande : « Où est-ce qu'on va ? », assez fort pour qu'ils sachent que je suis vivante. Ma gorge est douloureuse, je sens pulser ma peau au niveau des marques de doigts de Casquette Grise, et j'ai l'impression qu'on m'a frotté les yeux avec du papier de verre tout en m'obligeant à regarder des dessins animés pendant des heures.

– Ferme-la ! crache Duane en désignant d'un mouvement de tête le bureau à gauche au bout du couloir. Allez, entre là-dedans.

Ils me font asseoir dans le moins confortable des deux fauteuils de bureau. Je m'affale et je balaie la pièce du regard. Elle est agencée de la même façon que celle de Wes et Iris, sauf que le bureau est plus grand et que la personne qui travaille ici aime vraiment beaucoup les plantes. Je pourrais peut-être leur en jeter une à la figure et partir en courant. Motif du décès : assommé par un ficus en plastique.

Ça y est, je recommence à me faire des films. Il faut que j'arrête.

Duane essaie le bon fauteuil, mais il grimace et ne tient qu'une minute avant de glisser par terre. Casquette Rouge l'aide à s'appuyer contre le mur. Peut-être qu'il perdra connaissance assez longtemps pour que je puisse persuader le simplet de tous nous relâcher. Mais la vie n'est pas aussi simple, et les types comme Duane sont têtus. Ils ne lâchent jamais rien. Ma chemise a beau prendre une couleur rouille, elle n'est pas trempée. Duane est de plus en plus pâle, mais le saignement ralentit.

J'aurais dû viser la gorge.

– Va finir de faire fondre les barreaux, ordonne-t-il à Casquette Rouge.

– Mais…

– Je vais me débrouiller. Attache-lui les mains avec du scotch et remets-toi au boulot.

Je me débats quand Casquette Rouge joint mes mains devant, mais en fait je suis ravie. Je peux faire beaucoup de choses, du coup, par exemple fléchir tous mes doigts. Il fait trop de tours pour que je puisse me libérer, mais je trouverai une solution, et au moins, il me laisse les pieds libres.

Duane se remet à transpirer lorsque Casquette Rouge se baisse pour examiner sa blessure. Duane lui murmure quelque chose qui m'échappe, avant de hausser le ton, énervé, tout en lui rendant le fusil :

– Mais oui, je suis sûr, putain !

– Je me dépêche, lui assure Casquette Rouge, puis il se tourne vers moi. Toi, t'as pas intérêt à tenter quoi que ce soit.

– Comme quoi ? Je voulais faire un casse mais vous m'avez piqué mon idée, je réplique du tac au tac, mais ma voix se fêle au milieu de ma phrase, gâchant mon effet.

Quand le bruit de ses pas s'évanouit dans le couloir, je regarde Duane. Il n'a pas super bonne mine, mais il n'est pas non plus à l'article de la mort. Et la main qui braque le flingue sur moi est terriblement stable.

– Alors, c'est quoi votre plan ? je demande. Vous allez le tuer maintenant ou vous servir de lui comme bouclier quand les flics vous tireront dessus ? Parce que moi, je suis beaucoup trop précieuse pour ça.

– Ça t'arrive de la boucler ?

– Non, il va falloir vous y faire. Le trajet va être long jusqu'en Floride.

– Si tu continues, je t'assomme et je te fourre dans le coffre de ma voiture jusqu'à ce qu'on soit là-bas.

Je note mentalement qu'il a une voiture et pas une camionnette.

– OK.

J'étire mes jambes devant moi, posant un pied sur l'autre, puis je marmonne :

– Elle ne va pas rester les bras croisés.

Il met une seconde à réagir, sans doute à cause du facteur « perte de sang ».

– De qui tu parles ?

– Je croyais que vous vouliez que je me taise.

Je suis passée en mode totale sale morveuse, et ça marche. Il commence à s'agiter. Il sera à point quand Casquette Rouge reviendra.

Il me fusille du regard, serrant plus fort ma chemise contre son flanc.

– Qu'est-ce qu'elle vous a dit ? je demande.

Il plisse les yeux.

– De qui tu... ?

Il déteste ne pas être au courant de tout, d'autant plus qu'il est censé être le chef. Il faut que je continue de le rabaisser, de le déstabiliser. Ça le rend encore plus dangereux, puisque ça nourrit sa colère, mais c'est ce qui lui fera commettre une erreur. C'est comme ça que j'arriverai à m'en tirer.

– Vous croyez que c'est qui, au téléphone ? je lance d'une voix grinçante, sarcastique. Elle vous a raconté quoi ? Qu'elle est adjointe du shérif ?

– Tu la connais ?

Je me laisse aller en arrière dans mon fauteuil, aussi à l'aise et détendue qu'on puisse l'être avec la gorge meurtrie et le visage en bouillie.

– Ben, oui, je vis avec elle. J'ai menti, je n'ai pas de tante à Clear Creek. Le FBI m'a fait entrer dans le programme de protection des témoins après toute cette histoire avec Raymond, et je me suis retrouvée ici avec *elle*. Une vraie casse-couilles.

– Elle est du FBI ?

– Vous n'avez pas deviné ? Vous êtes sûr que vous avez fait de la prison ?

Il change de position en serrant les dents. Ma chemise est de plus en plus rouge. L'hémorragie a repris. J'essaie de tourner discrètement mes poignets pour évaluer mon amplitude de mouvement.

– Je savais que ce n'était pas une adjointe du shérif. Trop séductrice.

– Tout à fait. Elle ne vous lâchera pas si vous partez avec moi. Elle n'a pas le choix. C'est un vrai merdier, pour elle. Elle n'aura qu'une chose en tête : me ramener.

Il cherche un piège, mais ce n'est que la vérité. Il n'existe aucun endroit au monde où ma sœur ne nous suivrait pas.

Je compte bien faire passer Lee pour une sorte de garce arriviste et ultra-déterminée. Il gobera ça. Il voudra à tout prix lui échapper, et il finira par se planter. Il faut juste que je sois là quand ça arrivera.

– Elle ne doit pas être si douée que ça si elle s'est fait refiler ce boulot de merde.

– Vous avez complètement foutu en l'air sa journée, avec votre petit numéro. En temps normal, ça me ferait plaisir, mais là ça craint aussi pour moi.

Chaque fois qu'il cligne des yeux, il met un peu plus de temps à les rouvrir. La douleur, la perte de sang et la descente d'adrénaline commencent à se faire sentir. Peut-être qu'il va s'évanouir et que je pourrai lui piquer son arme.

– Ça craint pour *toi* ?

Il rit, mais son rire est bien trop long, trop étiré. C'est du sang que je vois sur sa bouche, ou je prends mes désirs pour la réalité ?

Il tousse un peu en se tenant le flanc. Puis il tousse encore, et cette fois des bulles cramoisies apparaissent. Il les tamponne avec sa main, et ses yeux s'élargissent.

– Oh merde, j'espère que mes ciseaux n'ont pas touché un truc important ?

Je sais que je creuse ma propre tombe, mais j'ai besoin de voir jusqu'où je peux aller.

– Espérons que ce n'est que la rate ou un truc dont vous pouvez vous passer. Ça ne court pas les rues, les organes.

– Espèce de…

Il se jette en avant comme s'il voulait se lever et lâche un grognement surpris à la place. Des gouttes de sueur coulent sur son visage, mais il ne crache plus de sang. Sa blessure ne le ralentit pas beaucoup, même si la douleur commence à faire effet. Il s'en tirera sans doute, s'il reste tranquille.

Il faut peut-être que je le fasse bouger, alors. Beaucoup.

J'essaie d'abord d'estimer si je peux atteindre la porte et sortir dans le couloir en moins de temps qu'il ne lui en faut pour lever son arme et me viser correctement. Mais finalement, je n'ai pas besoin de décider.

Il réessaie de se lever, et cette fois, la douleur l'emporte. Il pousse une série de jurons, ses yeux roulent en arrière et *bam,* il tombe. Soudain, la balance penche de nouveau en ma faveur.

Plan n° 4 : prendre le flingue. Libérer Iris et Wes. Filer.

— 41 —

~~Katie : adorable, allègre, astucieuse~~
~~Katie : apeurée, violée, traumatisée~~
Katie : parle, apprend, guérit

Il y a presque quatre ans

– Comment as-tu envie qu'on passe notre temps ensemble aujourd'hui ?

C'est ce que Margaret me demande toujours en premier. Je pourrais lui mentir et dire que je ne sais plus combien de fois elle m'a posé cette question, mais c'est ce qu'elle appellerait ne pas être productive et retomber dans de mauvaises habitudes. (Ça fait quatre-vingt-neuf fois : on en est à la quatre-vingt-dixième séance et elle ne me l'a pas posée la première fois.)

Ça semblait mal parti quand Lee m'a conduite chez cette psy, à deux comtés de chez nous. Ce n'était même pas de la résistance de ma part ; j'étais tout simplement incapable de dire la vérité sur quoi que ce soit, et encore moins sur moi. Je savais juste mentir.

Margaret sait beaucoup de choses, et en même temps elle ne sait rien. Je suis comme ces illusions d'optique où certains voient une vieille dame, d'autres une jeune femme. Margaret entraperçoit des bribes des deux, mais aucune dans son intégralité. Elle connaît des choses, mais pas le nom de Raymond.

Elle est au courant pour ma mère, mais elle la croit morte. Des petits mensonges qui servent non seulement à assurer ma sécurité, mais aussi la sienne.

Avancer vers la guérison, c'est comme trébucher sur un chemin miné de vérités soigneusement sélectionnées, et c'est plus long que je ne le voudrais. J'aime être douée dans ce que je fais. Or je ne le suis pas pour dire la vérité, m'ouvrir ou demander de l'aide.

« Tu es douée pour te servir de cette aide, me répond Margaret quand je lui fais cette remarque. Une fois que tu as surmonté l'obstacle de la demande. »

C'est tellement dur, parfois, de demander.

– Il a envie de m'embrasser, dis-je, parce que ça me préoccupe depuis des semaines, depuis que je m'en suis rendu compte.

– Qui donc ?

– Wes.

On dirait qu'elle s'efforce de réprimer un sourire indulgent que je pourrais prendre pour de la condescendance. Je ne suis pas censée l'analyser, en fait ; Lee m'a expliqué que le but de cette thérapie, c'était d'écouter ma psy et de tenter de me comprendre *moi*, pas elle.

– Ton ami ?

– Mon meilleur ami, je précise, et puis, essayant d'exhumer cette fameuse vérité : C'est un peu le seul, en fait.

– Tu m'as déjà parlé d'autres copains, me reprend-elle.

– C'est pas pareil.

– Pourquoi ?

– Wes sait. Enfin, non. Il ne *sait* pas. C'est juste…

Je déglutis. J'ai l'impression d'être revenue à la première séance, et je déteste tellement ça que mon visage me brûle.

– Il sait qu'on m'a fait du mal. Il… On lui en a fait aussi.

Je le trahis en avouant ça. Et je trahis autre chose en parlant de ça au passé et pas au présent.

Cela dit, je me rappelle qu'elle ne peut le répéter à personne. Elle ne ferait jamais une chose pareille, de toute façon.

– Je suis impressionnée que tu aies réussi à partager ça avec lui. Ça montre que tu as fait beaucoup de progrès.

– Il a deviné, j'avoue, incapable d'accepter des félicitations que je ne mérite pas. J'ai des cicatrices. Il les a vues quand on nageait.

– Et tu n'as pas essayé de l'embobiner ?

– Il n'aurait jamais marché.

Elle attend, de cette manière tellement horripilante. Elle tient absolument à me faire sortir de ma coquille. Pendant longtemps, ça n'a pas fonctionné, et puis si, et voilà où on en est maintenant : encerclées par cette délicate affaire de confiance. On l'a construite, elle et moi. Petit à petit, au cours de ces quatre-vingt-neuf laborieuses séances. Margaret m'a aidée à poser des briques sur un sol instable, à le niveler afin de pouvoir marcher d'un pas assuré.

Mais à cet instant précis, je me sens tout sauf assurée.

– Je n'avais pas envie de lui mentir, je lâche finalement. Lui aussi, il a des cicatrices. Alors lui raconter n'importe quoi…

Je secoue la tête. Ça m'aurait paru trop nul. Comme s'éloigner de quelque chose de sacré pour mettre le pied en plein dans une flaque poisseuse et putride.

– Il en sait donc plus sur toi que sur la plupart des gens, résume-t-elle, et j'acquiesce. Et toi, as-tu envie de l'embrasser ?

Je n'ose pas la regarder ni même bouger. Je ne peux pas répondre par un simple oui ou un simple non. C'est juste…

– Il n'y a aucun mal à avoir un faible pour quelqu'un.

– C'est pas si simple, je marmonne malgré moi.

J'ai l'habitude de parler de plein de choses ici, mais j'en laisse aussi de côté, par choix et pas seulement pour nous protéger. Je n'ai jamais évoqué ce sujet à cause de ma honte vertigineuse et du goût amer de la bile qui me remonte dans la gorge chaque fois que j'y pense. Et pourtant, je suis sur le point de tout balancer, comme si j'avais prévu de le faire aujourd'hui, alors que ce n'est pas le cas.

– Je ne suis pas douée pour ce genre de trucs, je poursuis, essayant désespérément de me tirer de là, telle une gamine qui vient de sauter dans le grand bain alors qu'elle ne sait pas nager.

– Quoi donc ?

– Embrasser. Sortir. Tout ça, quoi.

– Étant donné que tu commences tout juste, ça peut se comprendre, non ?

C'est là, entre nous, comme un chien écrasé qu'on hésite à regarder de trop près. Comment lui poser la question qui me taraude ? Le sang bat dans mon visage, et je me sens perdue entre le besoin de savoir et mon incapacité à formuler tout ça.

À l'admettre.

– J'ai peur de lui faire du mal.

Elle a passé suffisamment de temps avec moi – l'équivalent de quatre-vingt-neuf séances – pour apercevoir les vérités enfouies sous ces mots.

– Pourquoi est-ce que tu lui ferais du mal ?

– Parce que moi aussi j'ai envie de l'embrasser.

Ses sourcils tressaillent – c'est ce que j'obtiendrai de plus proche d'un froncement de sourcils sur son visage placide comme un étang.

– Tu parles de lui faire du mal au sens propre, n'est-ce pas, Nora ?

Je n'arrive pas à soutenir son regard, alors je fixe mes mains, et je frotte mon index et mon majeur contre la pulpe de mon pouce, encore et encore.

Le silence s'étire et elle ne cherche pas à le rompre. Elle attend dans notre petite bulle de confiance que je trouve les mots, puisque je ne trouverai jamais la force.

– Avant mon beau-père, il y a eu une autre cible. Joseph. Il possédait plein de concessions automobiles. Ma mère l'a convaincu de nous faire emménager chez lui deux mois seulement après leur rencontre. Il n'arrêtait pas de me regarder. Et puis il ne s'est plus contenté de me regarder, il…

Je croise deux doigts en l'air, petit geste honteux, impuissant, accompagné d'un haussement d'épaules qui transmet ce que je suis incapable de dire. Il faudra attendre la séance 117 pour que je puisse prononcer les mots : « Il m'a agressée sexuellement », mais ça, je l'ignore encore. Tout ce que je sais, c'est que je ne peux pas, même si j'ai besoin qu'on m'aide avec ça, parce que j'ai peur de ce que ça a fait de moi. Parce que je suis terrifiée à l'idée de la réaction que je pourrais avoir si Wes essayait de se rapprocher avant que je sois prête, préparée.

– Au début, j'étais paralysée. J'avais l'impression que ça arrivait à quelqu'un d'autre, pas à moi. Je voyais la scène, je sentais tout, mais je ne pouvais pas bouger. Je ne pouvais pas crier. Je… je n'étais pas là. Et puis une alarme de voiture s'est déclenchée dans la rue. C'était comme si j'avais fait la morte jusque-là, et ça m'a réveillée.

Margaret attend. Je ne parviens toujours pas à relever les yeux. Si j'avoue tout, qu'est-ce qu'elle va penser de moi ?

« Elle n'est pas normale. » C'est ce qu'a déclaré la dernière femme exposée aux conséquences de mon instinct de survie.

– J'ai essayé de me dégager. Il était trop fort. Le panier à tricot de ma mère était posé à côté du canapé. C'était la seule chose à portée de main. Il fallait que je l'arrête.

Cette fois, elle ne peut empêcher son masque de placidité de glisser alors qu'elle prend pleinement la mesure de cette information.

– Tu t'es défendue avec des aiguilles à tricoter ?

– Il a bien été obligé de s'arrêter pour les retirer de sa jambe, j'explique, et c'est une façon très simple, très claire de formuler ce qui n'avait rien de simple ni de clair.

Il y avait beaucoup de sang. Elles étaient fines, maman s'en servait pour ses travaux délicats, mais elles n'en étaient pas moins émoussées, comme toutes les aiguilles à tricoter, et je n'avais pas beaucoup de force. Je les ai remontées autant que possible le long de sa cuisse et puis j'ai touché quelque chose et ça a giclé. Il a hurlé de douleur et je me suis sentie à la fois écœurée et terrifiée, en proie à une surcharge d'adrénaline alors que le *fuir, se cacher, se battre* s'inversait pour devenir *se battre*, puis *se cacher*, puis *fuir.*

Margaret garde le silence, et cette fois, ce n'est pas pour me tirer les vers du nez. Je ne sais pas si je l'ai déstabilisée ou si elle ajoute simplement ça à son dossier : « Nora est cinglée. »

– Je sais, c'est tordu, dis-je.

– Ce qu'il t'a fait est très *tordu*, en effet, acquiesce-t-elle, et quand elle voit mon visage se décomposer, elle ne peut réprimer un petit soupir de compassion qui confine à la pitié.

Elle joint les mains et se penche vers moi. Elle porte un énorme pendentif en agate mousse au bout d'une chaîne, comme certaines femmes élégantes d'un certain âge. La pierre resplendit sur son pull gris, et je garde les yeux rivés sur elle, car sinon, il faudrait que je regarde Margaret et que je reçoive une vérité pour laquelle je ne suis pas sûre d'être prête.

– Tu t'es défendue, Nora, reprend-elle doucement.

– Je suis violente.

Elle n'est pas normale. Cette phrase résonne dans ma tête.

– Tu as été *victime* de violence, me corrige-t-elle. Tu as eu une réaction d'autodéfense. Il n'y a rien de mal là-dedans.

Comme je ne dis rien, elle poursuit :

– As-tu déjà initié une bagarre ? Je sais que tu t'es battue à quelques reprises. On en a parlé.

Je secoue la tête.

– As-tu déjà engagé un combat contre quelqu'un dans un autre but que te défendre ou défendre une autre personne ?

Je secoue de nouveau la tête.

– Est-ce que parfois tu t'amuses à manipuler les élèves de ton collège pour qu'ils te donnent le premier coup ?

– Je pourrais, mais…

– Mais tu ne le fais pas.

– Non.

– Je ne pense pas que tu sois violente, Nora. Je pense que tu réponds d'une manière bien particulière quand tu te retrouves acculée. Certaines personnes restent figées. Toi, tu te bats. Aucune de ces réactions n'est mauvaise.

Il faut que je me lance. Il faut que je lui pose la question. Parce que j'ai peur. Peur que ce que je ressens les fois où Wes soutient mon regard trop longtemps se transforme quand il s'approchera trop de moi. Quand il glissera ses mains autour de ma taille ou, plus tard, sous mon tee-shirt. Je veux être capable de vivre ça. Je veux le vivre. Je refuse que ça aussi soit souillé ou me soit enlevé à cause des filles d'avant.

– Et si je réagis comme ça avec Wes quand on s'embrassera ? Si mon corps se comporte comme si c'était une agression ?

– S'il s'avère que vous en avez tous les deux envie, il faudra peut-être commencer doucement. Vous tenir la main. Faire une sortie en amoureux. Ou juste traîner ensemble. Je ne sais pas comment vous appelez ça de nos jours, vous les jeunes.

– On traîne tout le temps ensemble.

– Bien. Alors tu peux lui en parler. Tu as dit qu'il sait que tu as été maltraitée. Est-il au courant de ce que tu viens de me raconter ?

Je secoue la tête.

– Dans toute relation, dialoguer est important. Et vous deux, vous discutez beaucoup, non ?

– Bien sûr.

– La meilleure chose à faire serait peut-être de lui avouer que tu as envie de l'embrasser, mais qu'il faut que ça vienne de toi. Comme ça, tu n'attends pas qu'il se lance et ça ne te prendra pas par surprise. Est-ce que ça t'enlèverait un peu de pression ?

Je n'avais jamais envisagé de l'embrasser la première, de garder le contrôle, mais maintenant qu'elle l'évoque, cette possibilité s'empare de moi. Je n'aurai pas à retenir mon souffle en attendant que ça arrive, je pourrai choisir le bon moment.

– Et s'il se moque de moi ?

Je doute qu'il le fasse. Wes n'est pas comme ça. Ça n'en est pas moins effrayant, cette perspective d'aborder aussi frontalement ce qui est resté tacite jusque-là : des œillades, des contacts presque infimes et des corps qui se rapprochent de plus en plus chaque semaine devant la télé.

– Dans ce cas, tu sauras que ce garçon ne mérite pas de t'embrasser, réplique-t-elle avec une franchise qui me fait rire, et que je lui envie.

Nous sombrons dans un silence lourd, même s'il n'est pas inconfortable. Comme avant un orage : on le sent dans le vent, on perçoit la possibilité de la pluie dans l'atmosphère, et puis d'un seul coup, ça craque et le ciel s'ouvre.

– Comment je peux faire pour que ça ne détruise pas ma vie ?

– Continue le travail qu'on fait ici. Regarde-toi, regarde comme tu avances. Tu ne détruis pas ta vie, Nora. Tu la répares. Tu repères les obstacles avant qu'ils ne deviennent des barrages.

J'aimerais tellement la croire, croire qu'il ne s'agit que d'un obstacle, rien de plus.

Mais j'ai déjà vécu tellement de vies. Été tellement de filles. J'ai tant appris d'elles. Katie m'a enseigné la peur. Pas des hommes, je savais déjà que je devais les craindre – au final, on finit toutes par le savoir, non ? J'ai juste appris plus vite et plus tôt que certaines, plus tard et plus lentement que d'autres.

Non, Katie m'a inculqué quelque chose de nouveau : la peur de moi-même. Car de toutes celles que j'ai incarnées, elle était celle qui me ressemblait le plus, avant Nora, et c'est bien ce qui a dû attirer Joseph, pas vrai ?

Quand je parviens enfin à formuler cette question, Margaret m'assure que ce n'était absolument pas ma faute. Que je n'ai rien fait de mal. Elle répète qu'il s'agissait d'un pédophile. Que je me suis écoutée. Que je me suis fiée à mon instinct. J'ai réagi de la bonne manière pour *moi*.

Alors pourquoi je me sens toujours aussi mal ?

(Elle n'est pas normale.)

Je n'ai pas la réponse à cette question. Mais je cherche encore.

Je continuerai de chercher.

Troisième partie

La liberté...

(Les 45 dernières minutes)

42

Ashley (12 ans) : comment ça finit (en trois actes)

Il y a cinq ans et demi

Acte I : De l'aide

Je suis dans une suite, à l'hôtel. C'est ma sœur qui m'a amenée là, après m'avoir fait emprunter l'issue de secours et l'ascenseur de service. À la seconde même où la porte claque derrière nous, elle me pousse dans la douche, nous enfermant dans cette bulle artificielle de linge propre et d'odeur d'hôtel de luxe.

– Rince tout. Lave-toi deux fois les cheveux. Récure trois fois tout ton corps. Sers-toi de ça pour gratter sous tes ongles, ajoute-t-elle en me donnant une brosse à dents toujours dans son emballage plastique. Tu jetteras tes vêtements là-dedans.

Elle me tend un sac et je suis encore assez engourdie pour lui obéir. Mais pas au point de ne pas attendre tranquillement qu'elle ait quitté la pièce pour me déshabiller. Je sors alors la clé USB de la poche de mon jean plein de sable et je la planque derrière le tas de papier toilette, là où elle ne pensera pas à chercher. Puis je fourre mes fringues dans le sac.

Quand je sors de la douche, elle a disparu, et le sac de vêtements aussi. Pendant une minute, je me demande si elle m'a abandonnée. Si elle a finalement décidé qu'il valait mieux qu'elle sauve sa peau plutôt que la mienne.

Comment lui en vouloir ? J'ai pensé la même chose sur la plage.

Mais soudain la porte s'ouvre brusquement et la revoilà. Le soulagement me liquéfie les genoux et j'ai envie de me raccrocher à elle comme je ne me suis jamais raccrochée à personne dans ma vie. Mais je ne peux pas.

– Ce n'est rien, tu n'as pas à t'excuser, dit-elle, et je me rends compte alors que des excuses se déversent de ma bouche – « Je suis désolée, je suis vraiment désolée. »

– J'ai tout gâché. Tout notre plan…

– Tu as récupéré ce qu'on voulait. Tant pis si ça a dégénéré.

Je laisse échapper un petit cri hystérique, parce qu'elle me rappelle tellement ma mère quand elle dit ça.

– Il y a des vêtements neufs dans la chambre. Va dormir. Je m'occupe de tout.

– Mais…

– Ça ne fonctionnera que si tu me laisses être l'adulte, me coupe-t-elle de ce ton factuel et sans concessions qui la caractérise, mais qui me choque quand même.

– Je ne suis pas une gamine, je réponds doucement, et cette vérité est comme un abcès entre nous.

– Tu vas enfin pouvoir en être une. Et ça veut dire que c'est moi qui commande, pas toi.

– On dirait maman, je réplique, parce que je me sens blessée, à vif, et je veux qu'elle souffre, elle aussi.

– Je ne suis pas elle, répond-elle d'une voix si calme que je réalise que ma pique n'a rien percé du tout.

Puis elle dit mon prénom. Mon véritable prénom. Avec douceur, comme pour me réconforter.

Ça ne marche pas.

– S'il te plaît, m'appelle pas comme ça.

Je vois sur son visage qu'elle comprend. Ça me donne envie de m'enfuir.

– Comment veux-tu que je t'appelle ?

Je n'en ai aucune idée. Je ne suis pas *elle*. Je ne suis pas Ashley non plus. Je ne suis personne. Je suis tout le monde. Toutes ces filles passées au shaker. Je secoue la tête, impuissante.

– Je vais me coucher.

Elle laisse la porte entrouverte, comme pour me tenir à l'œil, et je m'allonge sur le lit.

Dans la douche, de l'eau rose mousseuse a tourbillonné sur mes (ceux d'Ashley ?) orteils ornés de vernis à paillettes. Je crois que la couleur rose ne m'évoquera plus jamais le bonheur. Il a bien fallu les trois récurages de Lee pour que l'eau soit enfin claire.

Est-ce qu'il est mort ? Est-ce qu'il s'est vidé de son sang dans le sable ? Est-ce que je suis une meurtrière ?

Je me tourne face au mur pour ne plus voir la porte.

Pourquoi elle est revenue ? Elle aurait pu s'enfuir. Elle n'a pas signé pour ça. Elle voulait juste délivrer sa petite sœur.

Mais je ne suis pas petite, je ne l'ai jamais été et je ne le serai jamais, non ? Plus maintenant.

Tout a changé. Les risques… Même maman n'en prendrait pas autant.

Un coup sec à la porte. Quand Lee se lève pour aller ouvrir, j'en profite pour me lever et m'asseoir dans le fauteuil de ma chambre, qui offre un meilleur point de vue sur le salon. De l'eau dégouline dans mon dos, froide contre ma peau encore à moitié engourdie. J'en ai assez de me taire et de laisser les autres parler de moi sans jamais m'inclure dans la conversation. Ce soir, j'ai trouvé une solution alors que personne n'y était parvenu. Ça ne mérite pas une place à la table des négociations, ça ?

– Merci d'être venue, Yvonne.

– Ce n'est pas ce dont nous avions convenu, Amelia.

Je sursaute un peu en entendant cette inconnue employer le vrai prénom de ma sœur. Ça va à l'encontre de toutes les règles. Et puis soudain, j'ai un déclic : il n'y a plus de règles.

Je ne les ai pas seulement enfreintes. Je m'en suis libérée. J'ai envie de tenir cette prise de conscience entre mes mains, de la presser jusqu'à l'écraser, jusqu'à ce qu'elle s'incruste dans la peau à vif de mes doigts et devienne une partie indissociable de moi.

– Je suis désolée, répond ma sœur, et sa voix se fêle.

– Oh, Amelia…

La femme lui touche l'épaule avant d'entrer dans le salon. Son carré ultra-net se balance quand elle marche et son tailleur est impeccable, alors qu'elle a sans doute reçu le coup de téléphone bien après minuit. Mais une bonne avocate doit se tenir prête à tout moment, et c'est forcément ce qu'est cette femme. Connaissant Amelia, elle a forcément couvert ses arrières avant d'impliquer le FBI. Elle a dû trouver la meilleure. Un vrai requin qui se battra jusqu'au bout.

– Je peux gérer ça, ajoute-t-elle. À moins que vous n'ayez changé d'avis, étant donné…

Elle ne va pas plus loin. Ma sœur regarde ses pieds avant de secouer brièvement la tête.

– On les force à s'en tenir au deal de base.

– Très bien, reprend Yvonne. Je comprends. Nous sommes donc d'accord : on ne quitte pas cette pièce sans avoir obtenu les termes originaux de l'accord, le tout signé et officiel.

– Entendu.

– Elle me fait suivre depuis le premier jour. Elle attend dans le hall.

– Évidemment.

– Il y a au moins trois agents en civil au rez-de-chaussée. Allez savoir combien elle en a posté aux autres étages.

– Il faut toujours qu'elle en fasse des tonnes, marmonne Amelia.

– Je vais la faire monter, si vous êtes prête.

Ma sœur hoche la tête.

J'entends le *clic* du téléphone, puis :

– Chambre 206. Pouvez-vous m'envoyer mon invitée, s'il vous plaît ? Merci. (Elle raccroche, puis décoche un regard rassurant à ma sœur.) Ça va aller. Vous avez ce qu'ils veulent.

Amelia semble ébranlée, et ça m'inquiète. Mais quand on frappe à la porte, quelques minutes plus tard, elle redresse ses épaules, et en un clin d'œil elle retrouve sa force et sa posture arrogante.

– Bonsoir, agente North, lance Yvonne en ouvrant. Je suis madame Striker ; je représente les sœurs Deveraux. Aimeriez-vous un café ?

Une femme aux cheveux courts et blonds et au visage sombre entre dans la pièce.

– Non, ça va. Alors comme ça, on prend une avocate, Amelia ?

– Tu as l'accord ? réplique ma sœur, aussi impassible que l'agente North.

– On l'a trouvé à l'endroit que tu nous avais indiqué, au cas où ça t'intéresserait, répond l'agente North. Enfin, plus ou moins. Il s'était traîné dans le sable sur une bonne quinzaine de mètres pour aller chercher de l'aide. Elle ne l'a pas loupé, ta petite sœur.

La bouche d'Amelia se crispe.

– Aucune de mes deux clientes n'a la moindre connaissance des faits que vous évoquez, intervient Yvonne avec aisance.

– Mais bien sûr, rétorque l'agente North d'un ton sarcastique.

– Ma cliente…

L'agente l'interrompt d'une main levée.

– Ce n'est pas ce dont nous avions convenu.

– Ça m'est égal, lâche Amelia. C'est votre problème, maintenant.

– Tu es vraiment incroyable, crache l'agente North, dégoûtée. Tu as les disques durs, au moins ?

– Est-ce que tu as la garantie d'immunité ?

– Amelia… commence North, mais ma sœur se lève si vite de sa chaise pour se diriger vers la porte qu'elle écarquille les yeux.

– Dans ce cas, dehors.

– Tu étais censée faire sortir ta sœur la semaine prochaine, quand ils devaient partir en vacances. Si le plan avait été respecté, elle aurait eu un kit d'empreintes digitales et on aurait pu démanteler toute l'organisation après une enquête fouillée. Maintenant, je me retrouve avec Raymond Keane à l'hôpital, et la seule autre personne présente dans les parages ce soir-là était ta sœur. Ça ne se présente pas bien.

– Si tu veux connaître les détails de ma soirée, je serais ravie de les fournir.

– Je t'en prie, éclaire-moi, répond l'agente d'une voix traînante.

– J'ai reçu un appel de ma sœur hier soir me demandant de venir la chercher. Raymond et ma mère s'étaient disputés, et quand ma sœur a tenté d'arrêter Raymond, il l'a frappée. Une fois de plus. Alors j'y suis allée. Elle m'attendait dans l'entrée de la maison. Je ne me suis pas aventurée à l'intérieur. Et si tu as l'audace de me faire répéter ça devant des avocats, un juge ou même un autre casse-pied du FBI, je le ferai. Et j'en profiterai pour révéler certains de tes petits secrets, et peut-être même ceux de tes supérieurs, aussi.

– Et si on interroge ta sœur ?

– On avait un deal, Marjorie. Vous, vous récupérez Raymond, Abby et les preuves pour les mettre sous les barreaux ; moi, je récupère ma sœur.

– Je ne vois pas les disques durs, persiste l'agente North.

– Vous ne verrez rien tant que je n'aurai pas l'accord sous les yeux, intervient Yvonne.

Il y a un moment de silence. Une épreuve de force : c'est à celle qui clignera des yeux la première.

L'agente North finit par céder. Elle sort une liasse de papiers d'un attaché-case et la tend à Yvonne.

– Montrez-lui un disque, lance cette dernière à l'intention de ma sœur, avant de mettre ses lunettes pour s'attaquer à la lecture des documents.

Amelia se lève, s'approche du coffre, compose le code et prend l'un des disques durs ainsi qu'un ordinateur portable. Elle le branche, le démarre, puis elle clique sur le dossier.

– Celui-ci contient des vidéos. Raymond aime bien garder des images.

– Putain, souffle l'agente North. J'y crois pas !

Amelia referme l'ordinateur.

– Tu n'en verras pas plus tant qu'Yvonne ne m'aura pas confirmé que l'accord est solide.

– Je pourrais emmener ta sœur tout de suite, réplique l'agente avec une note de menace dans la voix qui ne me plaît pas du tout. J'ai un motif.

– Touche un seul de ses cheveux et tu ne sortiras pas vivante de cette pièce, répond Amelia.

Sa sincérité brute provoque en moi une décharge de chaleur que je ne saurais identifier. Je comprendrai plus tard que ça s'appelle le sentiment de sécurité.

– Amelia ! lance Yvonne. Agente North, elle ne…

– Oh que si. Elle le pense vraiment.

– Tout à fait, confirme ma sœur.

Les deux femmes s'affrontent du regard. Je sens presque crépiter ce qui passe entre elles.

– Je veux te parler en privé, déclare l'agente North.

À ma grande surprise, ma sœur hoche la tête.

– Amelia, je vous conseille fortement… commence Yvonne, mais ma sœur l'interrompt d'un sourire ferme.

– Vous pouvez nous accorder une petite minute ? Profitez-en pour finir de lire les documents dans la pièce du fond.

Yvonne se lève et j'entends le claquement de ses talons.

Je continue d'observer les deux femmes par l'entrebâillement de la porte. Ma sœur a la tête baissée, la bouche tendue. Elle frotte la pulpe de son pouce contre son index et son majeur, d'avant en arrière, d'avant en arrière. Elle aussi, elle fait ça quand elle est nerveuse. Étrangement, ce tic que nous partageons m'enracine à elle d'une manière que je n'aurais jamais pu imaginer.

– Je n'arrive pas à le croire, siffle l'agente North, se départant soudain de tout professionnalisme. Tu as procédé à l'extraction toi-même ? Le plan…

– Le plan est parti en couille. Je suis désolée que le psychopathe qui élevait ma sœur n'ait pas respecté ton emploi du temps.

– Je n'en reviens pas que tu me parles sur ce ton maintenant. Au pire moment ! Quel foutoir, marmonne-t-elle. Je leur ai vendu une affaire vite bouclée. Ce n'est plus le cas.

– Ce n'est pas mon problème.

– Le procès va être plus compliqué, désormais. Si on pouvait compter sur la participation de ta sœur…

– Non.

– Les marshals font un excellent travail…

Amelia bondit de son siège et traverse la pièce, sortant de mon champ de vision. J'entends un doux bruissement qui ne peut pas être un coup, mais qui doit quand même correspondre à un contact physique, car l'agente pousse une expiration bruyante.

Je baisse vivement les yeux. J'ai l'impression de violer leur intimité. Mes joues s'enflamment quand je réalise que c'est peut-être le cas. Mais ça ne m'empêche pas de tendre le cou pour les apercevoir.

Elles se tiennent proches l'une de l'autre, et l'agente se frotte le poignet comme si elle venait de l'arracher de la main d'Amelia.

– Les marshals peuvent être corrompus ou dupés. Pas moi. Tu sais ce que j'ai dû faire pour en arriver là. Tu vas vraiment me faire chier maintenant alors que j'ai enfin obtenu ce qui m'a coûté six années d'efforts ? J'ai réussi à la sortir de là, et je ne la laisserai plus jamais. C'est ma *sœur*, et elle a dû…

Elle se tait, puis frémit, comme si elle était incapable de le dire. Je la comprends. Moi, je peux à peine y penser.

– Pas de protection des témoins, continue-t-elle. Pas de marshals, pas de planques, pas de *procès* ni de noms. On avait un accord. Aucune déposition, aucune mention du rôle qu'elle a joué là-dedans, aucune participation à quoi que ce soit en échange des disques durs. Tu vas devoir t'en tenir à ça, ou tu ne les auras pas.

– Je peux simplement les prendre, dit doucement l'agente North, comme si elle lui annonçait la nouvelle.

Amelia sourit, et pour la première fois, je vois de la cruauté en elle.

– Tu me connais, Marjorie. Tu crois vraiment que je n'oserai pas te clouer au sol pendant que ma sœur explosera les disques durs en tellement de morceaux qu'il n'y aura aucun espoir de les réparer ?

L'agente North contemple ma sœur comme si c'était la lune et qu'elle ne l'avait encore jamais vue.

Non. Une seconde. Je me penche en avant, essayant de déchiffrer son expression, de lire pleinement ses secrets. Elle ne la dévisage pas comme si elle la voyait pour la première fois.

Elle la dévore du regard comme si c'était la dernière.

– Elle a failli se faire tuer pour obtenir ce que tu voulais, reprend Amelia d'un ton sévère qui semble hérisser North.

– Elle n'était pas obligée de…

– Va te faire foutre, l'interrompt ma sœur avec une telle férocité que l'autre recule brusquement. Allez tous vous faire foutre, vous et vos conneries qui ont permis qu'une petite fille se retrouve entraînée là-dedans ! Vous avez si bien foiré votre infiltration de l'organisation de Keane que *quatre* agents se sont fait descendre en deux ans d'opération clandestine. Vous aviez *besoin* de nous. J'ai passé un deal qui la mettait en danger parce que je sais que ma petite sœur est plus compétente que vous. Toi, tu sortiras de cette pièce avec les disques durs de Raymond, une grosse partie de son organisation éventrée et la promotion qu'ils voudront bien te donner, mais elle, elle sera en danger jusqu'à sa mort.

– La faute à qui ? La sienne. Elle a pris des risques *insensés.* J'avais un plan d'extraction béton. Si seulement elle avait…

– *Stop.* Ma sœur n'est pas une taupe. Ce n'est pas une ancienne criminelle que vous avez convertie en indic au fil des ans et d'une cure de désintox. Elle a *douze* ans. C'est une gamine, putain !

S'ensuit un long silence pendant lequel North la dévisage, semblant peser l'intérêt d'ajouter quelque chose. Je ramène aussitôt ma tête dans l'obscurité ; je pressens que les mots qu'elle s'apprête à prononcer vont me hacher menu.

Comme le fait souvent la vérité.

– Tu as vu ce qu'elle lui a fait ? Je n'essaie pas de te piéger, précise-t-elle quand ma sœur se contente de froncer les sourcils. Je veux juste… Tu as vu dans quel état elle a tout laissé ?

Amelia ne répond toujours pas. Elle ne fait confiance à personne. Pas même à cette femme qui la regarde comme si des chapitres entiers de l'existence de ma sœur lui étaient consacrés.

– Parce que si tu n'as rien vu, poursuit-elle d'une voix étouffée, tu ne te rends peut-être pas compte que…

Elle lui tend son téléphone pour le lui montrer.

Je ne vais pas mentir : l'inquiétude me traverse. Ça y est ? Ma sœur va se détourner de moi ?

Ma crainte disparaît aussi vite qu'elle est venue, car plutôt que réagir comme je le redoute et comme l'agente le souhaite, elle éclate de rire.

– Tu voudrais sérieusement que je me sente mal parce qu'elle lui a fracassé la tête ?

– Et le reste ?

Amelia n'hésite pas une seule seconde.

– Et comment voulais-tu qu'elle fasse pour récupérer tes précieux disques durs ? Tu t'attendais à ce qu'une gamine de douze ans traîne un homme inconscient de la plage à la maison, puis dans l'escalier jusqu'à son coffre à l'étage ?

– Si elle avait patienté jusqu'à l'extraction, elle aurait eu un kit.

– Mais ça ne s'est pas passé comme ça, et vous avez quand même ce que vous désiriez. Donc le deal tient toujours.

La pause est saturée d'une telle tension que j'en grince des dents.

– Elle n'est pas normale, déclare lentement l'agente North. Ce qu'elle a fait… l'état de… Tu ne te rends pas compte ? Elle aurait pu t'appeler avant de…

– Si elle m'avait appelée, Raymond Keane ne serait plus vivant au moment où nous parlons. Il serait de la pâtée pour alligators. Jusqu'au petit orteil.

– Arrête de dire ce genre de conneries ! s'exclame North.

Sa détresse imprègne sa voix et ses beaux yeux verts.

– Alors arrête de sous-entendre que ma sœur est dangereuse.

– Parce qu'elle ne l'est pas, peut-être ?

– Ma sœur, répond Amelia, tout aussi lentement mais d'une voix deux fois plus menaçante, a été victime de violences domestiques et d'abus sexuels de la part des hommes que notre mère lui a imposés. Et elle a été maltraitée psychologiquement par le seul parent qu'elle ait jamais connu. C'est mon job de lui procurer la sécurité, l'espace et tout ce dont elle aura besoin pour survivre. Et si tu t'acharnes à vouloir culpabiliser une victime alors qu'elle a laissé *vivre* ce salaud qui a passé presque deux ans à la terroriser et à la battre, je te jure que tu vas retourner auprès de tes supérieurs les mains vides. Je confierai ces dossiers aux Stups et le FBI restera sur le carreau. Ou alors, j'exclus totalement les Fédéraux et je mets tout aux enchères sur le dark Web.

L'agente North prend une grande inspiration. Elle se prépare à en rajouter une couche, à m'accuser d'aimer ça, probablement, ou à lui rappeler que ce n'est pas la première fois. Elle aurait raison sur ce dernier point et tort sur le premier.

Mais soudain, elle semble découragée.

– Bon sang, Amy, soupire-t-elle, et ce surnom lui a échappé avec une facilité qui ne peut venir que de la familiarité. Je…

– Non.

Ma sœur a le menton levé, les bras croisés. Elle est complètement sur la défensive. Elle a dressé tous ses boucliers et tout m'indique qu'elle ne le fait pas consciemment, que cette femme l'a déjà fait trébucher une fois et qu'elle ne la laissera pas recommencer.

– Je veux juste ce dont on a convenu, répète-t-elle.

– Le deal tient toujours, cède North après un long moment pendant lequel elles se fixent d'un regard si avide que j'ai envie de détourner les yeux, parce qu'elles ne font pas semblant.

Il n'y a aucun artifice… aucun calcul ni coquetterie. Aucune d'elles ne veut le montrer, mais ça saute aux yeux tant c'est intense, cru.

– Yvonne, vous pouvez revenir, lance Amelia.

– Tout est conforme, annonce l'avocate.

– Donnez-les-moi.

Silence pendant que ma sœur lit les documents. Les minutes défilent.

– Quelqu’un a un stylo ? demande-t-elle enfin, puis elle ajoute : Le code du coffre est 0192.

Je me mords l’intérieur de la joue quand j’entends l’agente taper bruyamment le code et ouvrir la porte du coffre.

– Tout est là ?

– Oui, répond Amelia, puisque, pour ce qu’elle en sait, c’est vrai.

Je pense à la clé USB coincée derrière le papier toilette. Il va falloir que je la change de place.

– Je vérifie.

Encore un silence. Il m’empêche presque de respirer. Elle va annuler le deal ? Se rendre compte que j’ai gardé des choses pour moi ? Mais soudain j’entends un claquement.

– C’est tout, dans ce cas, conclut-elle.

– N’essaie pas de me retrouver, dit Amelia.

Ce n’est pas qu’un avertissement, c’est un appel à la clémence. Et North est encore assez accro pour la lui accorder.

– Au revoir, Amy.

Ma sœur ne répond pas. Peut-être qu’elle n’en est pas capable. Peut-être qu’elle craquerait.

La porte de la chambre se referme avec un déclic et le bruit des pas de North s’évanouit.

– Et voilà, souffle Yvonne. Est-ce que ça va ?

Amelia hoche la tête.

– Merci pour tout.

Je me penche encore plus sur le côté pour voir l’avocate s’arrêter devant la porte et se mordiller la lèvre inférieure.

– Un conseil gratuit ?

Amelia acquiesce.

– Partez très loin. Il ne renoncera pas. Il a été humilié par une gamine, il ne le digérera pas, et sa clique non plus. Alors fichez le camp d'ici. Et ne revenez jamais.

Au bout d'un moment, ma sœur répond :

– Merci.

– Je dirais bien « À bientôt », mais soyons honnêtes : j'espère vraiment ne plus jamais vous revoir.

– Moi non plus, mais je vous suis redevable. Si un jour vous avez besoin de moi…

– Je prie pour ne jamais avoir à réclamer mon dû. Mais je le ferai s'il le faut. Tâchez de rester prudente, Amelia.

– Sans faute.

– Vous êtes une bonne sœur. Ne l'oubliez pas.

J'entends le bruit de ses talons, puis de la porte. Je ferme les yeux quand Amelia commence à s'affairer. Elle allume la télé. Le murmure des voix emplit la pièce, un charabia ennuyeux et étouffé. Je me laisse sombrer. Juste pour lui accorder un peu de temps.

Acte III : La maison

J'attends un long moment avant de retourner dans le salon, où elle a mis un vieux film. Je sais à son regard fixe et à ses sourcils froncés qu'elle ne voit ni n'entend rien. Je me laisse tomber à côté d'elle sur le canapé et je croise les jambes. Nos genoux s'effleurent ; son jean est doux et déchiré, comme elle à l'intérieur. Je sens pulser mon épuisement comme un battement de cœur, et j'ai envie de poser la tête sur elle et de la laisser me caresser les cheveux, comme j'ai vu des sœurs le faire dans des films. Je devrais combattre cette impulsion, m'en défaire comme d'une vieille peau ou de cheveux abîmés, car je ne mérite pas d'être réconfortée, n'est-ce pas ?

– On s’en va bientôt ?

– Il faut qu’on récupère tes nouveaux papiers d’identité avant de quitter la ville. Je connais quelqu’un.

Évidemment.

– On va partir à l’étranger, comme tu as dit ?

Elle secoue la tête.

– Je te ramène à la maison.

Ces mots résonnent bizarrement dans la pièce. Elle n’a jamais évoqué de maison. J’ignore où elle vivait avant qu’on enclenche le plan Floride. Amelia a toujours fait attention aux informations qu’elle distillait. Elle le devait, car les filles sont censées préférer leur mère, et imaginez si j’avais choisi Abby, à la fin.

Abby l’aurait choisi, *lui*. Les deux années qui viennent de s’écouler ne me laissent aucun doute à ce sujet. Je dois y croire. Je dois comprendre que, dès l’instant où ils se sont rencontrés, son univers s’est incliné vers lui, me projetant par-dessus bord. Je me serais écrasée si Amelia ne m’avait pas aidée à m’envoler.

Qu’a-t-elle dû sacrifier pour arriver jusqu’ici ? Je suis au courant de certaines choses, mais pas de tout. Je l’observe du coin de l’œil, repensant à l’électricité que j’ai sentie entre elle et l’agente North. « Tu me connais », lui a-t-elle lancé, et je sais quand elle dit la vérité.

– Tu as couché avec la nana du FBI, pas vrai ?

Pour la première fois depuis que tout a commencé, ma sœur s’esclaffe.

– Putain de merde, lâche-t-elle, et son rire se transforme en une parodie de lui-même.

Je ne sais pas quoi dire. Je me sens nauséeuse. Ce que je connais du sexe et des relations amoureuses est purement transactionnel, violent et intrusif, mais j'ai assez lu sur le sujet pour être consciente que ce n'est pas la norme. Que ça peut être différent.

Non ?

– Ça fait moins de six heures que je t'ai récupérée et tu es déjà en train de me disséquer, soupire-t-elle en secouant la tête. Tu es vraiment un cas.

– Désolée.

Elle prend ma main et la serre.

– Ne t'excuse jamais d'être intelligente. Toi et moi, on ne voit pas les choses de la même façon que la plupart des gens. On capte les petits détails, les trucs cachés.

– À cause de maman.

Elle presse trop fort ma main. Je ne laisse rien paraître.

– Non, elle a simplement repéré cette qualité chez nous. Ça ne veut pas dire que c'est à cause d'elle. Et ça ne veut pas dire qu'on doit l'utiliser de la même façon qu'elle.

– N'empêche tu as couché avec une agente du FBI, dis-je, n'ayant plus envie de parler de notre mère.

Je ne peux pas. Pas encore. Peut-être plus jamais. Est-ce que c'est possible ? Est-ce que je peux juste me cacher pour toujours ?

– C'est compliqué, répond Amelia.

J'ai les lèvres horriblement sèches. Je les humecte.

– Alors… ? Alors tu l'as fait pour moi.

Elle commence à dire mon prénom, et puis elle s'interrompt. Je tiens ma réponse.

– Tu l'as manipulée, dis-je. C'est elle qui a décroché quand je t'ai appelée de Seattle. Et il était tard. Ce qui signifie…

– Je…

Elle pose les coudes sur ses genoux et inspire profondément. Elle n'est pas élégante, ma sœur, mais elle possède une sorte de grâce brute, avec ses cheveux tirés en arrière, ses pommettes immenses et ses grands yeux pleins de regrets.

– Je veux que tu puisses vivre comme une fille de ton âge, reprend-elle. Je veux te ramener à la maison et t'envoyer à l'école et t'offrir le genre d'existence que tu n'as pas eu et que je n'aurai jamais. Et si je réponds à ta question…

– Si tu réponds, je saurai ce que je te dois.

Elle se redresse.

– Je vais te le dire une bonne fois pour toutes : tu ne me dois rien. J'ai choisi de partir à ta recherche quand tu étais petite. J'ai choisi de te libérer d'elle. J'ai choisi d'être ta sœur. J'ai pris cette décision toute seule. Il n'y a aucune dette. On est à égalité, toi et moi. On le sera toujours.

– Je ne sais pas ce que c'est, d'être à égalité.

Je lui fais cette confession aussi calmement qu'elle m'a fait la sienne, mais je me sens si honteuse. Les larmes me montent aux yeux. Est-ce que le fait qu'elles ne viennent que maintenant prouve que je suis un monstre ?

Son profil austère se découpe contre la lumière dorée en provenance de la salle de bains. On est toutes les deux épuisées, et il y a encore tant à faire. Tant de kilomètres à parcourir. Pourtant, je dois savoir.

Si elle veut qu'on soit à égalité, j'ai besoin de savoir ce qu'elle a fait pour moi. Ce que mon existence a provoqué.

Alors, pour une fois, je fais preuve d'honnêteté et je lui explique ça. Et elle me rend la pareille.

– Tu avais déjà trois ans quand j'ai appris que j'avais une sœur. Lorsque j'ai échappé à maman, j'étais déterminée à ne jamais revenir. J'ai échoué à Los Angeles et j'ai disparu. J'ai failli me lancer dans l'escroquerie, mais je craignais qu'elle finisse par l'apprendre, alors j'ai opté pour la légalité. J'ai travaillé pour un détective privé. J'ai obtenu ma propre licence. Pendant longtemps, j'ai résisté à la tentation de la retrouver, mais quand j'ai fini par craquer… c'est là que j'ai su, pour toi.

– Mais tu n'es pas venue me voir avant mes six ans.

– Au début, je ne voulais pas venir du tout, avoue-t-elle, incapable de me regarder dans les yeux.

L'honnêteté dans ce qu'elle a de plus brutal. Je l'ai cherché.

– Pendant des années, je me suis raconté que ce n'était pas mon problème, poursuit-elle. Je savais que si je revenais, elle se servirait de toi pour me remettre le grappin dessus.

– Qu'est-ce qui t'a fait changer d'avis ?

– Tu allais avoir six ans. C'est l'âge que j'avais quand… (Ses doigts tremblent quand elle les pose contre sa bouche, comme pour retenir les mots à l'intérieur.) Je ne pouvais pas t'abandonner. Il fallait que j'essaie de t'éloigner d'elle. Alors j'ai conçu un plan.

– Tu es venue me voir.

Ses lèvres s'étirent dans un quasi-sourire tout contre la pointe de ses doigts.

– Tu étais déjà si drôle, si futée. Mais tu te méfiais… Dès que j'ai vu l'élastique autour de ton poignet…

C'était l'un des trucs de maman pour que je me tienne à carreau. Elle le faisait claquer contre ma peau. Certaines choses resteront à jamais associées à cette douleur cinglante et à cette vague odeur de caoutchouc.

– J'ai eu envie de t'emmener sur-le-champ. Mais je savais qu'elle n'arrêterait jamais de te chercher. Elle est incapable de monter une arnaque sans sa fille. Elle a besoin d'une partenaire.

– Elle se sent seule.

Même maintenant, je la défends instinctivement.

– Ce n'est pas notre rôle de combler ce manque en elle.

– Tu parles comme une psy.

– Sans doute parce que j'en vois une. Et tu en verras une aussi, quand on sera en sécurité, à la maison.

Ces trois choses me paraissent inconcevables : la sécurité, une thérapie et une maison. Je m'apprête à protester, mais elle me devance :

– Tu veux que je termine ?

Je hoche la tête.

– Lorsque je suis repartie, ce jour-là, je savais que je devais trouver un moyen pour que, quand je t'aurais récupérée, maman ne puisse plus jamais te retrouver. Il fallait soit que je la tue, soit que je l'envoie en prison. Et comme je ne voulais pas ajouter le matricide à la liste de mes crimes, j'ai choisi la deuxième solution. Il ne me manquait plus que deux choses : que tu aies effectivement envie de partir et un agent du FBI dans ma poche pour le moment où ça arriverait.

– North.

Elle acquiesce.

– Je savais que ce serait long. Qu'il faudrait du temps pour que tu passes de mon côté. Mais j'ai tout de suite commencé à travailler sur North. Elle s'occupait d'un gros cas, et l'un des témoins avait mis les voiles. Je l'ai traqué et je le lui ai livré. On est devenues amies.

– Amies ou *amies* ?

– Amies, répond-elle, mais je ne suis pas sûre de la croire. Je lui filais des tuyaux, parfois.

– Et tu as attiré son attention sur Abby.

– Le FBI la connaissait déjà, mais North est ambitieuse. Et une arnaqueuse impliquée dans toutes sortes d'affaires criminelles en lien avec les hommes qu'elle cible représente une grosse prise. Pense à toutes ses victimes, à toutes les saletés qu'elle a exhumées sur elles. Si elle virait balance, elle deviendrait une mine d'or.

– North savait que tu étais sa fille ?

– Pas avant Seattle.

– Tu l'as fait marcher pendant quatre ans ?

Elle hoche la tête.

– Après, ça a explosé. Elle a tout découvert. Et à ce moment-là…

– Vous étiez ensemble.

Je finis à sa place, puisqu'il paraît évident qu'elle ne le fera pas. Je comprends pourquoi. Elle a enfreint la règle numéro un. Elle est tombée amoureuse de sa cible. Je voudrais lui caresser le bras, mais j'ai peur que ce soit maladroit. Malvenu.

– J'ai perdu ta trace après qu'Abby et toi avez quitté Seattle. Quand tu as fini par réapparaître, j'ai failli aller te chercher directement en Floride. Tant pis pour le plan ; je m'occuperais d'Abby plus tard, quand elle nous pourchasserait. Mais alors, j'ai vu l'acte de mariage.

– L'agente North ne pouvait pas te snober si tu lui servais Raymond Keane sur un plateau, dis-je, saisissant enfin.

– Le plan a donc été réactivé. Et voilà.

– J'ai tout foutu en l'air.

– Tu as fait ce que tu as pu. C'est ce qui compte. Et dans quelques heures, on sera parties.

– Il va me chercher.

– On a de l'avance. Il va devoir bien se tenir jusqu'au procès. Une fois en taule, il lui faudra un moment pour gagner de l'influence. Ils penseront que tu bénéficies du programme de protection des témoins. Ceux qu'il embauchera pour te retrouver se concentreront d'abord là-dessus. On a le temps.

– De quoi ? De mieux se cacher ?

– De réfléchir à un plan B. De se préparer. Et de *vivre.* C'est ça, le but.

– Vivre comme une personne normale, dis-je en secouant la tête. L'agente North a raison : je ne suis pas normale.

– La normalité, ça n'existe pas. Des tas de gens font semblant de croire le contraire, mais en réalité, il n'y a que différents niveaux de douleur. Différents niveaux de sécurité. La plus grande de toutes les arnaques, c'est de faire miroiter une quelconque normalité. Ce que je souhaite, c'est que tu sois heureuse et en sécurité. Et je me souhaite la même chose.

– Tu étais heureuse avec l'agente North ?

Comme elle ne répond pas, j'insiste :

– Tu l'aimais ?

Toujours rien.

– Parce que je ne l'ai pas trouvée très gentille.

– Ce que je lui ai fait, c'était pire que pas gentil.

– Donc tu l'aimais. Tu l'aimes encore ?

– Peu importe.

Ce qui veut dire oui. Décidément, je suis un raz de marée qui détruit tout sur son passage.

– Je suis désolée.

Elle prend de nouveau ma main et la serre. Je me rends compte que ça fait partie de ses habitudes. Elle touche les gens sincèrement. Je ne sais pas si je peux lui dire que je n'ai pas l'habitude. Que ça me fait bondir intérieurement presque autant que ça me réconforte.

– Tout ce que j'ai fait pour t'avoir auprès de moi en valait la peine, m'assure-t-elle. Tu vas pouvoir commencer une nouvelle vie.

– Où ça ?

– En Californie. Tout au nord. Dans une petite ville qui s'appelle Clear Creek.

– Et toi ? je demande, avant de préciser, devant son regard interrogateur : Comment tu t'appelles, maintenant ?

On dirait que l'air se durcit autour de nous, et son corps se tend, puis se relâche tout aussi brusquement. Une réaction profondément enracinée que nous partageons. Amelia, c'était sa pierre angulaire, la fille originelle que seules les femmes Deveraux connaissent. Elle a réussi à faire croire à maman qu'elle avait encore affaire à Amelia alors qu'elle était devenue quelqu'un d'autre, pleinement et entièrement.

Je connais ma sœur sans la connaître. Désormais, je vais pouvoir rencontrer la personne qu'elle est vraiment.

– Lee, répond-elle. Lee Ann O'Malley.

Lee. Court. Sans chichis. Ça lui va bien.

Je veux me montrer courageuse en lui posant la question suivante, mais je n'y arrive pas. Je suis de retour devant ce miroir, sous les mains de ma mère qui tressent mes longs cheveux tandis que je répète consciencieusement un prénom après elle… et ma voix tremble :

– Et moi, comment je m'appelle ?

– C'est toi qui décides, répond ma sœur, et qu'on me laisse ce choix me paraît aussi inconcevable que les concepts de *sécurité,* d'*aide* et de *maison.* Comment tu veux t'appeler ?

– Je peux choisir ?

Son pouce se pose sur le point de mon poignet où bat mon pouls. *Ba-boum. Ba-boum.*

– Oui, tu peux choisir.

43

11 h 57 (165 minutes de captivité)

1 briquet, 3 mignonnettes de vodka, ~~1 paire de ciseaux,~~ 2 clés de coffre-fort

~~Plan n° 1 : à la poubelle~~

Plan n° 2 : en attente

Plan n° 3 : poignarder ✔

Plan n° 4 : prendre le flingue. Me détacher. Libérer Iris et Wes. Filer

Duane glisse sur le côté et il commence à lâcher son flingue. Je passe à l'action, sans hésiter ni essayer de m'en dissuader, car il peut reprendre conscience d'une seconde à l'autre.

C'est pas pratique, avec les mains liées, mais je réussis à ramasser son arme, même si je ne peux ni tirer ni la tenir correctement.

Je la pose sur le bureau et je me retourne vers lui. Il respire. L'hémorragie l'a peut-être affaibli, mais s'il s'est seulement évanoui à cause de la douleur, il risque de revenir à lui rapidement. N'empêche que j'ai besoin de mes mains.

Je relève son tee-shirt avec deux doigts, exposant le haut de son jean. Le couteau est coincé contre son dos. Je le prends, je le déplie doucement et, après quelques manœuvres, je parviens à placer la lame dans la bonne position pour scier les couches de ruban adhésif.

Ensuite je le range dans ma poche et je reprends le flingue. Je n'ai pas le temps de réfléchir, même si sentir son poids me tord le ventre et que tous les muscles de mon corps me crient de le lâcher.

Au lieu de ça, j'avance. J'ai le flingue. Je suis détachée. Maintenant, je vais libérer Iris et Wes. Après on pourra filer.

J'entrouvre la porte et je jette un coup d'œil dans le couloir. Personne. Casquette Rouge est toujours en bas. On va peut-être réussir à l'esquiver complètement.

Je me précipite vers la table métallique qu'ils ont traînée devant le bureau où sont détenus Wes et Iris. Je pose le pistolet dessus et je commence à tirer sur un côté.

– Stop.

Je me retourne en reprenant l'arme, et mon mouvement paraît peut-être assuré, mais je suis loin de l'être. Je n'ai pas envie de ça. Ce qui ne m'empêche pas de mettre Casquette Rouge en joue, puisque son fusil est braqué sur moi.

– Baisse ça, ordonne-t-il.

– Vous d'abord.

Il incline brièvement la tête sur le côté, et quand Iris apparaît dans le couloir, la joie vorace de leur avoir échappé s'éteint comme un pétard mouillé.

– Baisse ça, répète-t-il, et je m'exécute – je n'ai pas le choix.

Le couteau est toujours dans ma poche, mais si j'essaie de l'attraper il me descendra. Je reste donc parfaitement immobile. Iris me dévisage tandis qu'il se hâte de venir prendre le pistolet.

– Qu'est-ce que tu lui as fait, cette fois ? demande-t-il en nous conduisant dans le bureau où Duane est affalé contre le mur.

Iris écarquille les yeux lorsqu'elle voit ma chemise ensanglantée à côté de lui.

– Rien, dis-je. Il s'est fait ça tout seul.

Casquette Rouge le gifle à plusieurs reprises, mais il ne bouge pas. Iris les observe puis me regarde, un point d'interrogation sur la figure.

Les ciseaux, j'articule en mimant un coup de couteau.

Elle a l'air plus déçue que je n'aie pas réussi à le poignarder correctement qu'horrifiée par mon geste.

– Tu as de la chance qu'il respire encore, me lance Casquette Rouge en se relevant, après avoir noué ma chemise autour de la plaie. J'espère pour toi qu'il va se réveiller.

Malheureusement, il a raison. J'ai un peu besoin de Duane, car Casquette Rouge n'a rien d'un leader et il risque de faire n'importe quoi si plus personne ne le mène à la baguette.

– J'ai rien fait, dis-je en fermant les poings.

Je n'aime pas la manière dont il se redresse avec une détermination nouvelle.

– Tu l'as planté.

– Les filles ont bien le droit de se défendre.

– J'en ai ras le bol de tes conneries, crache-t-il en resserrant sa prise sur le fusil.

– Il faut que j'aille aux toilettes ! couine soudain Iris.

On se tourne tous les deux vers elle, et toute la tension retombe d'un coup.

– Non, souffle-t-il, et à son ton je comprends qu'il s'agit d'une vieille dispute entre eux.

Qu'est-ce qu'elle manigance ?

– J'ai fait ce que vous m'aviez demandé, réplique-t-elle. Je suis restée assise une éternité dans ce sous-sol sinistre, à respirer vos fumées de soudage. Vous aviez promis que je pourrais y aller quand on remonterait, et maintenant vous refusez ?

– Tu n'as qu'à te retenir.

– Je ne peux pas. Je n'ai pas envie de faire pipi. Il faut que je vide ma cup.

Cette fois, elle a toute son attention. C'est brillant, et j'essaie de masquer mon admiration comme elle continue :

– Ma cup. Ma coupe menstruelle.

Il commence à s'agiter dès qu'il entend le mot *menstruelle.*

– Insiste pas, maugrée-t-il.

– Vous ne comprenez pas. J'ai un problème de santé.

Elle joint les mains. Elle a l'air si prude et si délicate dans sa robe, avec ses joues roses et ses yeux baissés, qu'on ne soupçonnerait pas la moindre intention machiavélique en elle.

– Un problème de *règles hémorragiques sévères.* Il *faut* que je change ma coupe menstruelle. J'attends depuis trop longtemps.

– Je t'ai dit de ne pas insister.

– Vous connaissez le volume d'une coupe menstruelle, au moins ? Si ça déborde, il y aura du sang *partout*.

– C'est pas mon problème.

– C'est une Jeanne Durrell des années cinquante ! proteste-t-elle en secouant la jupe ornée de lignes pastel ondulées de sa robe.

– Je m'en fous, de ta robe !

Elle a l'air à deux doigts de taper du pied.

– Eh bien, vous ne devriez pas, parce que si vous continuez comme ça, quarante millilitres de sang *menstruel* vont la tacher et couler le long de mes jambes, et les adjoints penseront que vous m'avez tiré dessus ! (Il fronce les sourcils.) Je n'ai besoin que de dix ou quinze minutes aux toilettes et de mon sac à main.

– Pas question que je la laisse seule avec lui, répond-il en me montrant du pouce.

– Ça tombe bien, parce que j'ai besoin d'elle, réplique Iris, ce qui creuse les plis sur le front de Casquette Rouge.

– Sûrement pas.

– Vous voulez vraiment que je vous explique comment on fait ? demande-t-elle, d'une voix légèrement tremblante. C'est hyper embarrassant ! Vous m'obligez à vous supplier de me laisser changer la version moderne du tampon ! Pourquoi vous me faites ça ?

Et pour couronner le tout, des larmes commencent à se former dans ses yeux. Je ne doute pas qu'elles soient réelles. Elle souffre beaucoup en temps normal, tout particulièrement pendant ses règles, et la situation ne doit rien arranger. Si j'avais des crampes aussi violentes que les siennes, je me serais déjà roulée en boule dans un coin.

– Pourquoi tu as besoin d'elle ? demande-t-il.

– Vous voulez vraiment que je vous fasse un dessin ? s'offusque-t-elle d'un ton innocent, les yeux écarquillés, avec un talent qui me coupe le souffle. Vous n'avez pas Internet ? Des sœurs ? Une petite amie ? Ça vous dégoûte, les règles ?

Elle le mitraille de questions et il n'aime pas ça. Cette conversation le gêne et le perturbe tellement qu'il en devient tout rouge.

« On se ressemble plus que tu ne le crois », m'a-t-elle dit un jour. J'avais enfoui cette information en moi comme si j'étais un médaillon et Iris un message secret écrit sur un bout de papier. Je l'avais retournée plusieurs fois dans ma tête en me demandant si c'était vrai.

Et désormais, la vérité se déploie devant moi : Iris Moulton a un don.

Car en un rien de temps, par pur malaise et rien que pour ne plus l'entendre répéter « sang menstruel », Casquette Rouge lui fourre son sac dans les mains et on se retrouve dans les toilettes pour femmes.

– Si tu fermes le verrou, je défonce la poignée en tirant dessus, prévient-il.

– On va faire vite, promet Iris avec un sourire flageolant.

– Et toi, me dit-il, pas de truc héroïque. Pas d'entourloupe. Je vais vous bloquer à l'intérieur. Quand vous avez fini, vous frappez.

La porte se referme, Iris se tourne vers moi, et enfin, dans cette situation si angoissante, nous sommes seules. On manque de temps et on a tant de choses à se dire et d'explications, d'excuses à donner, et il y a trop à faire, on doit *agir*, il nous faut un *plan*, je dois…

Elle m'embrasse. Elle me plaque contre la porte, pose tendrement la main sur le côté indemne de mon visage et m'embrasse comme si elle avait cru ne plus jamais pouvoir le faire, et je l'embrasse comme si ce baiser ne pouvait être le dernier.

Ses doigts s'entortillent dans les cheveux courts de ma nuque, y dessinent des petits cercles fébriles tandis qu'elle s'écarte juste assez pour coller son front contre le mien.

– Je suis super en colère contre toi, murmure-t-elle.

Je ferme les yeux face à la douleur dans sa voix et en moi.

– Je sais.

– Ton plan fonctionne ?

Je secoue la tête.

– OK, soupire-t-elle. Alors on passe au mien.

— 44 —

Ashley : comment ça commence

On dit qu'on ne peut pas arnaquer une arnaqueuse.

Autrefois, je l'ai cru. J'ai avalé ça en même temps que mes petits pots pour bébés et toutes les leçons de ma mère. Mais j'ai prouvé que c'était faux, non ?

J'ai eu le meilleur professeur. Non, pas elle.

Lui.

Il y a sept ans

Après Seattle, après avoir dû m'arracher à Katie sans avoir encore de nouvelle fille à incarner, tout est précipité, pesant. On est obligées de déguerpir – c'est la première fois, et elle est furieuse. Je le sens dans son silence, dans ses non-dits, dans les rares mots qu'elle prononce. C'est un refrain persistant en moi : *C'est de ta faute, tu n'aurais pas dû agir, tu aurais dû faire avec.*

Quand on arrive en Floride, elle ne me donne ni nouveau prénom ni nouvelle coiffure, et ça me fait plus l'effet d'une punition que d'un sursis. Comme si elle me privait de quelque chose : qu'est-ce qu'il me reste si je ne suis ni l'une d'elles ni en train de me préparer à devenir l'une d'elles ? Elle me laisse seule dans la chambre d'hôtel pendant des heures et je déteste ce que je ressens, cette impression de mourir à petit feu.

Katie a disparu, mais pas ce qui s'est passé, et je ne sais pas quoi en faire à part essayer de ranger ça dans une boîte profondément enfouie en moi. J'ai tout le temps envie de pleurer, mais je ne peux pas, parce que… Est-ce que je suis le genre de fille qui pleure ? Je n'en sais rien. J'ignore qui je suis censée être. Elle ne m'a rien donné à quoi me raccrocher – pas de coiffure rassurante, pas de traits de caractère bien dessinés, pas de vêtements soigneusement sélectionnés, pas d'insécurités à exploiter chez une cible et sur lesquelles me construire.

Le jour fait place à la nuit et elle n'est toujours pas rentrée. Je l'attends aussi longtemps que possible, mais vers trois heures du matin, la panique et le sommeil finissent par l'emporter. Je suis réveillée quand on jette quelque chose de lourd au pied de mon lit. J'ouvre les yeux juste à temps pour la voir lâcher un deuxième sac de vêtements.

– Debout. Dans la salle de bains. On a du travail.

Je regarde les sacs, ahurie, puis elle tape sèchement dans ses mains et je me dirige vers elle en trébuchant. Vers qui d'autre pourrais-je aller ?

Elle fredonne tandis que j'entre dans la salle de bains, et quand elle commence à brosser mes cheveux devant le miroir, ça me donne la chair de poule. Je devrais me sentir apaisée, mais ces deux semaines durant lesquelles elle m'a évitée ont fait de moi une personne en demande, en manque d'attention, incapable d'être à l'aise en sa rare présence. Quant à ces deux derniers mois, ils m'ont rendue nerveuse, à l'opposé de ce qu'elle m'a appris à être. Je suis censée être facile d'approche. C'est elle qui choisit ma coiffure, mes vêtements, mon prénom et mon avenir ; rien sur mon corps n'est à moi. Mon corps lui-même ne m'appartient pas.

Rien ne m'appartient.

Elle divise mes cheveux en deux, traçant une raie au cordeau au milieu de ma tête. Elle se met ensuite à les tresser, tendue et efficace, sans croiser mon regard dans le miroir.

Elle ne peut pas me regarder en face ? Je suis si horrible que ça ?

Elle attache chaque natte avec un petit élastique et se penche pour attraper les épingles sur le comptoir.

– J'ai réservé un court au country club pour chaque après-midi de la semaine, m'annonce-t-elle en enroulant les tresses et en les fixant autour de ma tête. Je n'ai pas eu le temps de chercher des cibles potentielles. Ce sera donc une bonne leçon pour toi : comment repérer une cible adéquate, puis me la ramener. Que dis-je souvent à propos des difficultés ?

– Elles nous rendent meilleures, si on sait les tourner à notre avantage.

Elle coince le bout des tresses sous les couronnes et les épingle fermement.

– Ce dernier job était une erreur, reprend-elle, et l'espace d'un instant, mon cœur bondit, mais elle l'écrase aussitôt. Tu vas me prouver que tu as appris de tes erreurs, n'est-ce pas, ma chérie ?

Ça reste suspendu entre nous : *mes* erreurs.

La honte jaillit hors de la boîte où je l'avais rangée. Bien sûr, c'est de ma faute. (C'est faux, *faux*, mais à cette époque, je l'ignore, vu qu'elle m'affirme le contraire, là, en face de moi, qu'elle me fait gober ça parce que c'est plus facile pour elle.)

– Oui, dis-je d'une voix rauque.

Elle termine de me coiffer, pose les mains sur mes épaules, et enfin, pour la première fois depuis des semaines, elle soutient mon regard. Ça me rend malade. Ça me rend heureuse. Et ce qu'elle dit ensuite provoque en moi une vague de soulagement si puissante que j'en ai la tête qui tourne et que je dois m'agripper au lavabo.

– Ashley. Tu t'appelles Ashley.

– Ashley, je répète, car je dois être obéissante.

Katie ne l'était pas assez, et regardez ce qui s'est passé.

Elle sourit.

– Voilà, dit-elle en lissant mes nattes trop serrées. C'est mieux comme ça, non ?

Je hoche la tête. Évidemment.

J'ai tellement envie que ce soit vrai.

Je passe une semaine entière à transpirer sur les courts de tennis du country club dont elle a fait son terrain de chasse.

Cette fois, elle s'appelle Heidi. La coiffure d'Ashley me fait mal au crâne, les tresses-couronnes sont fixées avec trop d'épingles, trop près de mon cuir chevelu. Ashley suit une instruction à domicile, elle est la motivation et la détermination incarnées dans son équipement Nike. « Wimbledon à dix-sept ans », lance Heidi aux autres parents du club, même si c'est ridicule. Je me débrouille plutôt bien au tennis, mais je ne suis une enfant prodige que dans un seul domaine.

Je me produis telle la bête de foire que je suis. La culpabilité que j'éprouve à nous avoir mises dans cette situation pèse comme une pierre au fond de mon ventre. Pourtant, chaque fois que j'écrase la balle de l'autre côté du filet, mon corps s'enchante presque comme si cette passion était la mienne. C'est presque agréable. C'est loin d'être suffisant. J'essaie de faire comme si.

Heidi s'assied sur la ligne de touche avec son tricot, sa jupe et son débardeur en soie, ses lunettes de soleil, comme elle le fait toujours. Tous les après-midi, des hommes approchent cette nouvelle venue pour se présenter tandis que je travaille mes volées, attirés par la chair fraîche. Elle leur sourit et rejette ses cheveux en arrière, mais son attention revient immédiatement sur moi. Elle ne s'intéresse pas à ceux qui l'abordent en premier ; elle en cherche un qui se focalise sur nous deux.

Je ne m'étais pas rendu compte que tout le travail préparatoire pour trouver une cible était aussi barbant. J'éprouve toutes sortes d'impatiences alors que nous entrons dans notre deuxième semaine, face à ce filet, à cette machine à balles qui fait un bruit de ferraille tous les deux lancers. Ce rythme saccadé me crispe. Je pousse un cri frustré après avoir raté quatre coups d'affilée.

– Ne te laisse pas déconcentrer, ma chérie, m'encourage ma mère.

– Ça m'énerve ! dis-je d'un ton plaintif. Personne ne peut réparer cette machine ?

– C'est dur pour tout le monde de ne pas se laisser distraire. Essaie de faire avec.

Elle remonte ses lunettes de soleil sur sa tête avant de se remettre à tricoter. C'est un signal : quelqu'un nous observe. Je dois rester concentrée sur l'objectif. Tout ce que j'ai fait cette dernière semaine et demie, c'est faire les poches des membres du club, car le cash de ma mère ne durera pas éternellement. Surtout vu le rythme auquel elle le dépense.

Je retourne à mes volées, et au troisième ratage en vingt minutes, je laisse tomber ma raquette en grimaçant.

– Hé, arrête de faire ton McEnroe ! me lance-t-elle.

– Ta référence est hyper datée, maman.

Elle bascule la tête en arrière et rit d'une manière m'informant que la personne qu'elle a en vue nous regarde.

– Tu ne manques jamais une occasion de me remettre à ma place ! s'esclaffe-t-elle.

– Excuse-moi, dit quelqu'un.

Je jette un coup d'œil derrière moi, sur ma droite. Il est sur le court voisin du nôtre et observe notre petit numéro d'un air amusé.

– Le bruit te dérange ? me demande-t-il.

Je souris. Pas avec mon sourire. Avec celui d'Ashley, plus vif, jamais hésitant. Ashley ne connaît pas la méfiance.

– Carrément.

– Je verrai avec l'équipe de maintenance s'ils peuvent s'en occuper tout à l'heure. (Ses yeux dérivent vers ma mère, qui le regarde, puis reviennent sur moi, rieurs.) Tout ce que tu gagneras à faire ton McEnroe face à cette machine, c'est qu'elle grincera encore plus.

– Écoute ces sages paroles, ma puce, lance maman, un sourire dans la voix plus que sur les lèvres.

Elle ne lui en accordera pas un tout de suite, il doit le mériter. C'est comme ça que ça marche. « Merci », articule-t-elle en silence à son intention, par-dessus ma tête – un petit secret entre eux seuls, une autre forme de récompense.

Il lève sa raquette en guise d'au revoir, puis retourne en courant au centre de son court, où l'attend son partenaire.

Je passe encore vingt minutes à frapper des balles, essayant d'ignorer le bruit de la machine et l'attention que je sens de temps en temps sur nous, quand il nous reluque entre deux sets.

Finalement, ma mère regarde sa montre et me fait signe d'approcher.

– Je vais aller au sauna, et toi, jeune fille, il faut que tu ailles déjeuner, ajoute-t-elle en retirant une épingle lâche de ma tresse avant de la remettre en place. Et s'il te plaît ne te gave pas *que* de frites. Commande une céréale complète et au moins une crudité, voire deux, par pitié !

Elle joint les deux mains en prière, l'air taquin, et j'ai beau savoir que c'est pour lui, l'homme qui nous observe toujours du coin de l'œil, j'ai l'impression qu'elle me voit enfin, après des semaines d'invisibilité, et je ne peux résister à l'envie de me fondre dans cette sensation de chaleur, de sécurité.

C'est ce qu'on fait, toutes les deux. Je peux y arriver. Même si, comme elle l'a souligné, j'ai commis des erreurs avec Katie. Je peux me rattraper.

Je dois me rattraper.

– Promis.

Je range ma raquette et je cours ramasser les balles éparpillées avec un panier, puis elle passe un bras autour de mes épaules et on se dirige vers les vestiaires.

– Prête ? me demande-t-elle après que je me suis douchée et que j'ai troqué ma jupe de tennis contre une robe.

Je hoche la tête. Nous nous séparons devant la porte des vestiaires. Je pars en direction du restaurant du club, elle du bar ; il est de l'autre côté, mais il offre quand même un bon point de vue sur la salle. Elle est à moitié cachée derrière des feuilles de palmier – ou quel que soit le nom de ces plantes qu'ils fourrent partout, ici.

Je choisis une table pour deux et commande une énorme portion de frites. En attendant d'être servie, je fais défiler les pages sur mon téléphone – Ashley aime regarder des vidéos de tennis sur Instagram et sauvegarder des gifs de chatons.

Pendant tout ce temps, je sens qu'on m'observe. Je pose mon portable pour tremper mes frites dans l'*aïoli* qu'on vient de m'apporter, et je mange en patientant.

Je sens sa présence avant même de l'entendre. Un infime courant d'air sur ma droite avant qu'il ne s'asseye en face de moi.

– Je croyais que tu ne devais pas commander que des frites.

J'écarquille les yeux et surjoue la culpabilité, relâchant une frite dans mon assiette.

Il sourit, m'en pique une et la croque.

– C'est vrai que c'est meilleur que les céréales complètes, admet-il. Mais pas aussi bon pour la santé. Tu n'es pas mauvaise au tennis.

Le *tac, tac, tac* de ses phrases, aussi rythmées qu'un échange de tennis, me met sur mes gardes. Ça va vite : une concession suivie d'une critique aussitôt enchaînée avec un compliment voilé.

Une tactique que ma mère m'a apprise. Je me crispe instantanément.

– Merci. Vous êtes entraîneur ?

Il secoue la tête.

– Je possède quelques salles de sport ici, à Miami. Ta mère…

Il ne va pas plus loin, comme si le simple fait de parler d'elle lui faisait perdre le fil de ses pensées.

– Heidi, dis-je obligeamment, comme je suis censée le faire.

Quand les cibles décident de l'approcher à travers moi, je dois mettre en place une adorable petite danse. Me montrer serviable, souriante, et glousser au bon moment quand elles peinent à trouver les mots justes.

– Heidi, répète-t-il, et il dit ça sur un ton…

Je serre si fort les dents que j'en ai mal à la mâchoire, et je ne sais pas… je ne sais pas si c'est mon instinct ou à cause de ce qui s'est passé avec Katie, mais je n'arrête pas de penser : *Fiche le camp, tout de suite.* Je suis prise au piège de mon indécision, comme un poisson capturé dans un filet, incapable de m'enfuir ou de respirer.

– Et tu es ? me demande-t-il.

– Oh, désolée ! fais-je en tendant la main avec un peu de coquetterie, car toutes les filles ont de bonnes manières. Je m'appelle Ashley.

Il la serre.

– Raymond.

– Ravie de faire votre connaissance, dis-je en lâchant sa main le plus vite possible sans paraître impolie, avant de baisser la voix et de prendre un air de conspiratrice. J'ai aussi commandé un bol de céréales avec de l'avocat. Je n'allais quand même pas lui désobéir.

– Oh non, ce n'est pas ton genre, n'est-ce pas ?

– Maman sait toujours ce qui est bon pour moi ! dis-je avec entrain.

– Tu es très douée.

– Je croyais que j'étais *pas mauvaise*.

Cette réponse m'a échappé. Je l'adoucis d'un sourire.

– Je ne parle pas de ton jeu. Je parle de la carte de crédit que tu as piquée dans le portefeuille de ce golfeur, hier, quand tu lui es rentrée dedans.

Je me fige en me rappelant mon coup d'hier, la carte dont je me suis déjà servie pour acheter mille dollars de cartes cadeaux, plus pratiques quand on ne veut pas se faire tracer.

– Tu es habile, poursuit-il. Et tu sais choisir tes cibles : il ne remarquera pas qu'il lui manque une carte avant un bon bout de temps. C'est ta mère qui t'a appris ?

Il balaie la pièce du regard avant de reposer les yeux sur moi.

Je ne dois pas rester tétanisée ni rougir. *Surtout pas.* Mais je n'avais encore jamais été démasquée. Je n'ai jamais eu à embobiner quelqu'un m'ayant prise sur le fait, aussi rapidement pardessus le marché. J'envisage différentes possibilités, entraînée malgré moi sur ce terrain glissant. *Joue l'idiote. Mens. Jacasse. Dis la vérité.*

Je fourre une autre frite dans ma bouche et plisse le nez.

– Hein ?

Mon regard dérive sur mon écran, comme si sa bizarrerie n'était pas aussi importante que mon téléphone. Il sourit. Je l'aperçois du coin de l'œil.

– Du talent, du savoir-faire, et en plus tu es le portrait craché de ta mère. Elle doit être très fière. Tu es un sacré atout.

Il me jauge comme si j'étais une voiture qu'il s'apprêtait à acheter, et c'est la goutte d'eau qui fait déborder le vase ; ça me soûle tellement que ça me sort de mon hébétude et de ma peur. J'ignore encore que cet homme me poussera à redéfinir les mots *ennemi* et *père*, deux concepts déjà intimement mêlés dans mon esprit. Tout ce que je sais, c'est que je suis dépassée. Il faut que je m'éloigne de lui.

Il me faut ma mère.

Je lui adresse un demi-sourire perplexe, et cette fois je détache complètement mon attention de mon téléphone. Je garde ce sourire une seconde, deux, et puis je l'efface subitement. Enfin, les masques tombent.

– Oui, j'acquiesce, je suis un sacré atout. Du coup vous devriez peut-être me laisser tranquille.

– C'est vous qui êtes venues chez moi.

Il se remet à scruter la pièce. Il la cherche, il se demande où elle est. Où est-elle, d'ailleurs ? Elle n'a pas remarqué la façon dont il me regarde ? Elle ne se rend pas compte qu'il sait ?

– Vous possédez le country club en plus de toutes vos salles de gym ? je l'interroge innocemment, même si j'ai compris le sous-entendu : c'est son territoire, et nous sommes des intruses. Très impressionnant.

– Une vraie petite Addie Loggins, dis donc.

– Je vois que maman a de la concurrence pour les références datées, je lâche sans réfléchir, et quand ses yeux pétillent de plaisir et qu'il éclate de rire, je réalise que j'ai fait une erreur.

J'ai encore accru son intérêt.

Il se lève.

– Dis à ta mère que j'espère qu'elle aimera mon cadeau.

Et puis il s'en va, et je reste plantée là, avec mon sang qui gronde dans mes oreilles et tout mon corps qui hurle *Barre-toi !* C'est donc ce que je fais. Je bondis de ma chaise et je me retourne, déterminée à partir, peu importe où. Mais je ne fais qu'un pas avant de me heurter à elle.

– Qu'est-ce qui ne va pas ? demande-t-elle en me repoussant doucement vers ma place, et je n'essaie pas de résister.

– Maman, il sait, je murmure. Il…

Je m'interromps. Il nous a démasquées à cause de *moi*. C'est de ma faute. Encore une fois. Elle va être furieuse.

– Je ne vois pas comment il a deviné, je poursuis, m'étranglant presque sur mon propre mensonge, ce qu'elle ne semble pas remarquer. Mais il sait.

Ses épaules se tendent et, tout comme lui, elle se met à scruter la pièce. Mais tout comme elle, s'il nous observe, il est bien caché.

– Qu'est-ce qu'il a dit ? demande-t-elle. Bois un peu d'eau, au nom du ciel. Tu es blanche comme un linge. Tu te souviens de ce que je t'ai appris sur l'importance de maîtriser ton visage ?

– Il sait. On doit partir.

Mes mains tremblent autour de mon verre. Elle les recouvre des siennes.

– *Contrôle-toi*, souffle-t-elle.

Mais je n'y arrive pas, alors elle finit par m'emmener à la voiture et elle me soutire toute l'histoire par salves entrecoupées sur le trajet du retour.

Je suis trop secouée pour remarquer la lueur dans ses yeux, ou bien je pense que c'est de la colère. Mais quand nous parvenons à la réception de l'hôtel, où l'attend un bouquet, je réalise ce qu'il entendait par « mon cadeau ».

Il sait où nous vivons. C'est une menace. *Fuis. Il n'y aura pas d'aiguilles à tricoter cette fois-ci, il faut que tu t'échappes.*

– Quand sont-elles arrivées ? demande-t-elle à la concierge en caressant l'une des fleurs.

– Vers onze heures et demie.

– Hum…

Elle ramasse l'enveloppe sur le comptoir en marbre et l'ouvre d'une chiquenaude. Elle en sort une petite carte. Je me penche par-dessus son épaule.

Un seul mot : « Dîner ? »

– Souhaitez-vous que je vous les fasse monter dans votre suite ? propose la concierge.

– Non, merci, ma fille va s'en charger.

Je n'ai pas envie de les toucher, mais je fais ce qu'elle demande. Elle frotte la carte entre ses doigts quand nous entrons dans l'ascenseur, comme s'il s'agissait de quelque chose de doux et secret. J'appuie sur le bouton, attendant que les portes se referment pour me tourner vers elle.

– Pourquoi tu souris ? je m'enquiers.

Elle jette un coup d'œil aux fleurs et porte la carte à ses lèvres.

– Ce sont des digitales.

De la chaleur me monte au visage : j'ai l'impression qu'elle rit d'une plaisanterie dont je suis exclue. Une plaisanterie *entre eux*.

– Elles symbolisent la tromperie.

Elle en cueille une dans le vase, puis elle éclate de rire. Et ce n'est pas son faux rire. C'est le vrai, surpris et un peu ironique. Comme si elle n'en croyait pas ses yeux.

Les portes de l'ascenseur s'ouvrent en glissant. Elle sort rapidement. Je reste clouée sur place.

Elle ne se rend pas compte qu'elle m'a laissée derrière elle.

— 45 —

12 h 02 (170 minutes de captivité)

1 briquet, 3 mignonnettes de vodka, ~~1 paire de ciseaux,~~ 2 clés de coffre-fort, 1 couteau de chasse

~~Plan n° 1 : à la poubelle~~

Plan n° 2 : en attente

Plan n° 3 : poignarder ✔

~~Plan n° 4 : prendre le flingue. Libérer Iris et Wes. Filer~~

Plan n° 5 : le plan d'Iris

Le contenu du sac à main d'Iris : 1 portefeuille avec 23 dollars et un permis de conduire, 1 foulard en nylon, 1 mouchoir en coton, 1 spray de laque, 1 bouteille d'eau en plastique, 2 tampons, 1 broche en celluloïd, 6 rouges à lèvres, 1 paquet d'épingles à cheveux, 2 élastiques, 1 brownie enveloppé dans de l'aluminium, 3 flacons de gélules

Iris teste la porte des toilettes. Il l'a effectivement bloquée, elle ne bouge pas. Je pousse celles des deux cabinets, mais il n'y a aucune fenêtre. On est coincées.

– Je crois qu'il est parti, murmure-t-elle, l'oreille plaquée contre la porte.

Il est probablement allé voir Duane, espérant le réveiller. On doit faire vite.

– Il t'a gardée au sous-sol avec lui pendant tout ce temps ? Wes aussi ?

– Non, seulement moi. Wes est toujours dans le bureau, à ce que j'en sais.

– Est-ce que ça va ?

Elle hoche la tête.

– Il m'a juste demandé de m'asseoir pendant qu'il faisait fondre les barreaux.

– Il a réussi ? Il a récupéré le coffre ?

– Il a réussi, mais il n'est même pas entré.

– Il n'a pas essayé d'ouvrir le coffre ?

– Je crois qu'il ne sait pas de quel coffre il s'agit. Soit Casquette Grise ne le lui a pas dit, soit…

– Aucun des deux ne le sait.

– C'est pour ça que l'absence du directeur a tout compliqué.

– Plus on en apprend sur leur plan, plus il a l'air merdique.

– Et pourtant, ils ont quand même l'avantage, réplique-t-elle en posant son sac sur le lavabo, avant d'entrer dans un des cabinets. Fouille dans le placard.

Je m'exécute.

– On a du PQ, une recharge de savon, des balais à chiottes, une ventouse. Et un bidon de quatre litres de désinfectant pour les mains.

– Garde ça, dit-elle en sortant pour rincer sa coupe menstruelle, avant de retourner aux toilettes.

– OK. (Je mets le bidon de côté.) Euh… un spray d'eau de Javel, deux bombes de désodorisant et une bouteille de déboucheur.

– Parfait.

Elle réapparaît et s'essuie les mains sur une serviette en papier avant de les asperger de désinfectant.

– Désolée de ne pas avoir tiré la chasse. Je sais que c'est dégoûtant, mais je ne veux pas qu'il l'entende et qu'il pense qu'on a fini.

– Tu as de la chance : contrairement à ce connard, le *sang menstruel* ne me terrifie pas.

– Oh, je t'en supplie, ne me fais pas rire. Il faut que je me concentre.

Elle s'empare de la grosse poubelle près de la porte, retire le couvercle et jauge son contenu d'un coup d'œil. Puis elle s'agenouille, reprend son sac et en sort un carré brillant : un brownie dans du papier d'alu. Elle met le gâteau de côté et me lance l'emballage.

– Il me faut des petites boules de la taille d'une bille.

Elle déroule ensuite le rouleau de papier toilette avec dextérité et le jette dans la poubelle en formant plusieurs couches, puis elle l'asperge de désinfectant et de vodka. Quand je termine mes billes d'aluminium, elle a rempli la poubelle.

Je surveille la porte tandis qu'elle insère les boules dans le bidon de désinfectant vide et y ajoute ses épingles à cheveux. Ensuite, elle ouvre la bouteille de déboucheur avec les mains assurées d'une fille capable de réaliser elle-même ses propres coiffures rétro et le verse sur le tout.

– Qu'est-ce que tu fais, au juste ?

Elle expire longuement en revissant fermement le bouchon. Nous restons agenouillées là, avec cette préparation entre nous, et je ne lis que de la peur sur son visage quand elle me répond :

– Je fabrique une bombe.

— 46 —

Abby : comment il lui met le grappin dessus

Elle va dîner avec Raymond. Elle commence à sortir avec lui. Elle tombe amoureuse de lui.

Elle fait tout ce qu'il veut, parce qu'elle désire les mêmes choses que lui, et quant à ce que je veux, moi…

Ça ne compte pas.

– Je suis lasse de tout ce cinéma, ma chérie, me confie-t-elle un soir tandis que je l'aide à se préparer. Je fais ça depuis longtemps et je ne rajeunis pas.

J'ai l'impression d'avoir entendu ça toute ma vie. Elle s'est toujours inquiétée devant son miroir, traquant des rides pourtant effacées par le Botox et se plaignant de défauts imaginaires sur son visage presque trop beau.

– Tu es parfaite, dis-je, car c'est ce qu'elle attend de moi.

Je lui tends les boucles d'oreilles en diamants que Raymond lui a offertes pour leur troisième rendez-vous. Il lui en a donné une paire pour moi par la même occasion – des petits clous, les premiers diamants d'une petite fille riche – et ma mère s'est extasiée pendant des jours sur la délicatesse de ce geste. Et moi, pendant ce temps-là, je me demandais comment j'avais pu la croire intelligente, car le bombardement de démonstrations d’amour, c’est vraiment une technique de base. C’est *elle* qui me l’a appris.

Rien ne va plus. Ça va mal depuis Katie, mais je pensais que ça s’arrangerait quand j’aurais montré que je pouvais m’améliorer. Sauf que maintenant, je ne peux plus rien prouver, puisque je n’ai personne à arnaquer.

Je me mets à lui brosser les cheveux, essayant de me perdre dans ce rythme tandis qu’elle tamponne de parfum les points où bat son pouls.

– Je crois… commence-t-elle.

Elle baisse les yeux et fixe ses mains. Elle caresse son annulaire, de la pointe de son ongle manucuré à la française jusqu’à la base, à la place d’une alliance.

– Je crois que ça pourrait être bon pour nous.

– Quoi ?

– Raymond.

– Pourquoi ? je lâche, incrédule.

– Il veut prendre soin de nous.

– Tu m’as appris à prendre soin de moi toute seule.

– Regarde où ça t’a menée, réplique-t-elle sèchement.

Mes mains retombent le long de mon corps, mes doigts se crispent autour du manche de la brosse.

– Tu as besoin d’un père, reprend-elle. Manifestement.

Je n’ai pas envie de réfléchir à ce qu’elle sous-entend. De plus en plus souvent, ces derniers temps, j’en suis réduite à essayer de deviner, à espérer qu’il existe un sens caché à ses propos, autre que l’évidence : elle m’en veut à cause de Katie. Elle pense que c’est de ma faute.

Ça me donne l’impression qu’un objet chaud et lourd appuie sur ma tête et que mon cou menace de céder.

– Et puis, franchement, poursuit-elle, tu as passé toute ta vie à jouer la fille idéale, alors en être une pour de vrai, ce sera du gâteau.

Je la dévisage, abasourdie.

– Je suis déjà la fille de quelqu'un, je lui rappelle. La *tienne*.

– Oh, ma chérie, tu vois ce que je veux dire, s'esclaffe-t-elle en se levant, toute son attention revenant sur son reflet dans le miroir.

Elle dépose un baiser à quelques centimètres de ma joue en me dépassant rapidement

– Sois sage. Ne m'attends pas.

Je n'en ai pas l'intention.

Je me rends au magasin le plus proche et je me sers des cartes cadeaux que j'ai économisées pour acheter trois portables prépayés, un tournevis et du ruban adhésif.

Quand je rentre à l'hôtel, je ne compose pas le numéro que j'ai mémorisé il y a des années. Je planque un téléphone dans la bouche d'air conditionné, un autre dans mon sac de tennis en foutoir, et je scotche le dernier, toujours dans son emballage en plastique, sous le couvercle du réservoir des toilettes.

Juste au cas où, me dis-je.

Juste au cas où.

47

12 h 07 (175 minutes de captivité)

1 briquet, ~~3 mignonnettes~~ 1 mignonnette de vodka, ~~1 paire de ciseaux,~~ 2 clés de coffre-fort, 1 couteau de chasse, 1 bombe chimique, 1 allume-feu géant, le contenu du sac à main d'Iris

~~Plan n° 1 : à la poubelle~~

Plan n° 2 : en attente

Plan n° 3 : poignarder ✔

~~Plan n° 4 : prendre le flingue. Libérer Iris et Wes. Filer~~

Plan n° 5 : le plan d'Iris : Boum !

– Ne touche pas à ça, me prévient Iris alors que je fixe le bidon – la bombe qu'elle a préparée.

– Je ne suis pas folle ! dis-je aussi doucement que possible, ramenant les yeux sur la porte. Où est-ce que tu as appris à faire ça, d'abord ? Et ne me réponds pas « sur Internet » !

– Tu rigoles ? Pour que mon historique de recherches attire l'attention de la NSA ou de je ne sais qui ? Je veux enquêter sur des incendies criminels, pas qu'on enquête sur moi ! Donne-moi mon sac.

Elle en sort sa trousse de maquillage, dont elle extrait une broche en plastique ornée de deux petits cœurs. Elle est ancienne, comme presque tout ce qu'elle possède. De l'époque où les gens portaient ce genre de bijoux. L'inscription « Minuteur à baisers » s'étire sur les cœurs, entre lesquels est niché un sablier. Elle le retourne et du sable scintillant commence à s'écouler.

– Il faut au moins dix minutes pour que les produits chimiques dissolvent la cire sur l'aluminium, explique-t-elle. Je veux que tu vides le distributeur de serviettes en papier et que tu les entortilles toutes ensemble pour faire une mèche.

– Comment ça marche, ton truc ? je demande en passant à l'action pendant qu'elle surveille le sablier.

– Réaction chimique. Quand le déboucheur entre en contact avec l'aluminium, ça produit de la pression. Si on agite le bidon…

Elle mime une explosion avec ses mains.

– Et les épingles ?

– Des éclats, explique-t-elle, l'air sombre. Juste au cas où la bombe exploserait avant de toucher Casquette Rouge. Il y a un tout petit créneau avant la détonation. On peut se faire arracher les doigts.

Elle me dévisage, une bombe et son génie nous séparent, et moi, je fabrique une mèche en papier avec une confiance que je n'aurais jamais cru pouvoir accorder à personne.

– Et la poubelle ?

Elle retourne le sablier. Encore neuf minutes.

– C'est un allume-feu. Si on veut ficher le camp d'ici, on doit les forcer à quitter le bâtiment. Vu comme on l'a chargé, la fumée va être horrible.

Mes doigts se resserrent sur les serviettes en papier.

– Le feu va mettre tout le monde dehors, dis-je, suivant le fil de sa pensée aussi facilement que si c'était le mien.

Sa bouche se tord… Presque un sourire.

– L'instinct humain primaire, quand il y a le feu, c'est de tout laisser en plan.

– La fumée distrait Casquette Rouge quand il ouvre la porte et on en profite pour lui balancer la bombe.

Elle hoche la tête.

– Si Casquette Grise n'a pas repris connaissance, on peut faire sortir tout le monde. Mais s'il est réveillé, il aura plus de mal à tirer à cause de la fumée.

Elle retourne le sablier. Une autre minute de passée. Je regarde la porte. Toujours pas de mouvement.

– Bon, qu'est-ce que tu veux faire pendant ces huit prochaines minutes ? me demande-t-elle.

Je ne sais pas quoi répondre à ça. D'une seconde à l'autre, Casquette Rouge peut revenir, trop tôt, et on sera mortes à coup sûr. Plus longtemps Duane reste inconscient, plus ça devient risqué.

Le plan d'Iris est dangereux. Destructeur. Peut-être fatal.

Voilà où on en est, et mon cœur tambourine. Ça va se finir comme ça ? Avec Wes tout seul et moi qui passe ces dernières minutes avec elle ?

– Vérité contre Vérité ? je suggère, et sa bouche crispée se détend.

– Vérité contre Vérité, acquiesce-t-elle en passant son pouce sur la pointe de la broche.

– J'ai peur, dis-je d'une voix douce.

– Moi aussi, avoue-t-elle en pressant ma cuisse. Je ne suis pas sûre qu'on puisse s'en sortir.

– Si. Je me suis sortie de pire que ça.

Elle garde le silence. Le sablier est presque vide.

– J'ai lu des choses sur lui. Et sur toi.

– Tu as lu des choses sur Ashley.

– Ce n'est pas pareil ?

Telle est la question.

– Qu'est-ce que tu veux savoir ? je demande.

Je m'attends à des questions indiscrètes, inquisitrices, qui me mettront mal à l'aise. Elle va peut-être me poser la même que Duane : « Tu as vraiment fait tout ce qu'on raconte ? »

Mais comme toujours, Iris me surprend.

– Est-ce que tu vas bien ? Après ce que tu as dû… est-ce que ça va ?

Une question tellement simple – et la réponse l'est tout autant. Et pourtant, le fait que ce soit la première qui lui soit venue à l'esprit fait sauter tous les verrous en moi. J'ai l'impression de passer en premier.

Elle retourne le sablier. Sept minutes.

– Non, je reconnais, car elle mérite la vérité. Je ne vais pas bien.

Mais peut-être qu'un jour, ça ira mieux.

48

Ashley : comment je choisis

Elle épouse Raymond, et je ne peux pas l'en empêcher. Il nous fait emménager dans sa grande maison dans les Keys, et je n'ai pas d'autre choix que de suivre le mouvement.

Je suis passée de partenaire des manigances de ma mère à figurante dans son idylle. Je n'ai rien à faire. Nulle part où aller. Je ne suis pas censée connaître les détails des opérations de Raymond, qui ne se contente pas de simples arnaques ou de blanchir de l'argent à travers ses salles de gym ; c'est beaucoup plus vaste, beaucoup plus compliqué que ça. Je suis juste censée *être*. Une fille. Une enfant normale. Équilibrée.

Je ne suis rien de tout ça. Pas comme ils le voudraient.

« C'est ton père, maintenant. » Elle fond en larmes quand elle me sort ça, après le mariage. Comme si c'était trop beau. C'est dire si la situation est grave, pour qu'elle croie que je vais trouver ça réconfortant, et pas terrifiant.

Je sais incarner un mélange de traits de personnalités destinés à appâter un homme. Mon job, c'est de comprendre comment chaque cible fonctionne : ce qui la fait sourire m'informe sur son bonheur ; ce qui la fait tiquer m'informe sur ses craintes ;

ce qu'elle voit d'un bon œil me renseigne sur la dose de contrôle qu'elle veut exercer.

Pour moi, la paternité se réduit à ça : à une question de contrôle. Pas seulement de mon esprit, mais de mon corps. C'est ce que cherchait Elijah avec Haley, quand il me rabâchait que je devais rester gentille. C'est ce que Joseph a pris à Katie, avant que je le force à arrêter.

Mais je ne peux pas arrêter Raymond. Ça ne fonctionne plus comme ça. S'il décide qu'il est mon père, il est mon père.

Il décide d'autres trucs, aussi. Il décide de tout. Il décrète que je ne dois pas aller à l'école, car les garçons de mon âge n'ont qu'une chose en tête et il ne veut pas de ça pour moi. Je suis donc des cours particuliers.

Il décrète que ma mère doit se consacrer aux œuvres de charité. « Ce n'est qu'une autre forme d'escroquerie, ma puce », lui explique-t-il, et elle rit en lui caressant le bras.

Il décrète qu'en son absence, quand il part pour le business, il doit y avoir des hommes à la maison – soi-disant pour assurer notre sécurité. Nous avons donc des gardes, un chauffeur, un domestique, des gens qui nous surveillent à tout instant.

Il éradique toute raison que nous aurions de nous en aller, toute possibilité de le faire, tout ce qui pourrait nous y aider, et je n'en reviens pas de la rapidité avec laquelle il nous prive de notre liberté, sous prétexte qu'on est une famille, qu'il veut prendre soin de nous et nous protéger, parce que son travail est dangereux et que les garçons de mon âge n'ont qu'une chose en tête et que *les œuvres de charité ne sont qu'une autre forme d'escroquerie, ma puce.*

Et elle… elle laisse faire.

Quand on a grandi auprès de ma mère, on ne peut pas ignorer le pouvoir d'une femme sur les hommes. Comment l'obtenir. Comment s'en servir. Comment le conserver.

Et là, elle ne l'a même pas perdu, elle le lui a offert sur un plateau d'argent, par *amour,* et c'est une telle duperie que j'en reste abasourdie. On joue la parfaite petite famille bourgeoise, comme si la crasse criminelle pouvait disparaître sous ce vernis. Mais il y a un filet autour de la maison, et il le resserre chaque jour un peu plus.

Au début, je me raconte qu'elle ne va pas se soumettre, qu'elle trouvera un moyen de le détruire.

Mais non. Elle continue simplement de se décomposer.

Et puis elle fait quelque chose qui me détruit, moi.

C'est une journée normale à la plage. Car c'est ce que je fais désormais : je vais à la plage avec ma mère, le matin, avant mes cours particuliers, et l'après-midi, je reste dans ma chambre pour lire. J'essaie de me tenir tranquille. De ne pas attirer l'attention pendant que je laisse à mes bleus le temps de guérir. Ce n'est pas difficile, en général, parce qu'ils sont obsédés l'un par l'autre, de cette façon dégoûtante, gluante et démonstrative dont ma mère se délecte après toutes ces années où elle est demeurée une inconnue.

Mais parfois, il a un changement dans son planning, et ce jour-là, il nous accompagne. Il fronce les sourcils lorsque je le dépasse en trottinant, ce qui ne m'échappe pas, mais il ne dit rien, alors je continue. Peut-être que ça ira.

Maman s'installe sous le parasol et pique des morceaux de fruits dans un récipient en verre. Je me retiens de lever les yeux au ciel quand ils commencent à se donner mutuellement à manger. Je m'allonge sur ma serviette avec mon livre, mais il fait déjà chaud, alors je retire mon tee-shirt et je le jette sur le côté.

– Tu veux des fruits, ma puce ?

– Non merci.

Le visage enfoui dans mon livre, je ne vois pas les trois adolescents qui passent devant nous. J'entends juste, en plus de la rumeur de la plage et du bruit des vagues, un sifflement perçant suivi de trois mots enchaînés d'une voix traînante, hilare et horripilante : « Matezmoiça. » Je ne prends pas la peine de relever les yeux – j'ai droit à ce genre de conneries depuis que j'ai neuf ans –, je me contente de tourner la page.

Mais Raymond redresse brusquement la tête.

– Est-ce qu'ils viennent de… ?

– Oh, ne t'inquiète pas, mon amour, intervient ma mère. C'est ça aussi, être une femme.

Je leur jette un coup d'œil par-dessus mon épaule avant de reprendre ma lecture.

– Ashley ! aboie-t-il soudain.

– Oui ?

J'ai appris très vite qu'il n'aime pas qu'on réponde « Quoi ? ». Il estime que les jeunes demoiselles doivent se montrer positives. C'est tellement mieux, « oui », tellement plus optimiste.

– Couvre-toi, ma puce.

Je n'hésite même pas. Je fais l'innocente.

– Ne t'inquiète pas, j'ai mis de la crème solaire.

Ma mère plisse les yeux. Elle sait exactement à quoi je suis en train de jouer.

– Ashley, remets ton tee-shirt, insiste-t-il sur un ton qui laisse présager le pire.

Je devrais obéir. Je devrais dire « oui ». C'est ça qu'il aime.

Mais il fait chaud, et ce n'est pas de ma faute si ces garçons m'ont sifflée.

– Non.

– Fais ce que ton père te demande, ma chérie.

Je me replonge dans mon livre, les ignorant tous les deux.

Quand il me soulève du sable, il me saisit sous un seul bras, pile au niveau de l'aisselle, et je tressaille.

– On va avoir une petite discussion, toi et moi !

Ma mère s'apprête à intervenir, mais elle s'abstient en voyant le regard noir qu'il lui adresse.

Il me ramène à marche forcée à la maison, jusque dans ma chambre, où il ouvre les portes de ma penderie.

– Assieds-toi à ton bureau et ne bouge pas ! Seigneur, marmonne-t-il, comme si les fringues que ma mère m'a achetées l'insultaient personnellement.

– Qu'est-ce que tu fais ? je demande, alors qu'il commence à les jeter sur mon lit.

– Je veille à ce que tu aies une garde-robe convenable.

– C'est maman qui choisit mes vêtements ! je proteste, presque hébétée.

Parce que là, pour le coup, je ne comprends pas. Alors qu'il ne se gêne pas pour me battre, il réagit comme si le plus grave, c'était qu'un type me *siffle*. Comment peut-il ne pas se rendre compte que c'est de *lui* que j'ai peur ?

J'ai réussi à surmonter tous les autres, tout le reste. Mais face à lui, je ne sais pas comment lutter. Je ne peux pas le vaincre. Elle ne me le pardonnerait jamais. Elle ne m'a toujours pas pardonné ce qui s'est passé la dernière fois.

– Ta mère sait s'habiller pour une chose bien précise et pour rien d'autre.

– Hé !

– Ne me réponds pas ! tonne-t-il en me menaçant du doigt.

Je referme aussitôt la bouche : à partir du moment où il pointe ce doigt, il est presque impossible de l'empêcher de frapper ; or ma hanche se remet tout juste de son dernier coup de pied. J'ai une marque, depuis. Je déteste la voir dans le miroir.

Je le regarde bazarder la moitié de mes vêtements. Toutes mes robes et tous mes shorts de tennis, tous mes jeans skinny et mes leggings, jusqu'à la dernière robe bain de soleil.

Il examine ensuite la pile, comme s'il hésitait à y mettre le feu. Je m'humecte les lèvres en risquant un coup d'œil en direction de la porte. Est-ce qu'elle est toujours sur la plage ? Est-ce qu'elle l'a vraiment laissé me traîner jusqu'ici sans s'inquiéter de ce qui pourrait m'arriver ?

– Est-ce que je peux… (Bon sang que mes lèvres sont sèches.) Est-ce que je peux demander quel est le problème avec ces vêtements ?

Je me détends un peu en voyant l'approbation dans son regard. Bien. C'est la bonne approche.

– Tu ne participes plus aux petites arnaques de ta mère, m'explique-t-il, presque patiemment. Tu es ma fille, et tu dois t'habiller de façon convenable et avoir des activités convenables. Te prélasser sur la plage à moitié nue ou gambader sur un court de tennis alors que tu commences à grandir ne t'apportera qu'une chose : attirer tous les garçons à toi. Je vais t'acheter un cheval, tu feras de l'équitation à la place. (Cette idée le fait sourire ; il est content de lui.) C'est bien mieux. J'aurais dû y penser plus tôt. Les écuries sont pleines de filles qui se consacrent uniquement à leurs chevaux. Ce sera un environnement beaucoup plus sain pour quelqu'un qui a vécu ce que tu as vécu.

Il planifie ma vie avec une telle nonchalance qu'il me faut une demi-seconde pour intégrer tout ce qu'il vient de dire. Il est encore en train de trier mes habits tandis que je fixe ses mains, basculant dans l'affreuse réalité de ses mots.

– Quoi ? je demande, même s'il n'aime pas ça, même s'il va me le faire payer.

Ah, zut, c'est vrai, j'étais censée dire « oui », c'est ce qu'il préfère, sauf que ça n'aurait aucun sens dans ce contexte, absolument aucun ; « quoi » est la seule réponse possible. C'est la seule chose que je puisse faire, à part me mettre à hurler parce qu'elle lui en a parlé, elle lui a parlé de Seattle.

– Qu'est-ce que vous faites, tous les deux ?

La voix de ma mère fend le nuage d'hébétude qui tournoie dans ma tête.

– On discute de certaines modifications, répond Raymond. L'équitation à la place du tennis, par exemple. Et plus de tenues qui font siffler les garçons sur son passage.

Abby lui sourit, avec tendresse et indulgence.

– Chéri, une fille sur une plage se fait forcément siffler, c'est…

– Alors elle n'ira plus sur cette putain de plage !

Elle écarquille les yeux, choquée par son changement de ton.

– Et si tu descendais me dresser la liste des vêtements qui te semblent plus appropriés, pour que je puisse aller faire du shopping ? suggère-t-elle doucement, passant en mode *apaisement*, exactement comme moi. Je vais préparer ceux-ci pour les donner à une association caritative et je te rejoins. Qu'en penses-tu ?

– D'accord, répond-il, mais elle ne remettra pas les pieds sur cette plage sans escorte.

Elle le regarde sortir, un sourire réapparaissant sur son visage. Quand elle se tourne vers le bazar qui encombre mon lit, elle fait claquer sa langue, l'air amusé, comme si elle trouvait ça mignon, qu'il m'ait traînée jusqu'ici pour saccager toute ma garde-robe.

– Tu peux aller me chercher des sacs ? demande-t-elle et, comme je ne bouge pas et ne réponds rien, elle me lance un regard impatient : Chérie ?

– Tu lui as dit.

– Je…

Elle fronce les sourcils une seconde, les mains pleines des robes que je n'ai plus le droit de porter.

– Tu lui as *dit*.

Elle n'a même pas l'élégance de prendre un air perplexe ou honteux.

– C'est mon mari.

Je me contente de la dévisager, incapable d'exprimer mon sentiment de trahison, à deux doigts de me jeter sur elle. J'ai envie de lui arracher les yeux. J'ai envie qu'elle me serre dans ses bras. Pour qu'au moins une partie de ma vie soit supportable.

Elle lui a tout dit ? Même ce qu'*elle* a fait ?

– L'année qui vient de s'écouler a été difficile pour moi aussi, poursuit-elle. J'ai *tout* sacrifié, ma chérie. Pour toi. Alors il va falloir que tu te reprennes. Que tu arrêtes d'être aussi renfrognée. Je ne t'ai pas élevée pour que tu fasses preuve d'un tel irrespect à l'égard de ton père.

– Tu ne m'as pas élevée pour que *j'aie* un père !

Elle pince si fort les lèvres qu'elles disparaissent presque. Mon cœur tambourine à mes oreilles, mais je continue :

– Tu te comportes comme si ça avait toujours été le but du jeu. C'est faux. Tu m'as élevée pour une chose bien précise.

– Et maintenant je t'en demande une autre ! Ce n'est pas compliqué ! Tu es une fille intelligente. Adaptable. Pourquoi tu ne peux pas… t'adapter, justement ? Ta sœur ne réagissait jamais comme ça quand ils…

Elle se tait subitement, et j'écarquille les yeux.

Mon univers entier vole en éclats à cet instant précis, on dirait que jusque-là j'étais dans l'obscurité et que, soudain, la lumière la transperce. Parce que ma sœur…

Ma sœur est la personne la plus forte que je connaisse, et ma mère m'a clairement laissé entendre que les filles fortes ne subissent pas ce que j'ai subi. Que j'aurais dû être plus résistante. Que j'aurais dû gérer ça, comme je l'ai fait quand j'étais Haley.

– De quoi tu parles ?

Elle secoue la tête, reculant déjà en direction de la porte. Je me lève précipitamment ; je la poursuivrai dans le couloir et jusque dans l'escalier en marbre casse-gueule s'il le faut.

– Je te parle ! Réponds-moi !

– Cette conversation est terminée.

– Qui ça, *ils* ? Qu'est-ce qu'on lui a fait ?

Est-ce que tu les as tués, eux aussi ?

Elle pousse un soupir frustré.

– Laisse tomber.

– Pas question.

– Mon Dieu, marmonne-t-elle en fixant le sol, les dents serrées.

Quand elle finit par me regarder, je vois dans ses yeux la cruauté qu'elle ne réservait autrefois qu'à ses cibles, jamais à moi.

– Très bien, lâche-t-elle. Ce qui est arrivé à ta sœur à l'époque où je perfectionnais encore ma tactique est pire que ce qui t'est arrivé. J'ai tenté de la protéger. Je pensais que tout était sous contrôle, qu'ils ne s'approcheraient jamais assez pour… (Elle secoue la tête, comme pour chasser ces souvenirs.) Si tu tiens à connaître les détails, pas de problème. Mais je t'assure qu'ensuite tu seras sacrément contente que j'aie appris de mes erreurs et revu ma stratégie avant ta naissance de façon à ne cibler que des malfaiteurs.

– Plutôt que qui ?

Elle garde le silence.

– Qui ciblais-tu, avant ?

Mais je le sais. Évidemment que je le sais, même si je ne veux pas. Son mutisme le confirme, et j'ai l'impression que je vais mourir, là, tout de suite, que je ne peux pas exister avec ça.

– Je vais te tuer, dis-je.

C'est sorti tout seul, machinalement, ça doit donc être la vérité, rien que la vérité. En tout cas, c'est sans aucun doute ce que je ressens.

Elle rit. Elle ose se moquer de moi.

– Arrête un peu ta comédie, ma chérie ! Tu n'as pas à te faire de souci pour ta sœur. C'est une adulte et elle va bien. J'ai fait des erreurs avec elle et j'en ai payé le prix, non ? Elle n'est plus à mes côtés, là où ma fille devrait être.

Ça, c'est sûr. Elle a foutu le camp, maintenant je sais pourquoi. Et aujourd'hui, elle est libre. Cette pensée allume quelque chose en moi.

– J'ai tiré les leçons des erreurs que j'ai commises avec ta sœur. C'est grâce à ça que tu as eu cette vie. Je t'ai laissée profiter de ton enfance aussi longtemps que possible. Et j'ai travaillé dur pour pouvoir t'offrir ça. Mais à la longue, des malheurs finissent toujours par arriver, ma chérie. C'est la vie. Tu dois l'accepter et passer à autre chose, sinon ça te détruira, et tu vaux mieux que ça, ajoute-t-elle, et sa voix s'adoucit, mais pas moi. Et tu dois écouter ton père. Il essaie de te protéger. C'est son rôle.

Elle me laisse seule dans ma chambre avec tous ces vêtements en bazar et je me laisse glisser contre ma porte fermée, car mon lit me semble souillé, désormais.

Je presse mes deux mains contre ma bouche tandis que des larmes coulent sur mes joues. Je ne retiens pas mes sanglots, je ne retiens rien du tout.

Je pense aux gants de cuisine ensanglantés et à ses yeux fous. A-t-elle vraiment appris de ses erreurs ou a-t-elle simplement appris à mieux les enterrer ?

(Elle a tué pour moi.)

(Elle n'aurait pas eu à le faire si elle n'avait pas choisi cet homme.)

Je pense à *elle*. À ma sœur. À sa force et au fait qu'elle continue de venir nous voir, et à ce que ça implique, maintenant que je sais ça.

Je pense à ce numéro de téléphone, mémorisé il y a tellement d'années.

Pour la première fois depuis très longtemps – depuis toujours, peut-être –, je pense à ce dont j'ai envie.

Je prends une grande inspiration. Une autre. Puis peut-être mille autres avant de me sentir prête.

Mais je le fais. Je me prépare. Lentement et sûrement, je commence à faire mes propres choix, sans la contribution de qui que ce soit.

Je décide de voler le vieux couteau de boucher dans la cuisine, un soir, peu après que ma mère en a offert un set à Raymond pour son anniversaire. Il ne s'en rendra même pas compte maintenant qu'il a ses nouveaux joujoux flambant neufs.

Je décide de garder le pistolet trouvé au fond d'un des placards à linge, une arme de secours oubliée qu'il aurait vraiment mieux fait de ranger dans son coffre. Imaginez ce qui pourrait se passer.

Je décide de déterrer la boîte réservée aux urgences que j'ai enfouie sous le ponton, la semaine où ils m'ont amenée ici.

Je décide d'en sortir le portable prépayé planqué à l'intérieur.

Je décide d'appeler ma sœur.

Je décide de m'enfuir. Comme elle. Parce que maintenant je sais : je veux être forte. Libre.

Je veux être exactement comme elle.

— 49 —

12 h 10 (178 minutes de captivité)

1 briquet, ~~3 mignonnettes~~ 1 mignonnette de vodka, ~~1 paire de ciseaux,~~ 2 clés de coffre-fort, 1 couteau de chasse, 1 bombe chimique, 1 allume-feu géant, le contenu du sac à main d'Iris

~~Plan n° 1 : à la poubelle~~

Plan n° 2 : en attente

Plan n° 3 : poignarder ✔

~~Plan n° 4 : prendre le flingue. Libérer Iris et Wes. Filer~~

Plan n° 5 : le plan d'Iris : Boum !

– Je suis désolée, dit Iris.

Je hausse les épaules. Certaines choses sont difficiles à accepter, en particulier des excuses de la part de personnes qu'on aime pour des faits dont elles ne sont pas coupables.

– Parfois, moi non plus je ne me sens pas bien, avoue-t-elle d'une voix douce, les yeux sur le sablier.

J'attends, silencieuse.

– C'est à cause de moi que ma mère a quitté mon père.

– Non, dis-je aussitôt, car cette idée me paraît trop étrange. Sa mère l'adore. Jamais elle ne…

Oh. Mon cerveau rattrape mon cœur quand Iris finit par relever la tête d'un air timide.

Elle retourne le sablier. Six minutes.

– J'ai eu une angine l'année dernière, avant qu'on emménage ici, annonce-t-elle.

– Quoi ?

– On m'a mise sous antibiotiques. Je ne pensais pas qu'ils interagiraient avec ma pilule contraceptive. Rick, mon ex, se plaignait toujours d'être obligé de mettre des préservatifs, en bon abruti égoïste qu'il était, et moi, je… j'ai cru que ça irait. J'ai été stupide. Je n'aurais jamais dû sortir avec un mec aussi con, pour commencer. Et pourtant…

– Et pourtant, je répète, pensant savoir où elle veut en venir – non, je sais où elle veut en venir, et je sens quelque chose monter en moi.

– Je suis tombée enceinte, poursuit-elle sans me quitter des yeux.

Son regard brûlant de peur provoque des élancements dans tout mon corps, non pas parce que je souffre, mais parce que j'ai envie de la toucher, de la rassurer : *tout va bien.*

– Et tu sais comment je suis : je prévois toujours tout. J'aime les plans, les détails, et je prends des décisions concernant mon corps et plus particulièrement mon utérus depuis mes douze ans, quand je me suis mise à vomir de douleur chaque fois que j'avais mes règles. Alors j'ai appelé la clinique.

Je ne parle pas, j'attends, sa vérité s'enroulant autour de moi comme un déshabillé de soie.

– J'avais besoin de fric pour l'avortement. Alors j'ai mis des affaires vintage en vente sur Internet, mais j'ai oublié de bloquer ma mère pour qu'elle ne voie pas mes posts. Et quand elle m'a demandé pourquoi je voulais me débarrasser du manteau Lilli Ann que ma grand-mère m'avait donné, je n'avais aucun mensonge tout prêt. Elle a commencé à deviner et je lui ai tout raconté. Elle a tout fait pour m'aider. Elle m'a conduite à la clinique, elle a payé l'intervention, elle m'a tenu les cheveux pendant que je vomissais, après, et, oh merde, je vais l'abandonner, souffle-t-elle, la main pressée contre son cœur, comme pour l'empêcher de se déchirer. Elle va se retrouver toute seule parce qu'on va mourir ici.

– On ne va *pas* mourir.

Sa lèvre tremble. Elle doit inspirer profondément à deux reprises pour retenir ses larmes. Je sais ce qu'elle ressent : si elle pense à sa mère, à ce qu'elle risque de perdre, elle va s'effondrer. Je comprends : moi, je ne peux pas penser à Lee. Ça m'affaiblirait. Ça me déconcentrerait.

– Il a tout découvert, chuchote-t-elle. Mon père. Et il a toujours été, comment dire, protecteur ? Autoritaire ? Pour notre propre bien, évidemment.

Elle bat furieusement des paupières, les yeux au plafond. Je reconnais le combat qui se joue en elle, entre ce qui nous a été inculqué par la peur et la réalité qu'on commence à percevoir une fois libre. Cette phrase tourne en boucle dans ma tête : « On se ressemble plus que tu ne le crois », « On se ressemble plus que tu ne le crois. » Je n'avais pas vraiment fait attention, le jour où elle a dit ça. Mais maintenant, c'est clair. Nous sommes des filles dont les os ont été forgés dans des secrets, pas dans de l'acier. Pas étonnant qu'on se soit attirées comme deux aimants, toutes les deux. On est de la même trempe.

– Il avait l'habitude de hurler. De donner des coups de poing dans le mur, ce genre de choses. Mais il n'avait *jamais* levé la main sur moi. Jusqu'au jour où il a su.

Elle retourne le minuteur à baisers. Cinq minutes. Je pose les yeux sur le bidon, m'efforçant de contrôler le mélange de rage et d'envie de vengeance qui m'agite.

– Il m'a juste giflée, précise-t-elle, et ça me rend dingue qu'elle essaie encore d'atténuer les faits, et que ce réflexe aussi me soit familier. Mais il l'a fait devant ma mère. Je n'avais jamais vu quelqu'un bouger aussi vite. Elle s'est interposée, ils se sont disputés et il est parti comme une furie. Elle a appelé ma tante et mon oncle, et on aurait dit qu'ils n'attendaient que ça. Deux heures plus tard, ils étaient là pour nous emmener. Je n'ai jamais revu mon père.

Mes mains sont crispées autour de la longue mèche de papier.

– Je ne veux pas laisser ma mère toute seule, répète-t-elle dans un murmure.

– Ça n'arrivera pas.

– Tu n'en sais rien. C'est tellement risqué. C'est dangereux.

– C'est ça, la survie.

Elle retourne la broche. Quatre minutes.

– Il faut qu'on commence, annonce-t-elle.

– Qu'est-ce qu'on fait ?

On met deux tours de sablier – plus que deux minutes – pour tout installer. On traîne la poubelle pleine de papier toilette imbibé de désinfectant dans le plus grand des deux cabinets, puis on glisse soigneusement l'extrémité de la mèche dedans, avant de la dérouler sur le sol. Ensuite, Iris l'asperge avec le reste de vodka.

– Il y a un mouchoir dans mon sac à main, dit-elle. Passe-le sous l'eau et tiens-toi prête à le maintenir sur ta bouche.

Je m'exécute tandis qu'elle mouille le bas de sa jupe, qu'elle plaquera devant son visage. Puis elle sort le briquet de sa poche.

– On allume la mèche, on laisse la pièce se remplir de fumée, puis on tambourine sur la porte pour qu'il sache qu'on a fini. Dès qu'il ouvre, je jette le bidon. Il devrait se le prendre en pleine poitrine et, si on a de la chance, il tombera par terre. Prends-lui son arme si tu peux, et on ira libérer Wes et les autres otages. D'accord ?

Je me repasse une fois ce scénario dans la tête, puis j'acquiesce.

– D'accord.

Elle frotte son pouce contre le bas du briquet, un œil sur la broche en cœur, l'autre sur la mèche. Et puis, subitement, elle me lance un regard qui me cloue sur place.

– Qui es-tu vraiment ? me demande-t-elle. Je ne veux pas mourir sans savoir comment tu t'appelles.

Vérité contre Vérité. On y est.

Mais je ne peux pas me résoudre à prononcer ce prénom, même maintenant, trente secondes avant de tout incendier.

En revanche, je peux lui offrir la vérité. Mes vérités. Celles qui définissent la personne que je suis devenue.

– Je ne suis plus elle. Je ne suis pas sûre de l'avoir été un jour.

– Ce n'est pas une réponse, tranche-t-elle, plus perspicace que jamais.

– Je suis la sœur de Lee. La meilleure amie de Wes, dis-je, et j'ai beau détester ma voix tremblante, je me force à continuer ; je le lui dois. Je suis une survivante. Une menteuse, une voleuse et une arnaqueuse. Et j'espère être encore la fille que tu aimes, car je suis vraiment, vraiment amoureuse de toi.

– Putain, Nora, lâche-t-elle, les yeux luisants de larmes. On ne peut vraiment pas mourir, maintenant.

Mes mains se referment autour de ses doigts qui tiennent le briquet.

– Je te l’ai dit : je suis une survivante. Et on va s’en sortir. Ensemble.

Dans son autre main, les tout derniers grains de sable s’écoulent.

C’est le moment.

— 50 —

Raymond : comment j'ai fait (en quatre actes)

Acte I : Bluffer

Il y a cinq ans

Le soir où ça arrive, on est seuls à la maison. Raymond a renvoyé tout le personnel chez lui plus tôt. « Une journée en famille rien que pour nous », a-t-il dit à ma mère.

Au début, elle est contente. Elle essaie de satisfaire ses besoins, glisse des quartiers de citron vert dans le goulot étroit de ses Corona, rejette ses cheveux par-dessus son épaule avec un air charmeur, mais l'humeur de Raymond s'assombrit un peu plus chaque fois qu'il consulte son portable. Quand elle finit par lui demander ce qui ne va pas, il marmonne quelque chose à propos de son business et un « Va me chercher une autre bière ».

Je reste dans le salon avec eux, car je sais ce qui se passe quand je les laisse seuls alors qu'il est comme ça. La première fois, je me suis enfuie, et ça n'a pas été la dernière. Mais c'est surtout cette première soirée qui me donne des cauchemars. Dans ceux-ci, elle ne monte pas dans ma chambre pour me persuader de lui pardonner… parce qu'il l'a tuée.

Une fois de plus, je ne suis pas à la hauteur : je m'endors sur le canapé.

Quand je me réveille, il fait nuit. Je suis sous une couverture et ils ne sont plus dans le salon. Le son de la télé est coupé – un reportage – et la lumière danse sur l'alignement bien net de bouteilles de bière vides, sur la table basse.

Pam.

Un poing contre de la chair produit un bruit très particulier. Une fois qu'on l'a entendu, on ne l'oublie jamais.

Je me lève d'un bond, la couverture tombe, et je l'ignore encore, mais cette couverture est la dernière gentille attention que ma mère aura eue pour moi. La maison de Raymond – ça n'a jamais été la nôtre, jamais un foyer, rien qu'une cage de luxe – est tout en carrelage et longs couloirs sans tapis. J'ai froid aux pieds alors que je me dirige vers son bureau, entourée de l'écho de mes pas.

La porte est entrebâillée. Je la pousse. Aucun des deux ne me remarque. Elle est à terre et il y a déjà du sang, des larmes, et des supplications – elle le supplie, elle qui ne supplie *jamais*, même quand il me frappe.

– Raymond, est-ce qu'on peut discuter, s'il te plaît ? Donne-moi juste une seconde. Je ne sais vraiment pas de quel argent tu parles…

Elle essaie de le ramener à la raison, mais c'est peine perdue avec un homme qui vous a toujours prise pour une inférieure.

– Personne n'a pu le prendre à part toi. J'ai vérifié. Si tu ne me dis pas la vérité…

Au lieu de relever sa main en arrière, il la pousse en avant.

Et c'est alors que les ombres se déplacent et que je m'aperçois qu'il pointe une arme sur elle.

Je ne sais pas quoi faire. Je n'arrive pas à réfléchir. Je n'arrive pas à bouger. La peur s'enroule autour de moi, me comprime au point que j'ai l'impression que mes os vont se briser, et elle manque m'emporter.

Je manque m'enfuir.

Au lieu de ça, je me dirige vers lui, vers ma mère, vers le pistolet que je sais chargé. C'est l'acte le plus courageux de ma vie. Le plus stupide, aussi. En un clin d'œil, je me retrouve avec son arme braquée sur moi, et lui avec un moyen de pression supplémentaire sur elle.

Elle sanglote, son mascara coule sur ses joues, elle a les genoux meurtris, écorchés. Il a dû la frapper si fort qu'elle est tombée par terre, et je serre les poings alors même que je me tiens aussi immobile que possible, essayant de capter le regard dément de mon beau-père.

– Qu'est-ce que vous faites ?

Je ne reconnais pas ma voix. Elle est fluette. Aiguë. Est-ce que je respire trop fort ? C'est comme si tout allait trop vite et trop lentement en même temps. Je me demande si c'est à ça que ressemble une crise de panique. Je ne suis pas censée en avoir. Elle me dit toujours que je dois être forte.

– Fiche le camp ! rugit-il. C'est entre ta mère et moi.

Mais je ne pars pas. Elle ne me regarde même pas. Elle est affalée sur le sol avec ses genoux en sang, et pendant une seconde, on dirait tellement une enfant que j'ai l'impression que c'est moi, l'adulte.

Sauf que ce n'est pas le cas. Je suis morte de trouille. Pourtant, en l'espace de cette seconde, je prends une décision.

Si elle ne peut pas se sortir de cette situation par la ruse, avec ses talents de manipulatrice, tout son pouvoir et sa facilité à mener les gens par le bout du nez, alors je vais m'en charger.

– Elle n'a pas volé ton argent, dis-je, et cette fois, il pivote complètement vers moi, lui tournant le dos.

Bouge ! je l'exhorte en pensée. Mais non, on dirait qu'elle a abandonné.

Moi, je ne peux pas.

– C'est *moi.*

Ce n'est pas vrai. Je n'ai pas la moindre idée de ce dont il parle. Peu importe. Je suis prête à tout pour l'éloigner d'elle.

– Tu mens.

Je parviens par miracle à conserver une expression ennuyée tout en haussant les épaules.

– Comme tu veux. Ne me crois pas. Je garderai le fric, dans ce cas. Il y avait quatre-vingt-sept mille dollars, c'est bien ça ?

C'est imprudent d'avancer un chiffre, mais c'est celui que je l'ai entendu dire au téléphone tout à l'heure. Et j'ai besoin de frapper un grand coup, après une telle prise de risque.

Je fais donc ce qu'il ne faut jamais, jamais faire.

Je leur tourne le dos, à lui et à son arme.

– Ne t'en va pas comme ça, jeune fille !

Le soulagement s'insinue en moi. Dieu merci, j'ai vu juste.

Son élocution laborieuse m'indique qu'il a trop bu. Il est lent et négligent quand il est comme ça. Il faut que j'arrive à l'éloigner d'elle.

Je le regarde par-dessus mon épaule.

– Je croyais que tu voulais ton argent.

Je tremble lorsque je sors du bureau pour m'engager dans le couloir.

Et il me suit.

— 51 —

Transcription : Lee Ann O'Malley + les adjoints de Clear Creek

8 août, 12 h 17

La shérif adjointe Reynolds : Les adjoints du comté de Butte ont quitté leur poste il y a environ cinq minutes. Si on parvient à maintenir le calme jusqu'à ce qu'ils...

O'Malley : Ça ne va pas rester calme.

La shérif adjointe Reynolds : Qu'est-ce que t'en sais ?

O'Malley : Quelque chose se prépare.

La shérif adjointe Reynolds : Qu'est-ce que tu as dans la main ? C'est ça que tu cachais tout à l'heure ?

O'Malley : Nora m'a fait passer un message par l'intermédiaire de la petite.

La shérif adjointe Reynolds : Et il ne t'est pas venu à l'idée de me le montrer avant ? ! Qu'est-ce que ça veut dire, d'abord, « il a un atout dans sa manche » ?

O'Malley : Je n'en sais rien, Jess. C'est ce que j'essaie de comprendre.

La shérif adjointe Reynolds : Je ne te crois pas.

O'Malley : Puisque je te le dis.

La shérif adjointe Reynolds : De la fumée. Merde ! De la fumée !

O'Malley : Quoi ? Oh non !

La shérif adjointe Reynolds : Hé ! Hé ! Y a le feu ! Passez un message radio !

[Bruits de lutte.]

La shérif adjointe Reynolds : Putain, Lee !

O'Malley : Mes gosses ! Ils sont là-dedans !

[Lutte.]

O'Malley : Lâche-moi, Jessie ! *Lâche-moi !*

La shérif adjointe Reynolds : Tu ne vas pas te précipiter dans un bâtiment en flammes ! Arrête, tu es... *Aïe !*

[Cri.]

La shérif adjointe Reynolds : Lee ! *Lee* !

[Fin de la transcription.]

— 52 —

12 h 16 (184 minutes de captivité)

1 briquet, ~~3 mignonnettes de vodka, 1 paire de ciseaux,~~
2 clés de coffre-fort, 1 couteau de chasse, 1 bombe chimique, 1 allume-feu géant,
le contenu du sac à main d'Iris

~~Plan n° 1 : à la poubelle~~

Plan n° 2 : en attente

Plan n° 3 : poignarder ✔

~~Plan n° 4 : prendre le flingue. Libérer Iris et Wes. Filer~~

Plan n° 5 : le plan d'Iris : Boum !

Au départ, tout se passe exactement comme prévu. Iris allume la mèche et la flamme remonte jusqu'à la poubelle qui s'embrase. Le papier toilette imbibé de désinfectant emplit la pièce d'une telle fumée noire et âcre que j'étouffe malgré le mouchoir. Je tambourine à la porte. Au bout de quinze ou vingt secondes terrifiantes, irrespirables, j'entends Casquette Rouge déplacer ce qui bloque la porte.

Iris ramasse le bidon et le secoue vigoureusement. Le plastique commence à gonfler entre ses mains sous l'effet de la pression, mais elle tient bon.

La porte s'ouvre, des tourbillons de fumée s'en échappent et on entend quelqu'un tousser. Iris jette le bidon en direction du son, on distingue un cri, un *pschit,* et puis *boum !* La bombe explose comme un missile, recrachant encore plus de fumée.

Casquette Rouge pousse un hurlement épouvantable – en comparaison, des ongles qui crissent sur un tableau noir, c'est de la gnognotte –, mais je ne flanche pas. Je plonge à travers le nuage qui se déverse toujours des toilettes dans le couloir. Il est par terre, à un mètre de moi, et c'est pas beau à voir. On dirait que la bombe l'a atteint en plein ventre, et ses mains ne sont pas seulement en sang : elles sont à vif, toute la peau a été arrachée.

Où est le flingue ? Sur lui ? Il avait le fusil la dernière fois que je l'ai vu. Il est tombé par terre ? La fumée qui pulse dans mon dos me fait tousser. Mes yeux s'embuent, comme pour se nettoyer, et je me retourne, à la recherche d'Iris.

Je ne vois que de la fumée et des flammes. Merde. *Merde.* Le feu a atteint le plafond.

– Iris !

Je me précipite vers le chaos et je la heurte de plein fouet. Elle se laisse aller contre moi, prise d'une violente quinte de toux.

– Les plaques du plafond ! halète-t-elle. Elles sont vieilles. Je ne pensais pas que…

– *Fonce !*

Je la pousse en avant tout en cherchant le flingue du regard. Où il est, putain ? Sans doute sur lui.

– Fonce ! je répète en m'agenouillant à côté du corps gémissant de Casquette Rouge.

La fermeture éclair de sa veste est remontée. Il a dû glisser l'arme à l'intérieur…

J'entends le petit cri surpris d'Iris, suivi d'un bruit sourd. Je lève les yeux et, à travers la fumée, j'ai juste le temps de l'apercevoir lui, ensanglanté et furieux, avant que la crosse du fusil fonde sur mon visage et que je pense, avec une clarté aussi subite que tardive : *J'aurais dû passer devant.*

— 53 —

Raymond : comment j'ai fait (en quatre actes)

Acte II : Pan !

Il y a cinq ans

Je n'ai pas d'échappatoire. Si Raymond prend la peine d'y réfléchir un peu, il réalisera que je n'aurais jamais pu lui piquer ce fric qui le met dans un tel état. Je continue donc d'avancer, mon esprit se raccrochant à ma seule bouée de sauvetage : ma boîte réservée aux urgences. Je n'ai pas envie d'en arriver là, je n'ai pas envie d'être obligée de m'en servir.

Merde, je vais vraiment devoir le faire ?

– Où est-ce qu'on va ? demande-t-il sèchement alors que je traverse la cuisine en direction de la porte de derrière, qui ouvre sur la terrasse face à la mer.

C'est le plus difficile, de rester en mouvement, d'abaisser la poignée comme si de rien n'était, comme s'il n'avait pas un flingue braqué sur moi. Je sens monter en moi un hurlement que je ne peux pas laisser sortir. Sinon, il saura.

– Je l'ai enterré, qu'est-ce que tu crois ? je réplique sèchement, moi qui ne suis *jamais* malpolie.

Les filles ne doivent pas l'être. Les filles parfaites ne le sont jamais.

Mais je ne suis pas parfaite. Ou alors juste pour faire *ça*.

Je traverse la terrasse et je m'engage prudemment dans l'escalier couvert de sable qui mène à la plage. Il me suit toujours. C'est bien. Je dois continuer à l'éloigner d'elle.

– C'est où ? me demande-t-il une fois sur la plage, alors que nous progressons difficilement dans le sable.

Le vent fouette mes deux tresses libérées de leurs épingles. Ashley a pété les plombs ; il ne le sait pas encore, voilà tout.

– Là-dessous, dis-je en pointant le doigt vers le ponton.

– Tu seras punie, au fait, m'annonce-t-il. Allez, on y va.

Il m'empoigne par le bras, sous l'aisselle, et commence à me traîner – c'est quoi le délire, avec les hommes et cette zone en particulier, ce point douloureux qu'ils semblent repérer instinctivement ? Ils reçoivent tous un cours sur le sujet ou c'est inné ?

Le voilà parti : il croyait que j'étais une bonne petite, mais je suis une ingrate, quelle déception, quelle idée de faire une chose pareille alors qu'il m'a donné tout ce que je désirais, non ?

Je ne réponds pas, et il ne s'en rend même pas compte, parce qu'il ne s'adresse pas vraiment à moi, tout comme il ne me voit jamais telle que je suis – tout ce qu'il voit, c'est une proie.

Et c'est réciproque.

Nous parvenons au ponton, et il se penche, observant d'un air contrarié l'espace entre le sable et le bois. Il ne passe pas.

– C'est bon, j'y vais, je lâche d'un ton excédé.

Me voilà au point de non-retour. Lui ne le sait pas, j'ai trop peur pour l'admettre, mais ça y est. J'y suis.

Je me tortille sous le ponton. Je me sens en sécurité, ici. Il ne peut pas me suivre.

Mais la tempête gronde et, pour le meilleur ou le pire, je suis le genre de fille qui se tient toujours prête.

– Dépêche-toi ! lance-t-il, sa voix se répercutant contre les lattes de bois.

Je rampe en poussant sur mes coudes, mon cœur tambourine à mes oreilles. Je voudrais pouvoir rester sous ce ponton pour toujours, mais soudain mes doigts effleurent le bord dur de la boîte enfouie dans le sable, et je sais que c'est impossible.

Je commence à la déterrer à mains nues. C'est plus dur que je ne l'imaginais – j'avais une pelle quand je suis venue l'enterrer – et de la sueur dégouline sur ma poitrine.

Finalement, je l'ouvre en priant pour qu'elle ne grince pas, et heureusement elle coopère. Je sors ce qui m'intéresse. Je dois bander tous les muscles de mon bras pour empêcher ma main de trembler.

Vas-y. T'as pas le choix.

Je prends la boîte et je m'écarte de lui dès que je me retrouve sur le ponton. Il a rangé son arme dans sa ceinture – il est sûr de lui à ce point.

– Donne-moi ça, dit-il. Et pas d'entourloupe.

– D'accord, j'acquiesce, et cette fois, je suis parfaite, dans mon débit, dans la fermeté de ma voix.

Ma vie entière m'a préparée à ce moment, et je suis l'image même de la séduction craintive, la ravissante et prometteuse apprentie de ma mère : « Ne cligne pas des yeux ; souris, et convaincs. »

Il tend les mains.

Je m'avance, comme pour lui remettre la boîte.

Vas-y.

À la dernière seconde, je la lâche et je tire.

Tu n'avais pas le choix.

— 54 —

Transcription : Lee Ann O'Malley + les adjoints de Clear Creek

8 août, 12 h 25

La shérif adjointe Reynolds : Je n'en reviens pas que tu m'aies frappée.

O'Malley : Enlève-moi ces menottes, Jessie, sinon je te jure que...

La shérif adjointe Reynolds : Arrête de me menacer. Déjà que le shérif Adams veut t'inculper pour attaque contre un adjoint...

O'Malley : Retire-les ! Tout de suite ! Mes gosses sont dans ce bâtiment. Il est en feu. Donne-moi ces putains de clés !

La shérif adjointe Reynolds : Les pompiers sont en route. Calme-toi.

O'Malley : Je vais te tuer.

La shérif adjointe Reynolds : Lee, je sais que tu es bouleversée, mais il faut que tu arrêtes.

O'Malley : Je...

[Des cris.]

La shérif adjointe Reynolds : Merde.

O'Malley : Détache-moi ! Quelqu'un est en train de sortir !

La shérif adjointe Reynolds : Je dois rester avec toi. Ordre du shérif.

O'Malley : Jessie...

[Un hurlement.]

O'Malley : C'est Nora.

[Bruits de lutte.]

La shérif adjointe Reynolds : Ne me force pas à sortir mon arme !

[Cris indiscernables.]

La shérif adjointe Reynolds : Quoi ? Elle vient vraiment de dire que... ?

O'Malley : Jessie ! *Détache-moi !*

[Fin de la transcription.]

— 55 —

12 h 19 (187 minutes de captivité)

1 briquet, ~~3 mignonnettes de vodka, 1 paire de ciseaux,~~
2 clés de coffre-fort, 1 couteau de chasse,
~~1 bombe chimique~~ (explosée), ~~1 allume-feu géant~~ (en feu),
~~le contenu du sac à main d'Iris~~ (en feu aussi)

~~Plan n° 1 : à la poubelle~~

Plan n° 2 : en attente

Plan n° 3 : poignarder ✔

~~Plan n° 4 : prendre le flingue. Libérer Iris et Wes. Filer~~

Plan n° 5 : le plan d'Iris : Boum ! ✔

Jamais deux sans trois, me dis-je alors qu'il me traîne de nouveau par terre, dans le couloir. Je suis dans les vapes, je n'ai pas perdu conscience, mais le coup à la tête et la fumée ne m'aident pas à garder les idées claires. Cette fois, je résiste ; je n'ai rien à perdre, j'ai *tout* à perdre. Iris. Où est-elle ? Je ne la vois pas. Elle est tombée. Il l'a assommée, près de la porte dont il a jailli. Il ne saigne plus. Ce débile de Casquette Rouge a dû s'occuper de lui. Mais quel crétin !

L'incendie se propage. Je l'entends crépiter, rugir, je vois la fumée que vomissent les toilettes. La peinture fait des cloques sur les murs, la chaleur tourbillonne. Le feu atteindra bientôt le hall. On doit l'arrêter. Wes est pris au piège.

Je hurle son nom et des coups sur le mur me répondent. Des coups de poing accompagnés de mots assourdis que je ne parviens pas à distinguer. Je lui crie de se baisser. De combler l'entrebâillement de la porte, et tous ces conseils de sécurité qui valent que dalle quand on est coincé. C'est pas possible. Ça peut pas se finir comme ça. Pas dans les flammes. Pas après tout ça.

J'essaie de libérer mes poignets de l'étau des mains de Duane lorsqu'on dépasse Casquette Rouge, qui gémit toujours à cause de ses brûlures. Il me lâche au bout du couloir, bien trop près des flammes, et repart vers Casquette Rouge. Je me relève difficilement et recule en titubant dans la poche d'air brûlante.

Ça arrive en un éclair, et même si je m'y attendais depuis le début, on ne peut pas se préparer à voir une chose pareille de si près. À un moment donné, Casquette Rouge grogne, mutilé, et deux coups de feu plus tard, plus rien, parce qu'il n'est plus rien.

Je souffle brusquement. Je dois continuer à crier. Wes. Iris. Je dois…

Bon sang, il est vraiment, *vraiment* mort. Le monde entier se met à tourner dans la fumée épaisse, piquante.

– Bouge pas, gronde Duane avant de faire demi-tour.

Ma peau rougit dans la chaleur alors que les flammes se rapprochent de l'embrasure de la porte des toilettes. Il faut que je me lève. Non… que je rampe. Je dois ramper. Rester au ras du sol. Atteindre la table qui bloque le bureau où se trouve Wes. Libérer Wes. Libérer Iris. Filer.

Avant que je puisse bouger, Duane est de retour avec Iris sur ses épaules, inerte.

– Est-ce qu'elle… ?

Cette question meurt dans ma gorge. Je ne peux pas le dire. Je ne peux pas respirer. Non. Non. Non.

– Elle est juste K-O, s'esclaffe-t-il. Elle fait un bon bouclier humain, avec toutes ces fanfreluches.

Il relève d'une chiquenaude le bas de sa robe et de son jupon. Je serre les poings, les joues plus brûlantes que le feu ; j'ai envie de lui faire mal.

– On y va, ajoute-t-il en me faisant signe avec son arme.

– Non. Pas sans mon ami.

Partir sans les autres est monstrueux. À cet instant précis, je m'en fiche. Iris est dans mon champ de vision. Il ne me manque plus que Wes, et ensuite je m'en irai. Je laisserai les autres. J'ai bien abandonné ma propre mère, après tout. Je suis faite pour ça.

Duane jette un coup d'œil derrière moi. Les flammes doivent gagner en puissance. Je plante mes pieds dans le sol. Je peux tenir. On va bien voir qui se dégonfle en premier.

– Maintenant, siffle-t-il.

Je secoue la tête.

Il tire. Sans prévenir. Des éclats de plâtre volent juste au-dessus de ma tête, et l'un d'eux touche mon bras.

– Bouge-toi, ou elle est la prochaine sur la liste.

Je dois partir pour ne pas mourir. Je mourrai si je laisse Wes derrière moi. Je dois protéger Iris. Je ne peux pas protéger Wes. Ces pensées stériles se succèdent dans ma tête paniquée alors que Duane me pousse devant lui.

Je n'ai aucun moyen de retourner la situation à mon avantage, et si vous me demandiez qui j'incarne à cet instant précis, je répondrais : *la peur, la peur, la peur.*

Duane tient entre ses mains les deux tiers de tout ce qui compte pour moi, littéralement et métaphoriquement. Il le sait désormais et il a bien l'intention de s'en servir.

Dans le sous-sol qui empeste le métal et le cramé, le matériel de soudage est éparpillé près du trou que Casquette Rouge a fait dans les barreaux, pour rien. Duane n'a même pas un regard pour les coffres ; il a gagné le gros lot – il faut juste qu'il arrive à foutre le camp avec moi.

Mon plan ne se terminait pas comme ça. Ça n'était pas censé se passer comme ça. Iris n'a rien à faire sur ses épaules, comme une poupée désarticulée, les pieds et les cheveux pendouillant de chaque côté. Wes n'a rien à faire là-haut, tout seul, reculant devant la fumée qui envahit la pièce. Oh non, il est tout seul. Ce n'est pas possible. Pas comme ça. *Pas comme ça.*

Je m'époumone lorsque Duane me pousse dehors, enragée. Tous mes outils, tous mes trucs et astuces ont été emportés dans un torrent de fumée et il ne me reste que cette phrase en boucle : *Wes est pris au piège là-dedans.*

Duane porte Iris en bandoulière, comme un gilet pare-balles, et il presse son fusil contre mon dos, mais ça ne m'arrête pas. Je continue de hurler le nom de Wes et je beugle « Allez le chercher ! Allez le chercher ! » à l'intention des adjoints qui s'agitent. Mais ils restent accroupis derrière leurs voitures de patrouille, leurs armes braquées sur nous, et je le lis sur leurs visages : leur ligne de mire n'est pas dégagée. Je ne vois pas Lee. *Où est-elle ?*

Tout est flou dans la fumée qui s'élève et Duane enfonce le canon dans mon dos pour me faire avancer, ne me laissant aucune possibilité d'évasion. Aucun moyen d'échapper à ça. Quelqu'un va tirer le premier coup, et alors…

Le bas de la veste de Duane accroche mon regard et, une demi-seconde plus tard, mon cerveau réagit. La veste. Il ne la portait pas tout à l'heure.

C'est celle de Casquette Rouge. Pourquoi ?

Soudain, ça fait *clic*, comme un pendule de Newton : mes pensées s'entrechoquent comme les petites billes en argent et je comprends.

Casquette Rouge n'arrêtait pas de lui passer les deux armes comme si ça ne posait aucun problème. J'y avais vu un signe de confiance. De stupidité.

Eh non.

Pendant tout ce temps, il était armé.

« Il a un atout dans sa manche. » C'est ce que j'ai griffonné sur le mot pour Lee. L'information la plus utile qu'il m'a semblé pouvoir lui donner : mon instinct à propos de cet homme. Je n'imaginais pas être aussi littérale.

Duane met la main dans la poche de sa veste. Mon esprit s'affole, les billes cliquetantes se heurtent mutuellement, d'avant en arrière, d'avant en arrière. Quelque chose de petit. Portable. Assez puissant pour faciliter une évasion.

Ma bouche s'ouvre avant même qu'il ne ressorte sa main et je hurle :

– *GRENADE !*

— 56 —

12 h 26 (194 minutes de captivité)

1 briquet, ~~3 mignonnettes de vodka, 1 paire de ciseaux,~~ 2 clés de coffre-fort, 1 couteau de chasse, ~~1 bombe chimique~~ (explosée), ~~1 allume-feu géant~~ (en feu), ~~le contenu du sac à main d'Iris~~ (en feu aussi)

~~Plan n° 1 : à la poubelle~~

Plan n° 2 : marche un peu trop bien

Plan n° 3 : poignarder ✔

~~Plan n° 4 : prendre le flingue. Libérer Iris et Wes. Filer~~

Plan n° 5 : le plan d'Iris : Boum ! ✔

Plan n° 6 : ne pas mourir

C'EST TROP TARD. Il est trop rapide. Ils sont trop lents.

Il ne la lance pas en l'air en dessinant un arc gracieux. Il la balance par en dessous, lui imprimant une sorte de rotation lente, et elle glisse jusque sous la voiture de patrouille du milieu.

Les adjoints se dispersent, mais pas assez vite. *Boum !* Le véhicule s'envole, puis retombe, et il m'empoigne le bras, tirant si fort que, cette fois, c'est la douleur qui me fait hurler.

Tout n'est plus que fumée, feu et braillements confus, et il en profite pour nous faire monter à l'arrière d'une voiture garée derrière la banque. Nous quittons le parking dans un crissement de pneus avant même que les adjoints aient pu reprendre leurs esprits.

Il pousse un cri triomphant alors qu'il s'engage à toute blinde sur la nationale, sans personne à nos trousses pour l'instant. Son exaltation est palpable, et pour moi c'est une condamnation à mort, mais qu'est-ce que ça peut bien lui faire ? Il est presque tiré d'affaire.

Son sourire devient cruel quand il croise mon regard dans le rétroviseur. Je referme ma main sur le bras d'Iris, espérant la réveiller, mais elle est toujours inerte. Le bleu sur son front est vraiment moche, mais au moins elle ne saigne pas. C'est bon signe, non ? Sauf si elle saigne à l'intérieur.

– Tu as enfin fini par te taire, hein ? lance-t-il.

Il ne me reste plus rien, plus aucune issue. J'ai bien le couteau dans ma poche, mais je ne peux pas le poignarder, vu l'allure à laquelle il roule. Il pourrait me tirer dessus, ou sur Iris. Il a déjà prouvé qu'il était très résistant – beaucoup trop à mon goût – puisque mon coup de ciseaux n'a pas suffi à l'arrêter.

Je fais défiler mentalement tous les points faibles de son anatomie. Il faudrait viser le cou, non ? Mais il risquerait d'écraser la pédale de frein par réflexe. La voiture pourrait se retourner. Elle est vieille. Il n'y a pas d'airbags. On n'a même pas mis nos ceintures.

Le monde se brouille et mes pensées tournent en rond, à la recherche d'une solution, car on n'entend aucune sirène de police derrière nous, pas même au loin. Ils ne viennent pas. Ils sont trop occupés là-bas.

Il ralentit. Mon corps se met sur le qui-vive. *Trouve une issue de secours, sors-toi de là par la ruse.* Ma main se crispe sur le poignet d'Iris. Je veux qu'elle se réveille, mais elle ne bouge pas. Il l'a frappée si fort que ça ?

On quitte la nationale pour s'engager sur l'une des petites routes qui quadrillent cette zone en périphérie de la ville. Le gravier crisse sous les pneus tandis qu'il accélère dans ce paysage composé de collines ondoyantes et de petits chênes arbustifs à perte de vue. Où est-ce qu'il va ?

Après un virage, j'aperçois une grange. Il va cacher la voiture. Ils ne nous retrouveront jamais. Il va tuer Iris. Attendre la nuit et me faire quitter l'État. Ils ne pourront pas installer des barrages partout. La région est un dédale de chemins forestiers oubliés de tous qui peuvent mener jusqu'à la côte si on sait bien les choisir.

Je dois agir. Maintenant.

Je regarde Iris. Je ne peux pas la laisser. Pourtant il le faut. Si on veut avoir la moindre chance de s'en sortir, je dois l'éloigner d'elle. Lui retirer ce moyen de pression. Il me suivra. Il l'abandonnera. Il n'aura pas le choix.

Moi seule ai de la valeur pour lui dans tout ce merdier. Il a besoin de moi.

La grange se rapproche. Il conduit trop vite.

C'est maintenant ou jamais.

J'ouvre la portière et me jette dehors, et je peux vous dire que ma foutue chemise n'aurait pas été de trop, car les graviers déchirent mon tee-shirt et ma peau en beauté. Malgré la douleur qui me transperce les bras et les épaules comme de la chevrotine, je me force à me lever quand je l'entends jurer et hurler. Il s'arrête brusquement.

Yes ! La voiture est toujours à découvert. S'ils envoient un hélico, ils la repéreront. *Fonce. Cours. Force-le à te pourchasser, comme ça, il ne tuera pas Iris.*

Je pars en courant en direction de la grange, espérant y trouver une arme, une fourche, un tracteur avec lequel l'écraser. Peu importe. Je trouverai quelque chose. Je le tuerai s'il le faut.

Je crois que je ne vais pas avoir le choix.

— 57 —

Raymond : comment j'ai fait (en quatre actes)

ACTE III : TRANCHER

Il y a cinq ans

Raymond n'est pas mort quand je lui ai tiré dessus. Ça va sans dire.

Je pourrais mythonner. Raconter que je n'ai jamais voulu le tuer. Que j'ai volontairement visé sa jambe.

Ce serait un mensonge. J'avais les mains qui tremblaient, il faisait sombre et je ne savais pas tirer, voilà tout. (Je me suis améliorée, depuis.)

Parfois, je regrette de ne pas avoir appuyé une deuxième fois sur la détente pour en finir.

Parfois, je me demande où je serais aujourd'hui si j'étais partie de cette plage sans me retourner, le laissant lui dans le sable, maman dans son manoir sans âme… J'aurais juste disparu dans le monde, et personne ne m'aurait jamais retrouvée.

Je sais disparaître. Ma mère a élevé des filles capables de se rendre invisibles, des fantômes capables de se transformer en quelqu'un d'autre avec une couleur achetée à la supérette du coin et un sourire dans un miroir, en répétant un prénom comme une formule magique, pour renaître.

J'ai fait un autre choix. Arrêter de fuir. Devenir visible. Rester au même endroit.

Apprendre à être une personne réelle plutôt qu'un mélange de souffrance, de tromperie et d'avidité.

Après que j'ai appuyé sur la détente, tout va très vite. Il s'effondre, mais il ne perd pas conscience. Il essaie de m'attraper, et je réagis, comme avant. Comme si je savais quoi faire. Cette fois, je ne le rate pas, mais mon arme est différente : je le frappe avec le bord de la boîte en métal, en plein sur la tempe, et il tombe à plat ventre dans le sable, mais il n'est toujours pas K-O. Alors je le frappe encore. Et encore.

Soudain, je m'immobilise, la boîte en l'air, prête à s'abattre sur lui une fois de plus. Il ne bouge plus. Mon cœur rugit dans mes oreilles, plus fort que les vagues, et j'ai envie de m'enfuir.

Mais je ne peux pas. Je n'ai pas terminé.

Il y a un plan en cours. Ma sœur doit venir me chercher. Il ne restait que huit jours à attendre, et maintenant…

Les plans évoluent. Voyez un peu comment je l'ai fait évoluer, celui-ci.

Je reste plantée là, pieds nus dans le sable qui me gratte entre les orteils. Je sais comment le monde fonctionne, notamment quand on devient une balance. C'est ce que je suis censée être, pour que le FBI puisse embarquer ma mère et Raymond. Pour qu'on soit en sécurité. Mais le FBI a besoin de preuves solides. Voilà le deal que ma sœur a passé avec eux : je leur donne les preuves et je suis hors d'atteinte pour de bon.

Donc je dois accéder au coffre de Raymond.

Mes mains se crispent autour de la boîte. En plus du flingue, elle contient deux objets : le portable prépayé sur lequel ma sœur me contacte et un couteau.

Raymond possède un coffre biométrique. Il s'ouvre avec son empreinte digitale. Ma sœur devait me fournir un kit pour prendre cette empreinte. Mais j'ai tout foutu en l'air et je me retrouve avec trop de bleus et trop peu de temps et absolument aucun calme, parce que je lui ai *tiré dessus*. Je lui ai tiré dessus et je l'ai assommé, je ne peux donc pas revenir en arrière, et j'ai une boîte à déjeuner en métal dans la main avec un couteau dedans, et on sait tous comment ça va se terminer, non ?

Impossible de revenir en arrière. Je ne peux qu'aller de l'avant.

Il faut que j'accède au coffre.

Donc je pose la boîte par terre et je sors le couteau.

— 58 —

Transcription : Lee Ann O'Malley + la shérif adjointe Jessica Reynolds poursuivent le preneur d'otages

8 août, 12 h 30

La shérif adjointe Reynolds : Allez ! Allez !

O'Malley : Tu le vois ?

La shérif adjointe Reynolds : Ici la shérif adjointe Reynolds. Je veux que l'hélico de l'hôpital ou celui des pompiers survole la nationale 3 vers le nord, à la recherche d'une voiture blanche quatre portes. Et je veux qu'on installe immédiatement des barrages routiers sur la 3 et la 5.

[La transcription est coupée pendant 6 minutes et 56 secondes. Veuillez vous reporter à la partie 3A du rapport du shérif pour la transcription du central.]

La shérif adjointe Reynolds : L'hélico de l'hôpital survole la zone.

O'Malley : Il faut qu'ils se dépêchent.

[5 minutes et 21 secondes de silence.]

[Voix par-dessus la radio de la police, non compréhensibles.]

La shérif adjointe Reynolds : OK ! OK. J'ai besoin de tous les agents disponibles dans la zone. Ici la shérif adjointe Reynolds. La berline blanche que nous poursuivons a été repérée à la ferme abandonnée Williams, 1723 Castella Road. Le ravisseur est armé et dangereux. Il a deux adolescentes en otages. Procédez avec une extrême prudence.

O'Malley : C'est parti.

La shérif adjointe Reynolds : Lee, il faut qu'on parle de ce qu'on va faire quand on sera sur place.

O'Malley : Tu m'as retiré mes menottes.

La shérif adjointe Reynolds : Tu m'as mis une droite.

O'Malley : Si je m'excuse, tu me donneras un foutu flingue pour que je puisse te couvrir ?

La shérif adjointe Reynolds : Tu obéiras à mes ordres ?

O'Malley : J'assurerai tes arrières.

La shérif adjointe Reynolds : Ce n'est pas une réponse, Lee.

[Friture pendant 4 minutes et 16 secondes.]

[Portière qui claque.]

[Fin de la transcription.]

— 59 —

12 h 32 (200 minutes de captivité)

2 clés de coffre-fort, 1 couteau de chasse

Plan n° 6 : ne pas mourir

Je me suis éloignée en courant de la voiture. Maintenant, il est temps de me cacher.

Je fonce dans la grange et je claque les portes derrière moi. Mais je ne vois rien qui pourrait les bloquer de l'intérieur, et de toute façon je ne veux pas qu'il se désintéresse de moi et qu'il retourne vers Iris. Je le regarde se diriger vers le bâtiment à travers les lattes, malgré mon sang qui me hurle de continuer à courir. Il ne marche pas vite ; sa blessure l'embête encore, même si la douleur s'est atténuée. Il va vouloir se ménager. Il doit être aussi en forme que possible s'il compte me conduire à l'autre bout du pays, vu qu'il ne peut pas me coller dans un avion. Il pourrait bien être le genre de mec à connaître quelqu'un qui accepterait de me transporter clandestinement sur un bateau, mais est-ce qu'il a de quoi se payer ça ?

Mon instinct me souffle que non. S'il a monté ce coup pourri avec Casquette Rouge, c'est qu'il est désespéré, fauché, et il va tout faire pour me garder, malgré le risque, parce qu'il n'a pas de meilleur moyen de se faire du fric, désormais.

Il fait sombre dans la grange, des machines recouvertes de bâches reposent dans les boxes qui accueillaient autrefois des chevaux. Je lève la tête ; il y a un grenier et une échelle, mais lourde, en bois. Je n'arriverais jamais à la remonter.

En revanche, je pourrais le piéger là-haut. Je dois juste faire traîner ça jusqu'à ce qu'ils trouvent la voiture. C'est tout.

Je sais bien que je me raconte des histoires. Mais je continue quand même. Je ramasse une poignée de terre avant de gravir l'échelle. Le grenier à foin, vaste et plat, éclairé par une grande fenêtre à l'arrière, occupe la moitié de la surface de la grange et surplombe les boxes et l'entrée.

Je le balaie du regard, cherchant désespérément une autre arme. Je n'ai quasiment aucune chance contre lui avec un couteau, je ne le sais que trop bien. Je n'arriverai à lui donner qu'un bon coup avant qu'il ne m'attrape. Il me faut quelque chose de plus long et de plus gros. Un râteau, une pelle, n'importe quel outil de ferme pouvant être fatal.

La porte s'ouvre en grinçant. Je ne bouge plus.

Il règne un silence total. Il ne parle pas. Il ne me nargue pas. Je crois que je préférerais encore l'entendre débiter ses conneries, je me suis habituée, mais ce silence est…

Terrifiant. Vraiment terrifiant, putain.

Je ne perçois que le bruit de ses pas et les battements de mon cœur, bien consciente que je ne vais pas tarder à déguster. C'est ce qu'il veut. Il veut me faire mariner.

Il n'a toujours pas compris qui je suis.

On est deux, dans ce cas, mais moi au moins, je sais ce dont je suis capable. Je l'ai prévenu, mais il n'a pas voulu m'écouter. Cette fois, je ne vais pas lui laisser le choix.

Je m'approche tout doucement de la balustrade et le vois s'avancer dans la grange. J'attends qu'il dépasse le premier box pour lâcher la poignée de terre, puis je recule juste avant qu'elle touche la bâche en plastique.

Il fait volte-face et se dirige vers le bruit. Je traverse le grenier, à la recherche de quelque chose… n'importe quoi.

Il y a un balai. Ses poils sont pourris et son manche n'est plus qu'une suggestion de lui-même, mais ça n'en reste pas moins un bâton. Je pourrais le frapper avec. Si je l'assomme, j'arriverai peut-être à me servir du couteau et à m'enfuir. Peut-être que cette fois il ne me suivra pas. Il sera bloqué, si je fais tomber l'échelle et que je le piège dans le grenier.

C'est un peu nul, comme plan, mais c'est le seul que j'ai. Ma main se crispe autour du manche du balai lorsque les barreaux de l'échelle se mettent à couiner.

Je m'enfonce autant que possible dans les ombres, loin du soleil qui se déverse par la grande fenêtre, mais ça ne suffit pas. Il me repère dès que sa tête apparaît au-dessus du plancher.

J'attends qu'il ait les deux pieds dans le grenier et qu'il se soit éloigné de l'échelle, et c'est une erreur, je m'en aperçois trop tard, car je n'ai plus le temps de charger. Je feinte vers la droite, mais il est déterminé, déterminé à me faire mal au point de me briser. Pas seulement mes os. Moi tout entière.

Il peut toujours rêver.

Je lui donne un coup de balai en visant haut mais il le bloque avec son bras. Le bois vermoulu se casse en deux, et il pousse un hurlement, car je l'ai touché au coude, à défaut d'autre chose. J'ai tout juste le temps de reculer un peu et de sortir le couteau. Je le place entre nous, saisie d'une impression de déjà-vu.

Ça recommence : une fille, une lame et un sale type. À croire que rien ne change. Sauf moi.

Je fais deux pas sur la droite. Si je parviens à atteindre l'échelle…

Mais il se jette sur moi et je lui décoche un coup de couteau. Je n'agis pas à l'instinct ; j'ai de la pratique. Il faut y aller avec tout son poids. Il faut de la force. Et de la rapidité. Or je n'ai ni l'une ni l'autre à cet instant précis. La lame entaille laborieusement son avant-bras, y laissant une longue balafre irrégulière, peu profonde. Il gémit et repousse mon bras si violemment que le couteau tombe par terre. Il pose la main sur son bras en sang, siffle entre ses dents, et comme l'arme est trop loin et que ça pourrait être ma seule chance, je profite de ces quelques secondes pour foncer.

Je suis à la moitié de l'échelle quand il la saisit et la secoue vigoureusement, me projetant en arrière. Je n'ai qu'une seconde pour me décider, *la tête ou le dos, la tête ou le dos,* puis je replie mes genoux contre moi et tente de me contorsionner en plein vol tout en plaquant mes mains sur mon crâne pour le protéger. Les plaies que je me suis faites en sautant de la voiture en marche ralentissent mon temps de réaction : je m'écrase maladroitement sur le sol dans un horrible craquement. Heureusement, ma tête ne s'éclate pas par terre. L'impact irradie tout mon corps, rattrapant mon cerveau et mon cœur, et j'essaie d'inspirer de l'air qui n'est plus là tandis que tout mon corps se contracte pour résister à la douleur.

Mes poumons frémissent, et l'espace d'un instant je me demande si c'est à cause du choc qui m'a coupé le souffle ou si une côte en a perforé un. Je penche plutôt pour cette possibilité. J'ai peur de bouger, pas seulement parce que ça va me faire mal, mais parce que j'ai peur de ne pas y arriver. Je fixe le plafond de la grange, clignant lentement des yeux. Je sais qu'il faut que je me lève. Il va descendre. Il ne va pas me louper.

Je ne peux pas bouger. Je n'arrive même pas à penser. Mon esprit fracturé effleure des souvenirs.

Wes, l'œil au beurre noir d'une petite brute, mon poing ; le jour de notre rencontre, « jolie droite » ; sa main sur mon bras… la première fois en une éternité que je ne tressaillais pas.

Iris et les tourbillons dorés sur sa jupe ; sa pirouette sur le trottoir, « On ne fait plus de vêtements comme ça, Nora… », son sourire capturant le mien, illuminant tout mon univers.

Lee. Ses cheveux blond miel et non marron foncé. Se penchant pour croiser mes yeux bleus identiques aux siens. Un sourire un peu triste sur les bords. « Je suis ta sœur. »

Lee. Un bout de papier. Un numéro griffonné. Une main tendue. « Tu peux appeler quand tu veux. »

Lee. Un nom de code. Une promesse chuchotée. Une vérité reconnue. « Maman ne te protègera pas. »

Lee. Une fin de soirée. Une fille effrayée. Du sable ensanglanté. « J'arrive. »

Lee. Lee. Lee.

Elle est comme un battement de cœur en moi, ma sœur. La personne qui m'a appris ce qu'est la force.

Ce qu'est la liberté.

Elle m'a déjà sauvée une fois. Je ne suis pas sûre qu'elle réussira à le refaire aujourd'hui. Ni que j'y arriverai, moi.

Mais je dois essayer.

Je remue mes orteils. Puis je fais pivoter mes chevilles. C'est un bon début.

Pam, pam, pam. Il descend l'échelle.
Il est temps de se lever.
Il est temps de la rendre fière.

— 60 —

Raymond : comment j'ai fait (en quatre actes)

Acte IV : Fuir

À mon retour, la maison est toujours plongée dans le noir. Je n'allume pas. J'ai déjà fait le plus dur, alors je monte à l'étage, jusqu'à son coffre, et je prends ce dont j'ai besoin pour gagner ma liberté.

Lorsque j'en ai fini avec ses doigts, je les mets sur de la glace. Sur le moment, j'ignore pourquoi. Mais je passerai des heures à y repenser. J'aimerais pouvoir dire que c'était un « je t'emmerde », un clin d'œil à son histoire préférée quand il est soûl. Mais la vérité, c'est que je suis simplement sous le choc, horrifiée et écœurée par ce que j'ai fait.

En réalité, j'ai peur de ce qu'il pourrait me faire s'il ne les retrouvait pas.

Même après tout ça, j'agis comme s'il allait surgir d'une seconde à l'autre et m'empoigner le bras de sa main indemne.

Je les dépose donc sur de la glace parce que j'ai peur, maintenant encore, puis je me rends dans son bureau justement parce que je ne peux pas laisser cette peur me pétrifier. Il faut que je reste en mouvement.

Elle est par terre. Pile là où il l'a laissée.

– Allez, maman, lève-toi.

Elle repousse ma main. Ses genoux écorchés ont dessiné des petites pleines lunes de sang sur la moquette.

Elle est en travers de mon chemin. Je suis pressée par le temps.

– Où est-il ? demande-t-elle, pas parce qu'elle a peur, mais parce qu'elle le veut.

Elle veut qu'il la réconforte quand il la maltraite comme ça. C'est un truc que je ne comprendrai jamais. Ça me répugnera toujours.

Mais maintenant, ce n'est plus mon problème.

– Allez.

Je la redresse, aussi délicatement que possible, et je l'aide à monter et à se mettre au lit. Elle me demande encore une fois où il est.

Je ne réponds pas.

Ça devrait être difficile de la quitter.

Mais ça ne l'est pas.

Je retourne au rez-de-chaussée, comme dans un rêve. Je suis pressée. Il fait noir dans le bureau. Je pose les disques durs que j'ai pris dans le coffre à côté de son ordinateur. Puis je l'allume, je sors mon téléphone prépayé et je compose le numéro de Lee.

Ça sonne deux fois. Sa voix crépite dans mon oreille.

« Allô ? »

Dis-le. Fais-le. Il le faut.

– Olive.

Ma sœur inspire subitement.

« J'arrive. »

Je ne dis pas au revoir. Je raccroche, comme elle m'a demandé de le faire.

On est pressées.

Je vérifie chaque disque dur – les quatre gros sont cryptés par un mot de passe. Mais lorsque je connecte la clé USB que j'ai failli rater, cachée au fond du coffre, des lignes de code apparaissent sur l'écran. Quand elles finissent par s'arrêter, un curseur rouge se met à clignoter. Je suis censée entrer quelque chose.

Je fixe la clé USB du regard, puis j'appuie sur Échap, je la retire et la glisse dans ma poche. Je range les quatre disques durs dans ma boîte.

Mon portable vibre. Ma sœur est dehors. On y est.

J'ignore comment je parviens jusqu'à la porte. Je ne prends conscience de l'allure épouvantable que je dois avoir qu'en ouvrant et en voyant son visage.

– Tu es couverte de sang, lâche-t-elle en tendant la main vers moi.

Je m'écarte. Je ne veux pas qu'on me touche. Pas maintenant. Plus jamais ? Je n'en sais rien.

– C'est pas le mien.

Pour la plus grande partie.

Son expression se transforme encore, si vite que j'en aurais le tournis si je n'étais pas aussi hébétée. J'ai fait le job. J'ai les disques durs. Et là, je me désagrège. Je ne suis pas moi. Je ne suis pas Ashley.

Qui suis-je ?

Que suis-je ?

Ashley. Je suis Ashley. Je suis censée être Ashley.

Pourtant, une fille parfaite n'aurait pas tiré sur son beau-père. Une fille parfaite n'aurait pas sorti ce couteau, n'aurait pas su s'en servir. Une fille parfaite lui aurait donné ce qu'il voulait : elle l'aurait laissé la tuer.

– Que s'est-il passé ? Où est-elle ? Où est-il ?

– Elle est en haut. Il est… Il est…

Le monde se met à tourner. Verrouille tes genoux.

– Regarde-moi.

Elle prend mon menton entre ses doigts, me force à soutenir son regard. Ça s'arrête de tourner. Je respire. Je souffle de petites bouffées en plein sur son visage. Je me demande si j'ai mauvaise haleine.

– Qu'est-ce que tu as fait ?

Je peux répondre à cette question. Je sais ce que j'ai fait.

– Je lui ai tiré dessus. Je n'ai pas eu le choix. Il la menaçait avec un pistolet. Alors je l'ai éloigné et je lui ai tiré dessus.

– Concentre-toi.

Elle claque des doigts sous mon nez. Je me suis remise à tanguer.

– Où est-il ?

Bien. Une autre question dont je connais la réponse. Je les aime bien, celles-là.

– Je l'ai traîné sous le ponton.

– Il est mort ?

Je secoue la tête.

– Je l'ai touché à la jambe.

Tout son corps se transforme, les angles de ses épaules deviennent plus nets, alertes, tendus.

– Où est le flingue ?

Je soulève la boîte. Elle hoche la tête.

– On y va. Maintenant. Tu n'y retournes pas.

Je ne proteste pas. Je n'essaie pas d'aller chercher mes affaires. Je n'essaie pas de dire au revoir. Et je ne demande pas si on peut emmener maman.

Je me contente de la suivre. Comme s'il n'y avait rien de plus facile.

Et c'est le cas. Qu'est-ce que je laisse derrière moi, après tout ? Rien de bon. Tout ce que je désire est devant moi.

Elle plaque une main entre mes épaules et j'avance, un pas, puis deux, trois, quatre. Ensuite, je perds le compte. Et puis on est dans sa voiture et on s'éloigne dans la rue, la plage disparaît au loin, ses doigts agrippent le volant, et les miens la boîte.

– Est-ce que ça va ? demande-t-elle finalement, après de longues minutes de silence.

– J'ai les disques durs. Les quatre.

Je sens comme un ronronnement d'approbation sous ma peau alors que je mens. La clé USB secrète me brûle à travers ma poche. Mon moyen de pression. Ma nouvelle « boîte réservée aux urgences ».

J'aime ma sœur et je lui fais confiance. Jusqu'à une certaine limite. Et la vie m'a appris qu'on finissait toujours par rencontrer cette limite.

Elle serre les lèvres.

– Bon travail, dit-elle, et elle n'a pas la moindre idée de ce que ces mots signifient pour moi.

Peut-être qu'un jour, j'essaierai de le lui expliquer.

Mais pour le moment, je me contente de regarder par la vitre, les yeux brouillés, avec pour seule possession les vêtements tachés et pleins de sable que j'ai sur le dos, et la liberté sur ma langue a un goût de sang et de sel.

— 61 —

12 h 36 (204 minutes de captivité)

2 clés de coffre-fort

Plan n° 6 : ne pas mourir

– Cette fois, c'est sûr, tu vas dans le coffre, me lance Duane en descendant du dernier barreau de l'échelle avec un petit grognement qui ne m'échappe pas.

– Vous avez peur que je vous poignarde ?

Je m'efforce de me redresser, et mon corps apprécierait beaucoup que j'arrête, mais je l'ignore. Je dois continuer jusqu'à n'en plus pouvoir. Sinon je finirai dans le coffre.

Je recule en direction des portes de la grange et il émet un bruit désapprobateur en sortant son arme de sa ceinture.

– N'oubliez pas que je vaux beaucoup plus vivante.

– Maintenant que je te connais, quelque chose me dit que ton beau-père ne m'en voudrait pas trop si je lui rapportais ton cadavre. Il compatirait sans doute une fois que je lui aurais raconté à quel point tu m'en as fait baver.

– Vous ne le connaissez pas aussi bien que moi. Ce n'est pas du tout ce qu'il veut.

Je suis tellement concentrée sur lui et sur la moindre possibilité d'évasion que je manque passer à côté d'un mouvement dans le grenier à foin. Je dois me faire des films, parce que je suis vraiment coincée, mais non : Iris Moulton est en train de traverser le grenier sur la pointe des pieds. Elle a arraché l'énorme jupon de sa robe et le tient comme une arme dans une main. J'en reste sur le cul : me voilà dans la position de la demoiselle en détresse et je vais peut-être bien être sauvée. Elle a son briquet dans son autre main, et je comprends immédiatement ce qu'elle prévoit de faire. C'est parfait. Elle est parfaite, et je ne peux même pas savourer l'amour que j'éprouve pour elle à cet instant à cause de ce crétin et du danger.

– Tu vas te tenir tranquille, maintenant ? me demande-t-il.

Cette fois, il a vraiment la voix qui tremble. Je lui ai tenu tête, j'ai été plus maligne que lui et je l'ai poignardé, et il est enfin arrivé là où je voulais l'amener : au bout du rouleau.

Elle a atteint la balustrade. Il ne la voit pas ; toute sa concentration, sa rage et sa frustration sont fixées sur moi.

– Juste une dernière chose, dis-je pour couvrir le *clic* du briquet quand Iris met le feu à son jupon. Il faudrait que vous regardiez en l'air.

– Tu crois que je vais tomber dans le panneau ? s'esclaffe-t-il.

– Non, dis-je alors qu'Iris jette le tulle dans un souffle de feu et de dentelle, mais je crois que ma petite amie a quelque chose pour vous.

Il a à peine le temps de froncer les sourcils, perplexe, avant que le tissu ne l'enveloppe, des couches et des couches de tulle dévorées par des flammes avides. Il se met à hurler, l'instinct animal prenant le dessus, exactement comme Iris me l'a expliqué tout à l'heure, dans les toilettes. Il lâche son arme en essayant d'arracher le jupon qui ronfle autour de ses épaules, mais il finit par se laisser tomber au sol pour se rouler dans la terre, tout son sang-froid disparaissant alors qu'il passe en mode survie.

Prends son arme, dépêche-toi, putain. Mes genoux raclent le sol, et lorsque je referme ma main sur son flingue, j'ai envie de pleurer. De le relâcher. D'être ailleurs.

Je ne veux pas redevenir Ashley, et pourtant je m'assure que le cran de sûreté est bien retiré avant de le mettre en joue. Elle vibre sous ma peau comme une mauvaise habitude, prête à tirer. Elle est tellement brisée, tellement nerveuse.

Il continue de se rouler par terre et les flammes s'éteignent. Il parvient à arracher frénétiquement presque tout le tissu, à part une grosse pièce de dentelle luisante qui a fondu sur sa joue. Puis il reste étendu là, vaincu. Il pousse des petits gémissements furieux et grimace chaque fois que sa brûlure palpite sur son visage.

– Il ne faut jamais embêter une fille qui porte une robe bouffante, Duane, dis-je tandis qu'Iris descend l'échelle et le contourne pour me rejoindre.

Je ne me détends que lorsqu'elle arrive à côté de moi.

– Ça va ? demande-t-elle d'une voix haletante.

– Ouais. Et toi ?

Elle hoche la tête.

– Comment tu as… ?

– Il y a une échelle dehors, derrière la grange. Le verrou de la fenêtre était cassé.

– C'était vraiment… je commence, à court de mots. C'était incroyable. Je n'en reviens pas que… Tu m'as sauvée.

– Je t'avais dit que je leur mettrais le feu s'ils essayaient de t'emmener. Je ne plaisantais pas.

– Sales petites garces, grommelle Duane, juste pour le plaisir, j'imagine.

– La ferme ! s'emporte Iris avant de fondre en larmes, ce qui le fait rire et me donne envie de le descendre.

Je devrais le descendre.

Ashley le ferait. Rebecca ne saurait pas comment s'y prendre. Samantha l'envisagerait peut-être. Haley n'hésiterait pas une seconde. Katie a été la première à me montrer de quoi j'étais capable.

Et moi, dans tout ça ?

– Iris, dis-je, ne sachant comment poursuivre.

Je suis en train de pointer une arme sur quelqu'un. Cette journée est horrible. J'ignore si Wes va bien. Iris a fabriqué une bombe et fait fondre le visage d'un type avec son jupon. Elle m'aime. Elle est parfaite. Je l'aimerai toujours. Visiblement, elle doit éprouver la même chose que moi : on dirait qu'elle va défaillir. À part prononcer son nom, je ne suis plus capable de grand-chose.

Elle renifle en s'essuyant les joues et frémit quand ses doigts s'approchent trop du bleu violacé qui descend sur son front. Duane ne bouge pas, mais il m'observe, au cas où une ouverture se présenterait.

Je ne lui ferai pas ce cadeau.

– Tu entends ça ? demande Iris en regardant brusquement en l'air. Un hélico.

Soudain, je suis moi aussi à deux doigts d'éclater en sanglots. De l'aide. Ils arrivent.

Mes doigts se crispent sur le pistolet. La punition. Elle est déjà là.

– Ils ne vont plus tarder, dis-je à Iris. Tu peux sortir pour leur faire signe ?

– Je ne veux pas te laisser avec lui.

– Je m'en occupe.

Elle hésite.

– Iris, il ne faut pas qu'ils nous ratent, j'insiste, même si je sais qu'ils repéreront la voiture.

– D'accord. Je reviens tout de suite.

À peine est-elle partie que Duane se met à rire. Le sang fait ressortir les lignes entre ses dents teintées de rose.

– Bon sang, qu'est-ce que t'es douée ! lâche-t-il alors que les premières sirènes retentissent au loin.

– Pas la peine qu'elle assiste à ça.

Il s'esclaffe de plus belle.

– J'aurais dû te descendre quand j'en avais l'occasion, dit-il.

– Eh oui, avec le recul.

Mon doigt est posé juste à côté de la détente, mais pas dessus. Pas encore.

– T'en es capable, au moins ?

Le truc, c'est que je crois bien que oui. Le plus intelligent serait de le tuer. Il le sait. Il parlera.

C'est pour ça que j'ai fait sortir Iris, non ?

Pourtant, mon doigt ne bouge toujours pas. Les sirènes se rapprochent. Ils seront là d'une minute à l'autre.

Son sourire s'élargit malgré sa brûlure.

– Tu vas les laisser m'arrêter, souffle-t-il. Tu n'es qu'une gamine stupide, et moi, un sacré veinard.

Il jubile et pousse un ricanement lugubre. Même si ça me débecte, il a raison.

– Vous ne valez même pas une balle, je réponds, dans un mélange de faiblesse et de vérité.

Je suis en train de choisir une voie que je ne suis pas prête à nommer, et pas le chemin le plus sûr pour m'en sortir.

Les sirènes gagnent en puissance.

– Tu étais bien cachée, mais maintenant, c'est fini. Je sais tout. À quoi tu ressembles, où tu vis, qui compte pour toi. Et il le saura, lui aussi, ajoute-t-il avec un sourire qui étire sa plaie incrustée de dentelle, sinistre et béante. Il te retrouvera.

Il me sort ça comme si j'allais tomber des nues, comme si ce n'était pas l'évidence qui guidait toute ma vie, et soudain c'est moi qui me mets à rire.

– Il aurait fini par me retrouver, de toute manière. Mais aujourd'hui, j'ai appris que j'étais capable de tout affronter. Même lui. Alors merci. J'avais des doutes, mais maintenant je sais que ce n'était pas que de la chance, la dernière fois. Je suis douée. Hyper douée.

Je lui décoche un de mes sourires perçants et féroces qui le font flipper.

– Tu es morte, réplique-t-il, mais je perçois la défaite dans sa voix tandis que les sirènes hurlent et qu'une projection de graviers heurte le mur de la grange, dans un couinement de freins.

Je secoue la tête.

– Au contraire. Ma vie ne fait que commencer.

Et puis Jessie et Lee déboulent dans la grange. Lee a un regard affolé que je n'ai pas vu depuis cinq ans.

Je suis en sécurité.

Le soulagement aspire toutes mes forces et je dois enfoncer mes talons dans le sol pour ne pas m'effondrer. D'autres adjoints arrivent dans un brouillard de bruit et d'action, mes oreilles fonctionnent par intermittence et du sang dégouline sur mon flanc, là où les graviers m'ont écorchée. Je remets le pistolet à Jessie tandis que le shérif passe les menottes à Duane, et puis Lee se plante devant moi.

– Où est Wes ? je demande aussitôt.

– Il va bien. Il a aidé tout le monde à sortir. Ils vont tous bien.

Mes yeux se révulsent presque tant je suis soulagée. Je m'effondre contre elle, mes genoux se liquéfiant une seconde avant que je me redresse de nouveau pour chercher Iris. Je ne la vois pas.

Duane rit encore quand ils l'emmènent, et son rire s'élève et s'enroule autour des poutres de la grange.

Lee me serre si fort dans ses bras que je pousse un gémissement de douleur. Elle se met à réclamer des ambulanciers en hurlant et à donner des ordres en claquant des doigts d'une main. L'autre continue de m'étreindre. Elle tremble si légèrement que ça ne se voit pas, mais je le sens.

– Iris, dis-je.

Je me retrouve flanquée de Jessie et de Lee, à moitié portée, à moitié escortée hors de la grange.

Les gyrophares de l'ambulance clignotent au loin et je m'immobilise brusquement lorsque je me rends compte que des secouristes se dirigent vers nous avec une civière.

– Pas question, je lâche.

– On ne discute pas, rétorque Lee avant de me pousser sur la civière.

Je la laisse faire, même si j'avais prévu de protester. Je tombe à la renverse, comme si j'avais besoin de ça.

Le monde tournoie et s'estompe un peu, mais j'entends toujours la voix de Lee et je sais que je ne risque rien. Je ferme les yeux. Juste une seconde. Ensuite je me redresserai et je serai attentive.

Sauf que je ne me redresse pas. Je sombre complètement, car je sais que Lee sera là. Iris aussi. Wes aussi. Ils vont tous bien.

Maintenant je sais que quand le monde reprendra de la netteté, je devrai affronter la vérité que je fuis depuis si longtemps : non, je ne suis pas en sécurité, je ne l'ai jamais été.

Je ne le serai jamais.

Du moins, tant que je ne construirai pas un sol stable sous moi… pour de bon, cette fois.

Quatrième partie

… c'est juste un autre truc à perdre.

(8-30 août)

— 62 —

13 h 20 (38 minutes de liberté)

2 clés de coffre-fort (cachées dans la poche de mon jean)

Je redescends vite sur terre quand les infirmières de l'hôpital commencent à nettoyer mes plaies. Malgré la lidocaïne, ça fait mal. Pendant qu'elles retirent des graviers, de la poussière et des débris divers de mes épaules et de mon flanc, Lee s'entête à me tenir la main tandis que je m'entête à lui demander d'aller prendre des nouvelles d'Iris et de Wes : *Cherche-les, assure-toi qu'ils vont bien, Lee, s'il te plaît.* J'ai besoin de savoir où ils sont.

– Je t'en supplie, dis-je, mais elle secoue la tête, aussi bornée que moi.

– Sinon c'est moi qui y vais, je la menace.

Mais quand je tente de résister à l'infirmière, celle-ci me cloue au lit, pas avec son corps, mais par un regard qu'on ne peut perfectionner que dans des urgences bondées de Californie du Nord.

– Tu as envie que ça s'infecte ? me lance-t-elle.

– Je veux mes amis, je réponds, mais pas à elle, à Lee.

– Elle est toujours comme ça ? demande l'infirmière.

– C'est une dure à cuire, répond ma sœur, une note de fierté dans la voix.

– *Elle* est juste là, et elle n'aime pas qu'on parle d'elle à la troisième personne, dis-je avec mauvaise humeur.

– Désolée, ma jolie, s'excuse l'infirmière en souriant. Tu as fait du super boulot, aujourd'hui. J'ai entendu les adjoints en discuter tout à l'heure.

– S'il te plaît, Lee, va chercher Wes et Iris.

– Ça suffit, Nora.

Je ferme la bouche, contrariée, car à son ton je sais que c'est définitif. Elle est encore blanche comme un linge, et on dirait qu'elle vient juste de se rappeler comment on respire normalement.

– Est-ce que ça va ? je lui demande. Ils devraient peut-être t'ausculter.

Oups. J'aurais mieux fait de me taire. Elle hausse un sourcil sarcastique avec un air si tétanisant que je me soumets presque.

– Je vais aller chercher plus de gaze, annonce l'infirmière, et à peine est-elle sortie que les épaules de Lee se contractent.

– Il faut qu'on parte ? demande-t-elle.

Elle n'arrête pas de frotter ses doigts contre son pouce, agitée comme elle l'est rarement. Un seul mot mal choisi et je vais me retrouver de l'autre côté de l'océan en moins de temps qu'il n'en faut pour le dire.

Je secoue la tête.

– Non. Tout va bien.

Elle se courbe sous l'effet du soulagement. Je devrais me sentir coupable, non ?

Pourtant, je ne ressens qu'une forme différente de soulagement, même si ajouter un secret à tout ce que je lui cache n'est pas idéal. Un jour, elle comprendra tout, je devrai lui rendre des comptes, et je crois que je ne serai jamais prête.

Peu importe, tant que ce n'est pas aujourd'hui. La journée a été assez dure comme ça. J'ai envie de dormir pendant un mois entier. De ne jamais me réveiller. Et j'ai vraiment, vraiment envie que ma bouche et mes épaules arrêtent de me faire souffrir.

– Bon, tu veux bien aller prendre des nouvelles d'Iris et de Wes pour moi, maintenant ?

– Nora, dit-elle, et soudain elle se met à pleurer, et malgré tout ce qui s'est passé c'est l'événement le plus surprenant de la journée.

C'est là que j'atterris : si elle refuse d'y aller pour rester avec moi, c'est forcément que quelqu'un est blessé. Wes. Wes est blessé, et elle n'ose pas me le dire. Elle attendait qu'on soit seules. Je m'assieds, mon champ de vision se rétrécit comme dans un tunnel, comme s'il n'y avait plus de lumière dans le monde, et j'essaie de respirer, de me préparer à l'entendre pour de vrai, mais elle continue de sangloter alors que j'ai vraiment besoin qu'elle parle.

– Putain, qu'est-ce que tu lui as fait ? demande quelqu'un.

– Wes ! je m'écrie d'une voix rauque.

Il se tient dans l'embrasure de la porte, et même de mon lit, je distingue l'odeur de la fumée sur sa peau et ses vêtements. À part un bandage sur le bras, il n'a rien. J'essaie de me lever, mais l'intraveineuse m'en empêche. Je me sens nauséeuse et j'ai la tête qui tourne, d'être passée de « Wes est pris au piège » à « Wes va bien », puis au pire des scénarios. Parce que c'est presque toujours le pire qui se produit. Mais pas aujourd'hui.

– J'ai enfin réussi à échapper à ma mère et je suis allé voir Iris, annonce-t-il. Elle va bien. Ils doivent juste lui faire passer des examens complémentaires. Euh, Lee ?

Elle s'efforce de ravaler ses larmes, en vain.

– Nora ? demande-t-il alors, à la recherche d'une bouée de sauvetage, parce que voir ma sœur pleurer, ça n'arrive, eh bien, *jamais.*

Je n'arrive qu'à secouer ma tête endolorie en essayant désespérément de me maîtriser.

Mais les larmes finissent quand même par couler sur mes joues. Au lieu de s'enfuir en courant – ce que, soyons honnêtes, je ferais à sa place –, Wes entre dans la chambre. Il s'assied au bord du lit et pose sa main sur mon pied, sûr que là, au moins, il ne risque pas de me faire mal, et nous restons là tous les trois, comme une famille mise en pièces, puis rapiécée à force d'amour, de soirées films et de randonnées dans les bois, de blessures soignées et de livres partagés et d'un chantage que je ne regretterai jamais. Une famille réunie alors que j'étais persuadée qu'elle ne le serait jamais plus.

Le monde extérieur est dur, et je le suis aussi. Mais ici, avec eux, je peux pleurer sans crainte.

— 63 —

15 h 00 (138 minutes de liberté)

2 clés de coffre-fort (cachées dans la poche de mon jean)

Après avoir nettoyé mes blessures et s'être assurés que je ne risquais pas de tomber dans le coma, ils me relâchent enfin et le médecin me donne le numéro d'une dentiste – j'ai un rendez-vous d'urgence avec elle demain matin pour soigner la molaire que Casquette Grise m'a cassée.

Lee accepte d'aller chercher mes antibiotiques à la pharmacie du rez-de-chaussée pendant que je vais voir Iris et que Wes va rassurer ses parents. Je me retrouve donc seule à hésiter dans l'embrasure de sa porte.

Elle a transformé sa blouse d'hôpital en robe de chambre ouverte sur son déshabillé rose en synthétique. Je connais très bien les petites fleurs bleues brodées le long du décolleté… ou, du moins, mes doigts les connaissent. Effeuiller toutes les couches d'Iris – métaphoriques et décoratives – est une pratique lente et minutieuse.

Je crois d'abord qu'elle dort, mais dès que j'entre dans la pièce, ses yeux s'ouvrent brusquement.

– Nora, souffle-t-elle.

– Hey.

Je me rapproche d'elle. Mon flanc m'élance, et quelque chose me dit que ce n'est pas près de s'arrêter, alors j'essaie de l'ignorer.

– Est-ce que ça va ? demande-t-elle. J'ai vu Wes et…

– Moi aussi. Je vais bien. Lee est allée me chercher des médicaments. Toi, est-ce que ça va ?

Il faut croire que l'hôpital est l'endroit idéal pour pleurer, car ses yeux s'emplissent de larmes.

– S'il te plaît, sors-moi d'ici, me supplie-t-elle, et ses yeux marron deviennent si grands, liquides et malheureux qu'on dirait Bambi après la mort de sa maman. Je t'en prie. Je déteste l'hôpital. Ils disent que ma tête va bien. Ils m'ont donné des antalgiques. Mais ils refusent de me laisser partir, uniquement parce que ma mère est encore à New York.

– Tu as réussi à la joindre ?

Elle hoche la tête, puis grimace en effleurant l'énorme bosse violette sur son front, qui est encore plus foncée que tout à l'heure. Elle a une mine épouvantable, pâle, maculée de bleus et de noir de fumée. Et elle est magnifique, vivante, autant à moi que je suis à elle. J'ai envie de me glisser dans son lit et de me blottir contre elle pour lui enlever toute sa douleur.

– Elle va sauter dans un avion, mais elle n'arrivera pas avant demain matin. Je ne veux pas rester là. S'il te plaît. Je veux m'en aller et comater devant un film débile avec une bouillotte. Nora. *S'il te plaît.*

Elle prend ma main et la presse presque plus fort que dans la banque.

– D'accord, dis-je, parce qu'elle a l'air si mal que j'en ai le cœur serré. Je vais demander à Lee de régler ça.

– C'est vrai ?

– Promis.

Après deux coups de téléphone, une dispute avec l'infirmière en chef et une téléconférence à trois entre Lee, le médecin d'Iris et sa mère, ils consentent enfin à la laisser sortir, sous la garde de Lee. Quand ils viennent la débrancher et l'autorisent à se rhabiller, le sourire qui s'épanouit sur son visage est comme un rayon de soleil qui se reflète sur la neige.

Ils l'installent dans un fauteuil roulant, mais elle ne proteste pas.

– Où est Wes ? demande-t-elle. Il a dit qu'il revenait.

– Je l'ai vu en bas, répond Lee.

– On va passer le chercher, dis-je à Iris, mais Lee me décoche un regard et secoue un peu la tête.

– Il est avec ses parents, Nora, explique-t-elle, comme si ça pouvait me faire quelque chose.

– On va le chercher.

Je ne devrais pas parler comme ça à ma sœur alors qu'elle est manifestement bouleversée, mais il n'est pas question que j'abandonne Wes après cette journée horrible qui aurait dû commencer par des donuts et des rancœurs et se terminer par, je ne sais pas, des frites, le pardon et notre amitié intacte.

Et pourtant, une fois de plus, tout a changé en l'espace de quelques minutes et de choix, bons ou mauvais, qui pourraient avoir entamé mes chances de survie.

Wes est bien dans le hall d'entrée, flanqué de ses parents, comme s'il avait besoin qu'on le protège du monde extérieur plutôt que de son père.

– Vas-y mollo, souffle Lee alors que nous sortons de l'ascenseur.

– Nora, dit Mme Prentiss en me prenant dans ses bras.

Son étreinte est brève, d'une douceur à pleurer, bien intentionnée. Je serre les dents et me laisse faire en me rappelant qu'elle a toujours de bonnes intentions.

– Et Iris, reprend-elle. Vous allez bien, toutes les deux ?

– Ça va, dis-je en regardant Wes. On rentre à la maison.

– Je viens avec vous, lance-t-il aussitôt.

Mme Prentiss s'écarte un peu de moi ; je la vois se raidir.

– Wes, intervient le maire, et je plisse les yeux.

– Chéri, j'ai vraiment envie que tu rentres à la maison avec moi, ajoute sa mère d'une voix implorante. Lee Ann, s'il vous plaît.

Elle prononce cette dernière phrase à voix basse, les joues rouges d'une humiliation qu'aucune mère ne voudrait connaître.

Wes se penche et l'embrasse sur la joue.

– Je t'aime, maman. Je rentrerai demain matin pour le petit déjeuner, avant qu'on aille au bureau du shérif pour ma déposition.

– D'accord, dit-elle en lui caressant le bras d'une main tremblante, essayant en vain de sauver la face.

Derrière elle, le maire garde un silence glacial, mais la déception suinte de tous ses pores. Il regrette sans doute que je n'aie pas été abattue ou carbonisée. Ça lui aurait facilité la vie.

Nous sortons de l'hôpital. Lee pousse le fauteuil roulant d'Iris, et Wes et moi fermons la marche, comme si nous devions encore veiller les uns sur les autres.

Nous traversons le parking en direction du pick-up de Lee. Le soleil brille. Ça me fait drôle qu'il fasse encore jour, il ne s'est même pas écoulé une journée entière alors que tout a changé.

Ma sœur nous installe délicatement sur le siège arrière, meurtris et sensibles à plus d'un égard. Ça prend un certain temps, car les antalgiques que m'ont donnés les médecins commencent à faire effet, et je n'arrive pas à boucler ma ceinture de sécurité.

– Mon Dieu, soupire-t-elle en repoussant doucement mes mains pour m'attacher. Tu es complètement shootée. Vous aussi ?

– Je n'ai eu que de l'oxygène et de la crème pour les brûlures, répond Wes.

Iris se contente d'agiter vaguement les doigts, ce que Lee doit prendre pour un oui.

– Je te nomme donc capitaine de soirée, dit Lee à Wes. Ne les laisse pas aller dans la piscine ou je ne sais quoi quand on sera à la maison.

– Je vais bien ! je proteste.

– Pas moi, soupire Iris en s'appuyant contre la vitre. J'ai envie de m'allonger.

– Bientôt, promet Lee en montant à l'avant. En tout cas, je ne peux pas vous enlever ça : avec vous, je ne m'ennuie jamais.

– Avoue que tu nous aimes, réplique Wes avec aisance, comme si ça allait de soi, alors que ça n'a jamais été le cas, pour Lee et moi, et c'est d'ailleurs peut-être pour ça qu'on l'a incorporé à notre famille tel un ingrédient qui lui manquait.

– C'est vrai, admet Lee. Je vous aime.

— 64 —

19 h 25 (403 minutes de liberté)

2 clés de coffre-fort (planquées dans ma chambre)

Le soleil se couche, et on est toujours en vie.

Nous sommes dans le salon de jardin, près de la piscine. Il fait chaud à cette période de l'année, sec au point que ça en devient dangereux au moment où se profile le pic de la saison des incendies. Mais ce soir, tout est calme, le ciel chatoie d'une chaleur orangée tandis que l'obscurité s'installe.

Iris porte mon pyjama, Wes le tee-shirt College of the Siskiyous qui appartient à Lee même si elle n'y est jamais allée, et je suis enveloppée dans mon peignoir, car rien que l'idée d'enfiler un tee-shirt sur ma peau à vif me paraît infernale. Je presse une poche de glace contre ma joue et j'en ai deux autres pour plus tard.

Lee nous surveille depuis la maison, mais elle n'essaie pas de nous faire rentrer pour dormir. Pendant un long moment, Iris contemple le reflet des étoiles sur l'eau, et Wes fait une partie de solitaire avec un jeu de cartes qu'il est allé chercher dans sa chambre. Il ne s'interrompt que lorsque Iris prend enfin la parole.

– Je ne voulais pas qu'il meure.

Il me faut une seconde pour comprendre qu'elle parle de Casquette Rouge. J'imagine qu'on connaîtra son nom dans les prochains jours. Il avait peut-être des proches. Une famille.

– Ce n'est pas toi qui l'as tué, dit doucement Wes. C'est son complice.

– Mais si je n'avais pas fabriqué cette bombe, peut-être qu'il…

– Duane l'aurait tué quand même, Iris, j'interviens, sans prendre de pincettes, car la vérité est trop horrible pour ça. Son plan d'évasion, c'était la grenade, et elle était dans la poche de Casquette Rouge depuis le début. Il n'avait aucune chance de s'en sortir vivant. Et si tu n'avais pas fabriqué cette bombe, on ne serait plus là non plus.

Elle secoue la tête, comme pour en déloger son sentiment de culpabilité. Lee lui a donné une bouillotte pour son ventre, et elle s'enroule autour d'elle comme une chenille.

– N'y pense plus, je lui conseille, car c'est ma devise. Enferme ça quelque part en toi.

– Tu peux aussi en parler, intervient Wes en me lançant un regard sévère, réprobateur.

Soudain, je me rends compte que je ne réagis pas comme il faudrait. « Elle n'est pas normale. » Cette phrase résonne dans ma tête. Comme Raymond lui-même, elle me hantera à jamais.

– Qu'est-ce qu'on va raconter au shérif, demain ? demande Iris.

– La vérité, je réponds. Qu'on s'est tenus tranquilles jusqu'à ce que se présente une opportunité d'agir, quand ils nous ont laissées seules dans les toilettes. On l'a saisie, mais ils nous ont maîtrisées. Ensuite, dans la grange, on a pris le dessus.

– Seulement un résumé, alors. Qu'est-ce qui se passera s'il parle ?

– Ça m'étonnerait qu'il le fasse. Il a déjà un casier, il sait qu'il va plonger pour un long moment, peu importent les informations qu'il livrera. Vu qui je suis… elles lui seront beaucoup plus précieuses là où il va.

– Tu vas t'enfuir ?

Ce n'est pas Iris qui me pose cette question. C'est Wes.

Je me tourne vers lui, et la profondeur de tout ce qu'il sait et de tout ce que nous avons enduré ensemble et séparément me submerge presque.

– Non. Et c'est justement pour ça qu'on doit faire attention. À cause de Lee. Ne regarde pas dans sa direction, j'ajoute, alors qu'il commence instinctivement à se tourner vers la maison, d'où elle nous surveille sans doute encore. Il ne faut pas qu'elle soit au courant. Elle pense que ma couverture est clean. Elle doit continuer à le croire.

– Sinon ? demande Iris.

– Sinon on peut lui dire au revoir, répond Wes, et je ne peux que hausser les épaules, impuissante, quand Iris me regarde comme si elle s'attendait à ce que je le contredise.

– Si elle apprend que Raymond est sur le point de découvrir qu'Ashley Keane est devenue Nora O'Malley, elle m'assommera et me collera dans un avion avant que je revienne à moi.

– Il le saura dans combien de temps, d'après toi ? me demande Wes.

Il a beau se la jouer nonchalant, sa voix et la lueur dans ses yeux font passer un message différent. Ça fait des années non seulement qu'il est au courant, mais aussi qu'il vit avec les conséquences de toute cette histoire. Il m'a entendue hurler dans mon sommeil, de l'autre côté du couloir, tout comme je l'ai entendu faire les cent pas et s'agiter tard le soir, en partie par insomnie, en partie pour éviter ses propres cauchemars.

Je le comprends. J'ai réussi à étrangler métaphoriquement le sale type qui faisait du mal au seul garçon que j'aie jamais aimé. Lui veut étrangler *littéralement* celui qui m'en a fait. Mais il faut qu'il attende son tour.

– On a combien de temps pour se préparer ? renchérit Iris en se redressant, comme si elle allait sortir un carnet et un crayon de la poche de mon pyjama.

Je hausse les épaules.

– Si ça se trouve, il est déjà au courant. Ou alors il l'apprendra dans six mois. Tout dépend des contacts de Duane et de la rapidité avec laquelle ils pourront lui faire parvenir cette information en prison.

Cela dit, ça m'étonnerait que ça prenne plus d'un mois. Duane sera déterminé. Raymond impatient. Ils vont probablement sympathiser pendant une bonne vieille fête sur le thème « Ashley m'a bien eu ». Duane parlera, Raymond saura enfin, et je deviendrai ce que ma sœur redoute le plus : une cible facile.

– On discutera de tout ça plus en détail après avoir fait notre déposition au bureau du shérif, dis-je. Avant de faire des plans, il faut déjà qu'on s'en sorte demain.

Nous répétons notre version des faits trois fois de suite, jusqu'à la maîtriser parfaitement. Puis Wes rentre quelques minutes dans la maison, et Iris s'étend sur une chaise longue, coinçant l'un des coussins sous sa tête. Quand il revient avec une autre bouillotte pour elle et des couvertures pour nous tous, Iris est déjà à moitié endormie. Ses paupières effleurent les taches sombres et violettes sous ses yeux. Elle tressaute lorsque je ramène une mèche de cheveux derrière son oreille, puis elle s'apaise et sombre dans le sommeil tandis que Wes et moi nous installons de chaque côté d'elle.

– Tu as envie de dormir ? me demande-t-il.

– Ça ne risque pas.

L'engourdissement commence à s'emparer de moi ; il me permettra de tenir le coup jusqu'à demain. Je m'effondrerai après avoir parlé avec le shérif.

Il me tend une bouteille d'eau.

– J'ai promis à Lee que je te ferais boire ça.

– Comme si de la flotte allait tout arranger, dis-je en la posant sur mes genoux.

– Ça ne pourra pas te faire de mal, répond-il en haussant les épaules.

Son téléphone vibre. Ça n'arrête pas depuis qu'il a quitté l'hôpital avec moi et pas avec ses parents.

– Lui ou elle ?

– Elle.

J'éprouve une pointe de culpabilité. Mme Prentiss n'est pas une mauvaise personne. Elle aime son fils. Mais elle reste avec son mari, et j'ai beau m'efforcer de ne pas lui en vouloir, la plupart du temps j'échoue. Je me demande souvent pourquoi, et à ma grande honte, je m'emporte parfois contre elle mentalement, comme si c'était sa faute, alors qu'il n'y a qu'un seul coupable.

Elle aussi est une victime. Une partie de moi le comprend.

Mais une autre, plus importante, choisira toujours de faire passer le bien-être de son fils avant le sien, parce qu'il faut bien que quelqu'un le fasse.

– Tu dois rentrer ? je m'enquiers.

– Je ne vais nulle part, répond-il en observant Iris, un sourire aux lèvres. J'aurais bien voulu la voir jeter ce jupon en flamme sur la tête de ce connard.

– C'était génial.

– *Elle* est géniale, précise-t-il, et son regard croise le mien, soudain sérieux. Tu m'as fait passer pour un con le mois dernier, quand je t'ai dit que je pensais qu'elle t'aimait bien.

– Je suis désolée.

C'est vrai. J'aurais pu trouver un autre moyen d'esquiver le sujet, plutôt que de le faire douter.

– Tu aurais pu m'en parler.

– Je n'avais pas envie.

Pas terrible, comme réplique, mais c'est la vérité, et il se laisse aller contre une pile de coussins jaunes en se retenant de rire pour ne pas réveiller Iris.

– Je me suis conduite comme une lâche. Je pensais que j'arriverais à tout contrôler, cette fois. La façon dont elle découvrirait mon histoire, la façon dont tu découvrirais notre histoire. Je voulais que ce soit net, neuf et… acceptable, disons. C'était puéril, d'espérer pouvoir présenter mon passé sous un jour positif, ou décent. Il n'est ni l'un ni l'autre.

– Mais toi si.

Ces trois mots, pourtant si simples, me touchent en plein cœur. Ils ébranlent tout mon univers, encore plus que ceux qu'il a prononcés quand on avait quinze ans et que, brisés, on chutait et guérissait en même temps.

C'est vrai ? Je suis quelqu'un de décent ? Quelqu'un de bien ?

– Je tenais Duane en joue, j'avoue doucement. Le shérif n'était pas encore arrivé. J'aurais pu…

– Non. Tu n'aurais pas pu.

Non.

Je n'aurais pas pu.

– Elle l'aurait fait, elle.

Inutile de préciser que je parle de ma mère. Il sait lire entre mes lignes comme personne, car lui seul a entendu les histoires de toutes les filles qui me constituent.

– Elle n'aurait pas hésité, je poursuis. Ç'aurait été lui ou elle. Facile.

– Tu n'es pas elle.

– Tu n'en sais rien. Tu ne la connais pas.

– Je te connais, toi.

– En effet, je concède, et même si je ne vois pas son sourire dans le noir, je le sens.

– Et tu me connais, ajoute-t-il.

– Oui.

– Je remuerais ciel et terre pour toi.

Ce secret révélé pourrait paraître romantique, mais il ne l'est pas. C'est un fait, au même titre que mon nom et que ma véritable couleur de cheveux et que toutes les histoires derrière mes cicatrices – encore des choses que lui seul connaît.

– Et moi, je les réduirais en cendres pour toi.

– Tu as bien failli le faire aujourd'hui, fait-il remarquer.

– C'était moi, en fait, murmure soudain Iris.

Un rire douloureux s'échappe de mes poumons ; un son étrange.

– Au temps pour moi, répond Wes en tentant de réprimer un sourire.

– Je ne vais quand même pas la laisser s'attribuer les mérites de mes talents pyrotechniques, renchérit-elle, parvenant à prendre un ton guindé alors qu'elle est écrasée entre nous deux et tout un tas de coussins. Maintenant, essayez de dormir. Vous vous jurerez une loyauté éternelle plus tard. Si vous voulez, je tresserai des couronnes de fleurs et je mettrai même une jolie robe.

– J'aime bien les coquelicots, dit Wes.

– C'est noté.

– Toutes tes robes sont jolies, j'ajoute.

– Je sais. Maintenant, *par pitié*, j'ai vraiment besoin de dormir. Quand l'avion de ma mère va atterrir, elle va se transformer en tornade émotionnelle.

– Lee doit aller la chercher à l'aéroport, dis-je gentiment. Elle réussira à la calmer sur le trajet.

– On m'a prise en otage dans une banque. Elle ne sera plus jamais calme. Elle va m'acheter un de ces sacs à dos pour bambins équipé d'une laisse et elle ne me lâchera plus.

Wes se retient d'exploser de rire en se pinçant les lèvres de toutes ses forces. Je fais pareil avant de reprendre la parole ; sa mère est surprotectrice… et désormais, je comprends mieux pourquoi.

– Tu vas bien maintenant, je lui rappelle, *et* tu nous as sauvés.

– Ce dernier point ne va pas arranger mon cas.

– Qu'est-ce qu'il faudrait, alors ? demande Wes.

– Dormir ! répond-elle, les paupières lourdes. J'ai juste besoin de dormir un peu jusqu'au prochain coup de semonce qui me laissera à deux doigts de la commotion cérébrale.

Il s'allonge donc sur sa droite, et moi sur sa gauche.

Nous nous recourbons autour d'elle comme deux parenthèses ; Iris est une phrase précieuse entre nous, abritée entre nos genoux recroquevillés et nos mains jointes sous nos mentons, nos respirations glissant dans cet espace qui nous constitue tous les trois désormais, avec tous nos secrets, révélés ou non.

Le monde s'incline de nouveau. Mais j'ai des gens à qui me raccrocher. Des gens pour qui me battre. Et c'est tellement mieux que de se battre uniquement pour soi.

Je ne dors pas. Je les contemple, ces deux personnes qui sont devenues le noyau de ce que je suis, à l'instar de ces filles qui ont vécu sous ma peau, et je pense à tout ce que j'ai à perdre.

C'est trop. Et je ne suis pas à la hauteur.

Et pourtant, il va bien falloir que je le sois.

— 65 —

18 août (10 jours de liberté)

2 clés de coffre-fort (planquées dans ma chambre)

Il faut dix jours pour que les premières discussions sur Ashley Keane apparaissent sur Internet. Pas de détails – pas encore. Et rien de vraiment inhabituel à cette période de l'année. Mais ça suffit à me donner la confirmation dont j'ai besoin : il sait où je suis.

Wes se pointe après le petit déjeuner le matin où mes alertes web commencent à s'affoler. Ces derniers temps, sa mère insiste pour qu'il reste à la maison, et ça faisait une paye qu'on n'avait pas eu ce genre de bras de fer avec elle.

– Tu as vu ? me demande-t-il.

Je hoche la tête en portant mon index à mes lèvres. Lee est dans la cuisine, en train de manger le porridge que je lui ai préparé. Elle va même aller travailler, aujourd'hui.

– On va faire un tour en voiture, dis-je à Wes.

Il prend le volant et nous quittons la ville en direction d'un des points de vue de la route sinueuse qui monte vers les nuages. Je descends sans un mot lorsqu'il se gare, puis j'abaisse le hayon et on s'assoit dans la benne.

– Ils se sont remis à buzzer sur Ashley, commence-t-il. J'espérais que ça prendrait plus de temps.

– Mais il n'y a ni description ni localisation. Il ne veut pas ébruiter ses infos, on dirait.

– Qu'est-ce qu'on va faire ?

La benne du pick-up s'étire entre nous, gouffre de plus en plus béant, et lui seul peut m'envoyer une corde de sauvetage. Quand je lui ai avoué qui j'étais, j'ai tout déballé. Y compris mon plan de secours, dont même Lee ignore l'existence.

Il a tenté une fois de me dissuader de me lancer là-dedans, et quand il s'est rendu compte qu'il n'y parviendrait pas, il a décidé de m'aider. Mais j'ai eu peur que ce soit trop risqué. Ça met tellement plus de choses en péril. Lui, elle, nous tous.

Je devrais peut-être partir, et je le fais remarquer à voix haute.

– Putain, qu'est-ce que tu racontes, Nora ? s'emporte-t-il, et son incrédulité réussit à me sortir du dégoût que je m'inspire. Tu veux vraiment passer toute ta vie à fuir ?

– On fuit tous quelque chose, non ?

– Arrête, on dirait que tu as lu ça sur un mug.

Voilà le problème, avec Wes : il a supporté mes conneries plus longtemps que quiconque, et maintenant qu'il arrive à les identifier, il ne les tolère plus.

– Tu m'as assuré que tu ne partirais pas, reprend-il calmement. À Iris aussi. Elle ne sait pas qu'à moins que tu ne dises « promis », tes engagements peuvent être un peu fluctuants.

– Hey ! je commence à protester, mais mes arguments s'éteignent sur mes lèvres, s'envolent dans les airs.

Il a raison. Je n'ai pas dit « promis ». Juste au cas où. Et ça ne lui a pas échappé. Iris ne pensait pas qu'elle devait se méfier. Il la mettra probablement au parfum lors de la prochaine réunion du club « Nora m'a menti ».

– Je ne vais pas m'enfuir. C'est *promis.*

Je distingue dans ses yeux une chaleur qu'il ne dissimule pas mais qu'il ne veut pas que je voie, alors je l'ignore.

– Tant que Lee ne se doute de rien, j'ai une idée pour mon plan de secours. C'est risqué et probablement voué à l'échec, mais c'est la seule qui me laisse un vague espoir de ne pas y rester.

– Je t'écoute.

Je lui raconte tout ce à quoi j'ai pensé, et quand j'ai terminé, il garde le silence. J'ignore s'il est sous le choc ou s'il réfléchit.

– On savait que ça finirait par arriver, dis-je, incapable de supporter plus longtemps ce silence, son expression, *toute cette merde.*

– Le FBI… commence-t-il, mais il s'interrompt quand je secoue la tête.

Il soupire et passe une main dans ses cheveux, frustré. C'est une vieille dispute entre nous.

– Je ne sais pas quoi faire d'autre.

– Moi non plus, reconnaît-il.

– Je n'en ai pas envie, cela dit.

J'ai besoin qu'il le sache, tout autant que j'ai besoin de l'admettre à voix haute. Je suis terrifiée. Je suis en train d'affronter ce que je fuis depuis mes douze ans. Les conséquences fondent trop vite sur moi… et je ne vois pas d'autre solution que de foncer à leur rencontre.

– Je sais, dit-il en relevant la tête vers le ciel, et le soleil le baigne d'une lumière dorée. Tu vas en parler à Iris ?

– Je suis bien obligée, sinon c'est toi qui vas le faire.

– Les filles… lâche-t-il, les yeux plissés, amusés.

– Le drame de ta vie ? je demande d'une voix mi-mielleuse, mi-acide.

– La famille que j'ai toujours voulue, répond-il, parce qu'il n'y a rien d'acide en lui ; rien que de la douceur et peut-être une pointe de sarcasme quand les circonstances l'exigent, ce qui n'est pas le cas maintenant.

– Ce que tu peux être fleur bleue, je lance en lui donnant un coup de pied pour ne pas me mettre à pleurer.

C'est une façon de lui offrir une porte de sortie et il l'accepte volontiers en me frappant à son tour ; on est doués pour contourner les mines émotionnelles.

– Iris ne va pas aimer. Elle va vouloir t'accompagner.

Je fixe un instant la pièce de tissu qu'elle a cousue sur le jean de Wes, petit éclat de jaune sur le bleu.

– Je dois y aller toute seule.

– Je sais, mais elle veut te protéger. Il va lui falloir un moment pour comprendre que c'est toi qui protèges les autres.

– Tu crois que j'ai tort ?

Je ne peux pas m'empêcher de lui poser cette question.

– Non. C'est juste qu'avant, je pensais que c'était mon job.

– Je n'ai jamais eu besoin que tu me protèges, dis-je doucement.

– Je sais.

– Non, Wes.

Je ne prends pas sa main. Je ne glisse pas mes doigts entre les siens. Mais l'intensité de ma voix suffit à le faire changer de position.

– Je n'en ai jamais eu besoin parce que tu as été le premier garçon qui ne me menaçait pas.

Il faut croire que je ne l'avais jamais formulé comme ça ; ses yeux deviennent étrangement brillants, et je ne l'en aime que plus. Je l'ai aimé de tant de manières différentes, comme personne avant lui. D'abord en tant qu'ami, joyeusement, car c'était tout nouveau, puis je suis tombée amoureuse de lui avant même de savoir ce que c'était, et on a survécu ensemble à tout ça en devenant des Franken-Friends. Une famille.

– Tu veux y aller quand ? demande-t-il, changeant de sujet, et je suis le mouvement, parce que j'essaie d'apprendre la grâce qu'Iris et lui possèdent.

– La prochaine fois que Lee quittera la ville pour le boulot. Elle me préviendra au dernier moment. Il faudra que tu me couvres.

– Ne traîne pas trop si tu ne veux pas qu'elle te calcule.

– Je ferai juste l'aller-retour.

Son téléphone vibre dans sa poche.

– Encore ta mère ? je demande, luttant contre l'agacement.

– Non, c'est Amanda.

Il répond à mon sourire idiot par un sourire timide.

– Elle m'a envoyé un texto, la semaine dernière. Terry a raconté à tout le monde qu'on avait failli y passer.

– Je suis étonnée que ça ait mis autant de temps. Terry, pas le texto d'Amanda. Vous avez discuté ? Elle se faisait du souci pour toi ? Qu'est-ce qu'elle a dit ? Fais voir !

– Non ! s'exclame-t-il en plaquant son portable contre sa poitrine.

– Je parie que tu vas les montrer à Iris, je marmonne en faisant la moue.

– Elle est de meilleur conseil que toi en matière de relations amoureuses.

– C'est *moi* qui suis sortie avec toi !

Il s'esclaffe, et je résiste de peu à l'envie de lui décocher un deuxième coup de pied.

Le soleil est haut dans le ciel. On rit, et je savoure ce moment comme s'il allait bientôt nous être volé, sachant que, demain, la voleuse, ce sera moi.

— 66 —

19 août (11 jours de liberté)

2 clés de coffre-fort, 1 faux acte de naissance

J'ai attendu que ce ne soit plus une scène de crime et que les ouvriers aient commencé les travaux. La banque est toujours fermée, bien sûr, mais les deux fois où je passe devant en reconnaissance, la voiture d'Olivia, la dame du guichet, est garée sur le parking. Du coup, je me lance.

– C'est fermé, m'informe un ouvrier.

Néanmoins, Olivia lève les yeux et me voit. Elle a un bras en écharpe ; il l'a tailladée, le jour du braquage. C'était ça, le hurlement qu'on a entendu. Mais on dirait qu'elle se remet.

– C'est bon, dit-elle à l'ouvrier. Tu t'appelles Nora, c'est bien ça ?

Je hoche la tête.

– C'est vrai qu'on ne nous a pas présentées officiellement. Comment vous vous sentez ? Vous allez bien ?

– C'est juste un peu douloureux, répond-elle en balayant du regard les bleus et les bosses qui ont presque entièrement disparu de mon visage. Et toi ?

Ça me fait bizarre de me retrouver ici avec elle. La dernière fois, on était toutes les deux aussi apeurées, mais c'est elle qui s'est écroulée. Or aujourd'hui, elle a repris son rôle d'adulte, et je suis censée jouer celui de l'enfant. Sauf que je n'en suis pas vraiment une. Et elle, elle est la cible.

– Je vais bien. Je suis vraiment désolée de vous déranger. Je sais que l'agence est fermée, mais ma sœur garde nos papiers importants dans un coffre depuis un incendie. (Je sors les clés de ma poche.) Je dois rendre mon dossier de demande de bourse dans deux jours et j'ai besoin de mon acte de naissance.

– Ah, mince, répond-elle en fronçant les sourcils. Je ne suis pas censée laisser descendre quelqu'un.

– Ce n'est pas grave. Je comprends tout à fait. De toute façon, j'avais peu de chances de l'obtenir. Et puis il y a toujours les prêts étudiants.

J'appuie là où ça fait mal : j'ai effectué assez de recherches sur elle pour savoir qu'elle a dû contracter un gros emprunt pour payer les études de ses enfants.

– Tant que tu as la clé, dit-elle lentement, on va dire que ce n'est pas bien grave.

Je souris avec un soulagement sincère.

– C'est vrai ? Vous me sauvez la vie ! Sinon ma sœur m'aurait tuée. J'avais trois mois, en fait. J'aurais dû venir chercher ce papier plus tôt.

Elle me sourit avec une indulgence maternelle et attendrie.

– Je n'ai pas lâché mes filles une seule seconde au moment des inscriptions à la fac. C'est tellement compliqué.

– C'est sûr, dis-je tandis qu'elle me conduit vers l'arrière de la banque.

Nous demeurons silencieuses quand nous passons à l'endroit où la moquette a été découpée. Je suppose qu'ils n'ont pas réussi à enlever tout le sang.

– Vous avez revu Casey ? je demande.

– J'ai parlé avec sa mère. Vous avez veillé sur elle, tous les trois. Je ne peux pas vous dire… Vous êtes de bons petits, dit-elle finalement, la voix serrée par l'émotion.

Je pose ma main sur son épaule, et ce n'est pas pour la manipuler que je réponds :

– C'est courageux de votre part de revenir ici.

Elle lâche un rire tremblant.

– Oh, je n'ai pas le choix, ma jolie. J'ai des bouches à nourrir et un emprunt à rembourser.

Elle se racle la gorge et déverrouille la porte à barreaux d'acier qui mène à la salle des coffres.

– Appelle-moi quand tu as fini, d'accord ?

– Entendu.

J'entre et j'attends que le bruit de ses pas s'évanouisse pour passer à l'action. Je ne me dirige pas vers le coffre où Lee garde le plan de sauvetage n° 3 (sur 12), mais vers le 49, et j'insère la clé que j'ai trouvée dans le bureau de Frayn. La porte s'ouvre, et j'essaie en vain de sortir la boîte. Je ne sais pas à quoi je m'attendais, mais pas à ce qu'elle pèse aussi lourd, et soudain je comprends de quoi il s'agit. Je savais que ça aurait de la valeur ; je pensais à du cash. À de vieilles pièces de monnaie. Des stock-options ou des œuvres d'art. Un tas de bijoux dont on aurait pu retirer les diamants. Quelque chose dans le genre.

En revanche, je ne m'attendais pas à trouver de l'or, caché sous un exemplaire écorné du *Vent dans les saules*. Et je ne parle pas d'un flacon rempli de minuscules pépites ; non, de six lingots de douze kilos et quatre cents grammes chacun.

Une bonne raison de braquer une banque. Plus de quatre millions de raisons, car c'est à peu près ce que ça vaut, si j'en crois la recherche rapide que j'effectue sur mon téléphone.

Merde alors. Je jette un coup d'œil derrière moi, sachant que je dispose d'un temps limité. Si je tarde trop à récupérer mon « acte de naissance », Olivia viendra voir ce que je fais.

Je me suis renseignée : Howard Miles, le propriétaire du coffre, était un veuf sans famille ni héritiers. Il est mort et il n'y avait personne à qui remettre ce magot, personne au courant de son existence. Est-ce que le père de Casey lui a volé les clés ? Est-ce que Miles les lui a confiées ? Je n'ai pas l'intention de lui poser ces questions, et lui non plus n'en parlera pas de sitôt, s'il a des avocats ne serait-ce qu'à moitié compétents. Peu importe, au final. C'est moi qui ai les clés.

Un frisson descend le long de ma colonne vertébrale. La tentation, oh, la tentation…

L'argent vous permet de vous enfuir, si le besoin s'en fait sentir. Et il vous donne la possibilité de vous défendre, si c'est votre choix.

Mes doigts se crispent autour de la boîte. De qui je me moque, là ? Ce n'est pas pour ça que j'ai pris mon sac à bandoulière ? Ce n'est pas pour ça que je n'ai dit à personne que j'avais les clés ? Wes n'aimerait pas ça. Iris… à vrai dire, je ne sais pas trop ce qu'elle dirait. « On se ressemble plus que ce que tu crois. » Est-ce qu'elle comprendrait ?

Je ne suis pas venue ici pour satisfaire ma curiosité, mais pour être celle que je suis vraiment : une fille qui se sort de tout ce qui lui tombe dessus.

Je prends donc deux lingots. Je laisse les autres uniquement parce que ce serait trop lourd, pas parce que je suis soudain frappée par une sorte de force morale. Je glisse l'or et le livre dans mon sac, et je remets le coffre dans sa cavité avant de le verrouiller. Bien à l'abri, caché de tous, et moi seule en possédant la clé. Au moment où j'entends claquer les talons d'Olivia dans l'escalier, je suis déjà de l'autre côté des barreaux en acier, serrant contre ma poitrine l'acte de naissance que j'ai apporté.

– Vous êtes la meilleure, dis-je avec reconnaissance, et elle sourit de nouveau. Si par miracle j'obtiens cette bourse, je vous invite à dîner.

– Je suis contente d'avoir pu t'aider. Après cette dernière semaine et demie, je crois qu'on a tous besoin d'un petit coup de pouce.

– Je ne vous le fais pas dire.

C'est précisément ce qui vient de m'arriver.

Je la suis dans l'escalier, gardant les épaules droites malgré le poids de mon sac.

– Merci encore, dis-je.

Elle m'adresse un signe de la main avant de retourner s'asseoir derrière son bureau… et je sors tranquillement de la banque avec la plus grosse prise de ma vie, comme si de rien n'était.

Mes mains ne se mettent à trembler que lorsque je quitte le parking, mais je me contente d'appuyer plus fort sur l'accélérateur, fonçant sur la longue route en ligne droite, allant de l'avant.

Mon plan se solidifie déjà dans mon esprit.

Étape 1 : réserver un vol.

Étape 2 : le défier.

Étape 3 : m'en sortir, d'une façon ou d'une autre.

— 67 —

25 août (17 jours de liberté)

1 longue perruque blonde avec frange, 1 jupe écossaise vintage, 1 cardigan en cachemire noir, 1 palette de maquillage franchement impressionnante

Iris démêle avec ses doigts des cheveux qui ne sont pas les miens. Je sens la pression à travers le filet de la perruque. Elle se baisse et fait la moue en tirant dessus pour la redresser un peu.

Puis elle recule d'un pas et examine son œuvre tout en se tapotant le bras avec le peigne.

On a attendu que mon visage guérisse, et maintenant je suis si nerveuse que j'ai mal au ventre, comme le jour où je lui ai demandé de m'aider. Je n'ai pas envie de me retourner pour me voir dans le miroir. Je ne ressemble plus à ça depuis mes douze ans. Non : je n'ai *jamais* ressemblé à ça. La version presque adulte des filles n'a jamais foulé ce monde, et je préfère interroger Iris du regard que mon reflet.

– Alors ?

– Tu veux la vérité ?

Je me lèche les lèvres : le gloss est poisseux, et je n'aime pas cette sensation, sauf quand Iris m'embrasse.

– Ouais.

– Tu es mieux avec les cheveux courts. Et tes tee-shirts, et tes rangers. Tu as l'air vraiment bizarre, là. Enfin, non, pas *bizarre*, juste… pas toi. Du tout. En fait, tu ressembles à Brigitte Bardot.

Je lui ferais bien les gros yeux, mais j'ai peur que le mascara coule.

– Qui ça ?

Elle désigne le collage qu'elle a fait avec des photos d'actrices de cinéma et des publicités de mode rétro. Il suffirait que sa mère observe un peu sa chambre pour deviner qu'elle aime les filles, mais les hétéros préfèrent toujours nous prendre pour des copines plutôt que d'affronter la réalité – même quand elle est accrochée sur les murs.

Je regarde l'actrice qu'elle me montre, puis je me retourne et me fixe dans le miroir de sa coiffeuse.

Tout ce que je vois, c'est ma mère et des souvenirs. Mais avant que je ne me perde dans ces réminiscences épineuses, la porte s'ouvre brusquement et Mme Moulton apparaît.

– Iris, est-ce que Nora et toi voulez… ? Oh.

Elle s'arrête net en m'apercevant.

– Nora ! Tu es…

Elle se tait, sourcils froncés, complètement déstabilisée par ma transformation. Tant mieux. Je ne veux pas ressembler à Nora quand j'irai là-bas.

– J'envisage de m'occuper du maquillage et de la coiffure pour la comédie musicale des terminales, intervient Iris. Nora a accepté de me servir de cobaye. Sa sœur m'a prêté des perruques qu'elle utilise pour son boulot de détective. Qu'est-ce que tu en penses ?

– C'est très Brigitte Bardot.

– C'est exactement ce que je viens de dire !

Elles échangent un sourire chaleureux et complice.

– Tu es toujours magnifique, poursuit Mme Moulton en me souriant. Mais ce look te va bien aussi. Tu as fait du beau travail, Iris. La section théâtre a de la chance.

– Merci, répond Iris avec naturel, comme si elle ne venait pas juste d'inventer ce mensonge.

– Vous voulez manger quelque chose ? J'allais commander une pizza. Moitié végétarienne, moitié pepperoni ?

– Très bien, dit Iris. Nora ?

– Ce serait super. Merci.

– Je hurle quand elle arrive, annonce sa mère en refermant la porte derrière elle.

Nous gardons le silence un moment. Iris joue avec le col du cardigan en cachemire noir qu'elle m'a fait enfiler. Finalement, elle relève les yeux et croise mon regard dans le miroir.

– Tu es douée pour inventer des trucs à chaud, fais-je remarquer en prenant soin de ne pas appeler ça *mentir*, même s'il s'agit bien de ça.

– C'est à force de contourner les règles de mon père, répond-elle en haussant les épaules.

Soudain, ses mains s'immobilisent, comme si elle était aussi surprise que moi d'avoir évoqué son père.

Nous n'avons pas reparlé de ce qu'elle m'a confié dans les toilettes de la banque. Je n'ai pas envie de lui mettre la pression, mais si on n'aborde pas le sujet à un moment où il n'y a pas de bombe artisanale entre nous, j'ai un peu peur qu'elle croie que sa révélation est une autre sorte de bombe, à retardement celle-là. Et ce n'est pas le cas. Elle a été forte à l'époque, et elle l'est toujours. C'est entre autres pour ça que je l'aime.

N'empêche que ça me dirait bien de mettre une raclée à son connard d'ex qui n'aime pas les capotes *et* de régler son compte à son père… mais ça, c'est un autre problème.

– Moi aussi, je devais respecter des règles, dis-je d'une voix hésitante que je déteste, mais qui traduit bien ce que je ressens.

Avec Wes, tout est sorti dans un horrible flot qui semblait ne jamais devoir s'arrêter, jusqu'à ce que je n'aie plus rien à dire ; ensuite, on a dû continuer d'exister.

Là, c'est différent. Chacune livre quelques bribes et en reçoit en échange. Le sol penchait vers moi quand j'étais avec Wes, car je détenais la vérité et pas lui. Mais avec Iris, on peut être sur un pied d'égalité. On peut apprendre à se connaître, petit à petit. On peut construire quelque chose sur ces bases.

– J'imagine, répond-elle. Tu as peur ?

Elle se remet à tripoter mon col, puis pose sa main sur mon épaule. Sa respiration s'interrompt brièvement quand mon corps se détend sous ses doigts, et je me laisse aller contre elle de tout mon poids, appuyant l'arrière de mon crâne contre la douce chaleur de son ventre.

– Je ne peux pas me permettre d'avoir peur.

Elle se penche, une mèche de cheveux bouclés glisse de son épaule, et elle dépose un baiser sur mon front, sur le bout de mon nez, puis elle embrasse à l'envers mes lèvres collantes de gloss.

Et quand elle s'écarte, elle dit quelque chose qui consume tous mes doutes et mes inquiétudes et les remplace par quelque chose de plus fort.

– Avec moi, tu as le droit d'avoir peur.

— 68 —

30 août (22 jours de liberté)

la vérité

Établissement correctionnel de Lowell, Floride

Je ne suis pas surprise qu'on me conduise dans un parloir privé. Elle a dû se faire des amis, ici, éblouir un garde ou deux, voire toute une poignée. Si ma mère maîtrise quelque chose, c'est bien l'art et la manière d'exploiter les gens. C'est pour ça que je ne me suis jamais fait trop de souci pour elle.

Je reste seule une minute ou deux, debout, les nerfs à vif. Lee ne parle jamais de ses visites, et quand elle rentre à la maison, le soir, c'est l'unique moment de l'année où elle boit verre de vin sur verre de vin jusqu'à ce qu'elle titube et que je doive l'aider à se coucher. Une fois, alors que je déposais une couverture sur elle, elle s'est recroquevillée en murmurant « Je n'ai pas envie, maman », et pendant des semaines j'en ai eu mal au cœur pour elle, parce que je savais.

Je savais.

Ce moment de solitude me permet de passer la pièce en revue : la table et les deux chaises fixées au sol, les anneaux en métal sur la table et sur le sol, pour les chaînes.

Ils vont l'enchaîner ? Bien sûr que oui. Quelle naïveté. Je ne peux pas penser comme ça. Je suis plus maligne que ça.

Ma perruque me chatouille la nuque, et je ne suis plus habituée au poids des cheveux sur mes épaules, après toutes ces années. Je prends de grandes inspirations, tournant le dos à la porte par laquelle elle entrera, même quand j'entends le bruit des pas, le raclement du verrou et un cliquètement qui ne peut provenir que de ses chaînes, je le sais, puisque je ne suis pas naïve. Certainement pas.

Je l'entends s'installer sur sa chaise, le garde murmure quelque chose, puis il sort, nous laissant seules. Une infraction au règlement, c'est sûr. Rien d'étonnant.

Cependant, je ne me retourne toujours pas. Je lui montre mon dos et mes longs cheveux si réalistes, et j'attends.

– Natalie.

C'est étrange, d'entendre mon prénom. Mais je ne m'appelle plus comme ça. Natalie, c'était ma pierre angulaire. Le secret que j'étais censée protéger à tout jamais. Le prénom que je gardais pour moi. Pour ma famille et personne d'autre.

J'ai été Natalie plus longtemps que n'importe laquelle des filles. Bien plus longtemps que Nora, mais un jour ce ne sera plus le cas.

Et c'est ça, mon nouveau secret. Aussi important que toutes les filles et les prénoms que je porte.

Mais la fille qu'aime ma mère – celle pour qui elle me prend – n'est plus la pierre angulaire de personne. Je l'ai laissée partir. Il fallait que je la tue pour que Nora puisse s'épanouir.

J'ai abandonné un peu d'elle dans le sable ensanglanté, banni des morceaux d'elle à l'aide d'une coloration capillaire dans un motel miteux, et même s'il l'ignore et que je ne le lui avouerai jamais, Wes m'a aidée à détruire ce qui restait d'elle, car la fille de ma mère ne peut être aimée ni connue de personne.

Natalie n'est plus là. Nora a pris corps. Je suppose que des choses plus étranges, plus secrètes se sont déjà produites. Mais ça n'appartient qu'à moi, à moi seule, et je connais la valeur de ce qui n'est qu'à moi.

Finalement, je me retourne. Elle en a le souffle coupé, et je sais pourquoi. Je lui ressemble tellement, comme ça. Elle doit avoir l'impression de regarder une photo d'elle à dix-sept ans, et quand je la regarde, moi, je vois le chemin que j'aurais pris si je ne m'étais pas battue pour m'en sortir.

– Tu as tellement grandi.

Je m'avance et m'assieds en face d'elle. J'aperçois le garde dans le couloir par la minuscule fenêtre dans la porte. Je me demande combien de temps on a devant nous. Je joins mes mains sur la table et soutiens son regard sans un mot.

Elle scrute mon visage, et une personne non prévenue croirait voir une mère qui dévore son enfant du regard après des années de séparation, mais pas moi. Elle cherche des indices. Des signes. Des informations à glaner pour les utiliser.

– J'étais vraiment très inquiète. Je me disais que tu étais peut-être…

– Morte ?

– Les mauvais jours, oui, admet-elle, et putain, qu'est-ce qu'elle a l'air sincère.

Elle se tord les mains, mais je ne vais pas me laisser attendrir. Je ne suis que du verre. Un reflet. Tout rebondit sur moi, rien ne rentre.

– Je t'ai cherchée, reprend-elle. Du mieux que j'ai pu, en étant ici.

– Je n'en doute pas.

Un léger tressaillement de sourcils – ils ne sont pas dessinés aussi élégamment qu'avant, ils sont un peu plus touffus, comme les miens – m'indique que je l'ai déstabilisée.

– Je me suis demandé s'ils t'avaient intégrée dans le programme de protection des témoins. Ta sœur aussi a essayé de te retrouver. C'est là que tu étais ? Avec les marshals ? Tu as enfin réussi à leur échapper ?

Le soulagement éclate dans ma poitrine. Le piège que j'ai tendu à Duane a fonctionné. La couverture de Lee est intacte pour l'instant. Ma mère ne sait pas comment j'ai pu filer. Elle croit toujours que c'est grâce au FBI.

– J'aurais pu me faire la malle dès le premier jour, si j'avais voulu.

– Qu'est-ce qui t'amène ici, ma chérie ? Tu as besoin d'aide ? Tu vas bien ?

Ses yeux sont baignés de larmes qu'elle ne versera jamais, car elles ne sont motivées que par la recherche d'informations, pas par l'émotion.

– Tu sais très bien pourquoi je suis là.

Je retire mes mains de la table et me laisse aller contre le dossier de ma chaise, sans ciller, jusqu'à lui faire baisser les yeux. Elle inspire, expire, si calmement, putain, mais son regard se remet à courir sur mon visage.

Soudain, elle aussi se laisse aller en arrière, autant qu'elle le peut, vu qu'elle est retenue par des chaînes. Ses larmes disparaissent en un clin d'œil et un rictus recourbe ses lèvres.

Voilà. *Ça*, c'est ma mère.

– Jolie perruque, lâche-t-elle, et son sourire narquois s'agrandit. Tu t'es coupé les cheveux, à ce qui paraît.

Elle essaie de me déstabiliser, je laisse donc le silence s'étirer. Le truc le plus simple : attendre que la cible comble le vide. Mais c'est aussi la technique la plus facile face à elle, après tout ce temps. Je sais qu'elle déborde de questions.

Je n'ai pas l'intention de lui donner des réponses. Elles deviendraient des armes. Comme tout ce qui tombe entre ses mains.

– Tu n'as jamais divorcé.

C'est un constat. Non, ce n'est pas vrai. J'aimerais bien que c'en soit un ; j'aimerais bien avoir cette force. Mais ça sonne comme une accusation. C'en est une.

– Je l'aime, répond-elle, et je ne crois pas que des mots plus sincères aient jamais été prononcés.

Aussi tordu et malsain que ce soit – le reflet déformé de ce qu'est l'amour dans un miroir de fête foraine –, ce qu'elle ressent pour lui est réel. *Tellement* réel qu'elle s'est jetée la tête la première dans la gueule de l'alligator alors qu'elle savait qu'il risquait de la mordre. Et quand ça a fini par arriver, elle m'a entraînée dans l'eau avec eux. Un petit appât en bonus.

– Il allait te tuer.

– Mais il ne l'a pas fait, répond-elle d'une voix plus douce. C'était un malentendu. Si tu ne t'étais pas mêlée de…

– Je me suis *interposée* entre toi et son flingue.

Elle serre les lèvres, les rides autour de sa bouche se creusent. Ils n'ont pas d'acide hyaluronique, ici.

– C'est grâce à moi que tu es encore vivante.

Je veux le dire au moins une fois. Qu'elle le reconnaisse.

– C'est à cause de toi que je suis ici, réplique-t-elle, retournant la situation pour me blesser, parce que c'est vrai aussi.

Je hausse les épaules, déterminée à rendre coup pour coup.

– J'ai suivi tes conseils, Abby. J'ai été une vipère.

– Tu as mordu le mauvais homme, ma chérie.

– Parce que c'est le tien ?

– Parce que tu es imprudente. Tu sais très bien que dès que tu auras quitté cette pièce, je lui dirai que je t'ai vue. Je te laisserai quand même une petite avance, ma chérie, parce que je t'aime. Mais je dois le lui dire.

Je baisse la tête et fixe mes pieds. Ce que je ressens n'est ni de la résignation ni du chagrin. C'est comme un déclic, un verrou qui enferme tout espoir à tout jamais.

Elle ne veut pas que son mari me tue, mais elle ne veut pas non plus se le mettre à dos.

On ne peut pas tout avoir, Abby.

– Qu'est-ce qui t'amène ici ? répète-t-elle, et cette fois il s'agit d'une vraie question, qui exprime une réelle confusion.

Je me penche en avant, les yeux humides. Ses sourcils se froissent, l'éclat de colère disparaît, remplacé par une inquiétude presque sincère.

– Je veux que tu me rendes un service.

Je marque une pause, afin qu'elle espère une seconde de plus. Comme ça, elle aura encore plus mal quand je lâcherai les mots qui la démoliront.

– Pour une fois, réfléchis. Tu m'as appris tout ce que je sais. *Tout*, j'insiste, résistant à l'envie d'humecter mes lèvres sèches, car c'est un signe de nervosité. Tu as essayé de comprendre ce qui s'était passé cette nuit-là et juste après. Et pendant tout ce temps, tu t'es demandé : « Qu'aurait fait Natalie ? » Mais ce n'est pas la bonne question.

Elle déglutit, mais pas assez discrètement – faiblesse. Mes yeux se posent brièvement sur sa gorge et elle réalise que je l'ai vu. Sa bouche se durcit. Maman est fâchée.

Je porte donc le coup fatal.

– Qu'est-ce que tu aurais fait, *toi* ? S'il avait été une cible, et pas l'amour de ta vie ? Qu'est-ce que tu aurais fait, toi l'arnaqueuse flamboyante, si ta propre mère avait laissé un homme porter la main sur toi ? Pas pour l'escroquer. Pas pour l'argent. Pour aucune des choses dont tu m'avais enseigné l'importance. Non. Par amour pour un homme violent qui a tenté de te tuer et qui veut me tuer. Alors ne te demande pas ce que Natalie aurait fait. Demande-toi ce qu'*Abby* aurait fait. Qu'aurait fait la femme qui m'a élevée et m'a appris à me défendre ?

Elle frémit, et bon sang, ce que j'aimerais être capable de sourire… avoir cette dureté. Me réjouir de mon triomphe.

Mais je me sens juste triste.

J'essaie simplement de survivre. À elle. À lui. À moi-même, qui que je sois.

– Qu'aurais-tu fait ? je répète.

Et cette fois, elle consent à me répondre.

– J'aurais élaboré un plan, je me serais fait des alliés. Et j'aurais trouvé un moyen de m'en sortir.

Je vois le moment où ça fait clic dans sa tête, comme des dominos qui chutent et l'emmènent plus loin dans le tunnel que j'ai creusé à mains nues.

– Continue, dis-je.

– J'aurais dégoté une arme… je serais passée à l'action dès qu'une ouverture se serait présentée. Je me serais enfuie sans aucun regret. J'aurais fait tout ce qu'il fallait.

– Et c'est précisément ce que j'ai fait. *Tout* ce qu'il fallait.

La voilà, l'allusion à quelque chose de plus, et la chair de poule sur ses bras me confirme que ma stratégie est la bonne.

Je me suis imaginé cette scène une centaine de fois dans l'avion, dans la salle de bains de ma chambre d'hôtel, sur la route jusqu'à la prison. J'ai prévu tout un scénario, et elle joue son rôle. Nous sommes désormais au moment fatidique.

Ne flanche pas, Nora. C'est le sprint final, ensuite tu rentres à la maison. Auprès d'eux.

S'il vous plaît, faites que je puisse retourner auprès d'eux.

– C'est quoi le plus important, Abby ? je demande en prenant une voix aiguë.

Elle m'a enfoncé la réponse dans le crâne à chaque nouveau prénom, chaque nouvelle coiffure, chaque nouvelle personnalité. Je l'imite effrontément, singeant son expression, et sa chair de poule s'étend jusque dans son cou.

– Toujours avoir un moyen de pression, chuchote-t-elle.

Je souris. Cruelle, cette fois-ci, car je suis parvenue au moment où je dois l'être.

– Qu'est-ce que tu as fait ? demande-t-elle, et je suis enfin prête à le révéler, ce secret que j'ai gardé si précieusement, pendant si longtemps.

– En plus des disques durs, dans son coffre, il y avait une clé USB. Elle n'était pas cryptée de la même manière que les autres. J'ai donné le plus gros au FBI pour qu'ils aient de quoi l'envoyer au trou et me garantissent la protection qu'il me fallait. Ils n'avaient pas besoin d'être au courant, pour la clé USB.

– Tu l'as gardée.

– Il m'a fallu des années de travail pour la décrypter. Mais j'ai réussi. Et ce que j'ai découvert…

Je me contente de sourire. Il n'y a pourtant pas de quoi. Ce que j'ai découvert est carrément affreux, un coffre au trésor rempli de secrets sordides et d'actes répugnants, mais c'est ce qui me permettra de gagner la partie.

De protéger tout le monde.

– Il monnayait vraiment les infos les plus dégueulasses, hein ? Vous étiez vraiment faits l'un pour l'autre.

Je soutiens son regard jusqu'à ce qu'elle baisse les yeux et je résiste à l'envie d'en rajouter en entortillant une mèche de cheveux autour de mon doigt, de crainte qu'elle se jette sur moi.

Elle ne m'a jamais frappée – elle n'a jamais eu à le faire. Il existait toujours une menace plus grande : sacrifier une part de moi – mon identité, mon corps, mon innocence, ma sécurité – à eux… à ses cibles et à l'amour de sa vie, qui a fini par faire d'elle une victime.

Mais à cet instant précis, il n'y a plus que nous. Pas de pigeons. Pas de Raymond.

Rien que la vérité entre nous. Une première, pour nous qui n'avons connu que les mensonges, les combines. Désormais, elle ne peut plus se cacher.

Et moi j'ai décidé de ne plus le faire.

– Tu as son dossier sur les chantages ?

– C'était un sacré bazar quand j'ai réussi à l'ouvrir. Mais je m'en suis occupée. Avec un code couleur, tu sais : rouge pour les politiciens, bleu pour les flics pourris, vert pour les trafiquants de drogue, tout ça.

– Natalie…

Il y a une note d'avertissement dans sa voix. Un soupçon d'inquiétude maternelle, et je ne saurais dire s'il est feint ou réel, car, au fond, peut-on distinguer le vrai du faux chez elle ?

– Tu dois t'enfuir. Vite et loin.

– Non.

– Chérie, il doit passer devant la cour d'appel l'année prochaine. La bataille sera rude, mais il a engagé les meilleurs avocats.

– Et il pourra compter sur ton soutien, j'ajoute, et elle détourne les yeux.

Elle a encore six ans à tirer, et s'il est libre au moment où elle sort, sa vie n'en sera que plus douce. Ils se disputeront et baiseront et hurleront et se jetteront des choses à la figure et se réconcilieront, tout ça en moins de vingt-quatre heures, et ce sera reparti pour un tour, jusqu'au jour où le cycle s'enrayera, et cette fois je ne serai pas là pour la sauver. Il la tuera. Ça ne peut finir que comme ça. Elle le sait. Je le sais. Mais elle ne peut pas arrêter. Et moi, j'ai dû laisser tomber.

Je sais déjà qu'il va passer en appel. Lee et moi, on s'est pris la tête à ce sujet. Elle voulait partir tout de suite. Moi je voulais attendre de voir. Non. Ce n'est pas tout à fait exact. Je veux attendre et me battre. Voilà qui je suis devenue.

Voilà ce qu'aimer Wes, le perdre, puis l'intégrer dans ma famille a fait de moi. Ce qu'aimer Iris et réussir à la garder a fait de moi. Peut-être pas une fille pleine d'espoir, mais une personne déterminée.

– Il te tuera, Natalie.

– Et tu l'aideras, n'est-ce pas ? Le moment venu, tu feras tout ce qu'il te demandera.

Elle détourne les yeux. Sa poitrine ratatinée se soulève et retombe alors qu'elle respire profondément. Je distingue ses clavicules saillantes sous son uniforme kaki. Elle est plus maigre qu'avant. Et pas dans le style fanatique de salles de gym qu'elle cultivait quand j'étais petite. Plutôt dans le style « la bouffe est merdique, mon sommeil est merdique, tout est merdique ».

– Ma chérie, souffle-t-elle, et sa voix se brise.

C'est sa réponse, même si elle voudrait qu'il en soit autrement, et moi aussi. Une femme déchirée, voilà qui est ma mère. Oscillant constamment entre ses filles et son homme, entre le bien et le mal, le vrai et le faux, l'amour et la souffrance. Toute en lignes floutées et mauvaises idées, trop attirée par le danger. Je déteste me reconnaître autant en elle, aujourd'hui encore.

Mais j'ai beau le regretter, elle ne choisira pas mon camp. Et elle a beau vouloir me reprendre sous sa coupe, je ne choisirai pas le sien.

– Je dois assurer ma survie, se justifie-t-elle. Je suis ici pour longtemps, à cause de ce que tu as fait.

Je laisse échapper un rire.

– À cause de ce que *tu* as fait, tu veux dire. Tu l'as laissé mettre à ton nom des sociétés qui lui servaient à blanchir de l'argent. Et tu as refusé de te retourner contre lui, alors qu'il t'avait menacée avec une arme.

– Tu as toujours eu le chic pour le contrarier…

– Arrête tes conneries !

On dirait tellement Lee quand j'aboie ça que je crois que ça la surprend, et elle tressaille.

– Tu ne peux plus m'entuber, je poursuis. Tu n'as plus rien à m'apprendre. Qu'est-ce que ça te fait de te rendre compte que je n'ai pas seulement été plus maligne que toi, mais aussi plus adulte… à *douze ans* ?

– Je suis tellement fière que c'en est presque intolérable, réplique-t-elle sèchement, dans un éclat de vérité qui fend notre colère en deux. Tu es tout ce que j'aurais voulu être. Tout ce que pour quoi je t'ai élevée, tout ce que tu dois être. Mais tu ne seras plus rien si tu ne fuis pas. Tu seras morte, point final.

– Va te faire foutre.

J'aurais voulu lui cracher ça à la figure, mais c'est sorti dans un sanglot. Elle vient de dire ce que j'ai toujours voulu l'entendre dire, mais ça n'a plus aucune importance, parce qu'elle va tout lui raconter. Elle va tout lui répéter, et s'il sort…

Ça suffit. Ça *suffit*.

– On est pareilles, toi et moi, ajoute-t-elle. Tu devrais pouvoir comprendre pourquoi j'agis comme j'agis. On survit, toi et moi. Malgré tous les bâtons que la vie nous met dans les roues. On trouve des solutions. Je savais que tu en trouverais une. Tout comme moi.

– C'est *toi* qui m'as mis des bâtons dans les roues. Tu m'as faite comme ça. Tu l'as fait entrer dans notre vie. Tu les as *tous* fait entrer dans notre vie. Je ne suis pas comme toi. Je ne me comporterai jamais comme toi.

– Et pourtant, c'est ce que tu as fait. Tu as choisi de te sauver. Tu m'as abandonnée alors que le FBI était en route. Je ne t'aurais jamais fait ça.

– Non, tu as juste accepté qu'on me frappe au nom de l'amour et qu'on m'agresse sexuellement au nom de l'arnaque.

Ses chaînes raclent contre l'anneau sur la table. Je n'avais jamais dit ces mots à voix haute. Pas devant elle, en tout cas. Juste à ma psy et… et puis c'est tout. Lee le sait parce que ça lui est arrivé aussi, Wes l'a lu entre les lignes, et je l'ai fait comprendre à Iris comme les filles font parfois comprendre ces choses-là. Mais la vérité nue est tellement difficile à balancer comme ça, de but en blanc… alors qu'on m'a appris à me taire. Elle est brutale, alors qu'on m'a appris à adoucir mes paroles. Elle fait mal. À elle comme à moi.

– Dès que je me suis rendu compte… commence-t-elle, retrouvant très vite ses esprits, à croire qu'elle se tenait prête depuis le début.

– Arrête, je lui ordonne.

Si elle continue, j'ai peur de tout lâcher : les histoires que Lee m'a racontées sur ce qu'elle faisait avant de se consacrer aux arnaques à l'amour. Mais je ne peux pas. Elles ne m'appartiennent pas. Et je crois que je serais capable de la tuer si ces mots prenaient forme là, dans cette pièce, et je ne peux pas, je ne peux pas. (Une part de moi en a envie, pour Lee, pour moi.)

– Tu sais ce que j'ai dû faire pour nous sortir de Seattle, siffle-t-elle.

– Trop peu, trop tard.

– C'est…

Elle referme la bouche, ses lèvres disparaissent presque. J'en ai la chair de poule, de terribles petits frissons remontent le long de ma colonne vertébrale. Elle est en colère. Elle n'éprouve ni regrets ni sentiment de culpabilité. Elle a juste la haine parce que j'ai osé aborder le sujet.

J'ai envie de tenir la main d'Iris, de la serrer fort. Je la sens presque, tellement j'en ai envie. Je suis à deux doigts de fermer les yeux pour l'imaginer, mais je me reprends.

– Je suis venue ici pour faire passer un message. Je veux que tu dises quelque chose à Raymond de ma part.

Elle hausse un sourcil interrogateur.

– S'il m'arrive quelque chose, des gens veilleront à ce que certaines données de la clé USB parviennent au FBI. Mais ce n'est pas tout. J'ai conçu un programme qui se déclenchera si je meurs. Toutes les informations qu'il a mis des années à rassembler et à monnayer inonderont le marché de façon à donner l'impression que c'est lui qui les vend. Tu penses qu'il survivra longtemps ? Et toi, tu penses que tu survivras ?

Elle pince les lèvres. Elle m'admire peut-être de les avoir battus à leur propre jeu, mais elle me déteste pour la même raison. Voilà pourquoi elle est en prison : elle a trop bien réussi à transformer ses petites filles en vipères. Elle ne se doutait pas qu'on se retournerait contre elle, alors qu'elle ne nous a pas laissé le choix.

Mais Abby ne sait pas vivre sans être au centre de mon univers. Son existence n'a plus de sens quand l'axe de mon monde – ou de n'importe quelle autre personne prise dans ses filets – ne penche pas en sa faveur. J'ai incliné le sol vers moi, et cette fois c'est elle qui perd l'équilibre.

– Destruction mutuelle assurée, Abby. S'il envoie quelqu'un me tuer, dans le pire des cas, il mourra poignardé avec une brosse à dents avant même d'avoir pu passer en appel. Dans le meilleur des cas, il sortira de prison et tous les gens dont les secrets auront fuité voudront sa peau. J'ai bien étudié ses dossiers et j'ai retrouvé chaque discussion, chaque individu tordu impliqué dans ces vilains petits secrets. Beaucoup de personnes influentes ont des choses à se reprocher. Je suis au courant pour Dallas. Et pour Yreka.

– Que s'est-il passé à Yreka ? demande-t-elle, et c'est tellement négligent de sa part, parce que ça m'indique qu'elle sait ce qui s'est passé à Dallas.

À *Dallas*, putain. Mon ventre se soulève quand je pense à ce qu'il a organisé là-bas. Il faut que je parte d'ici avant de perdre tout mon aplomb. J'ai fait ce que j'avais à faire.

– Tu n'auras qu'à lui poser la question. Il a le choix. C'est très simple : je meurs, il meurt. Je vis, lui aussi.

– Il ne te laissera pas garder toutes ces saletés. Qu'elles finissent entre les mains du FBI, passe encore – ils ne pourront pas s'en servir comme tu… (Elle s'interrompt et secoue la tête.) Il partira à ta recherche, quoi qu'il arrive. Il faut que tu disparaisses. Que tu te transformes. Deviens quelqu'un d'autre. Je sais que tu en es capable, ma chérie. Tu as toujours eu un don pour te glisser dans la peau d'une autre personne. Tu peux te cacher.

Elle a la même voix que cette nuit-là, quand elle le suppliait. C'est moi qu'elle supplie désormais. Pour mon bien, pourrait-on croire, sauf qu'en réalité, c'est pour son bien à lui.

Je lui ai fait peur, elle est bouleversée de me voir aussi mûre, aussi endurcie, de ne plus réussir à me cerner.

– Je ne veux plus me cacher.

– On se fiche de ce que tu veux !

– Au contraire. C'est tout ce qui compte. Parce que j'ai de quoi peser dans la balance. J'étais plus maligne que toi à l'époque, je suis une meilleure arnaqueuse maintenant. J'attendrai, armée de tout ce que tu m'as appris et de tout ce que je me suis appris à moi-même. Et si, une fois libéré, il est assez stupide pour venir lui-même… ce coup-ci, je ne lui rendrai pas ce que j'aurai tranché.

Elle inspire brusquement, mais je reste calme, forte. « Elle n'est pas normale. » J'entends la voix de l'agente North dans ma tête. Je vois cette prise de conscience sur le visage de ma mère.

Et peut-être que je ne le suis pas, en effet. Peut-être que je n'ai pas envie de l'être.

– Tu ne devrais pas jouer à ça, ma chérie. Tu es douée pour te cacher, pas pour te battre.

– Tu n'as aucune idée de ce pour quoi je suis douée.

Je me lève, et comme la première fois, c'est facile de la quitter.

Parce que c'est vital.

Je suis devant la porte et le gardien s'avance pour m'ouvrir quand elle s'écrie :

– Natalie !

Je me retourne. Un dernier regard. Une dernière fois. Car quoi qu'il arrive, que ce soit lui ou moi qui l'emporte, je ne reviendrai pas. C'est terminé. J'ai besoin qu'elle le sache.

– Je ne m'appelle plus comme ça, dis-je.

Et puis je m'en vais.

69

Nora : sœur, survivante, ?

Je tiens bon le temps de passer les détecteurs de métaux et d'atteindre le hall d'entrée rempli de chaises branlantes. Puis je m'effondre sur l'une d'elles, le visage trempé de larmes. La gardienne à l'accueil ne me prête aucune attention. Elle a l'habitude.

Je chiale sans retenue dans ce hall réservé aux visiteurs comme dans un mauvais film sur des adolescents qui surmontent l'adversité. Sauf que je ne surmonte rien du tout ; je suis juste complètement engloutie.

Je finis par me ressaisir. Plus ou moins. Je regarde le parking, derrière les portes. Je dois rejoindre l'aéroport et rentrer à la maison avant le retour de Lee.

Cette pensée m'emplit. La maison. Je me frotte les joues et je prends une grande inspiration qui fait trembloter mes poumons.

Les filles comme moi se préparent aux tempêtes.

À douze ans, j'ai fait un choix. Elle ou moi. Lui ou moi. Survivre ou me faire massacrer.

Abby pourrait avoir raison ; il viendra peut-être quand même, quitte à signer son arrêt de mort en même temps que le mien. Mais je n'ai plus l'intention de fuir et de me cacher.

Je me battrai s'il le faut.

S'il vient, il ne trouvera pas une Ashley paniquée et terrifiée qui pense vite mais ne tire pas droit. Il trouvera toutes les filles que j'ai été. Rebecca m'a appris à mentir. Samantha m'a appris à me cacher. Haley m'a appris à me battre. Katie m'a appris la peur. Ashley m'a appris à survivre.

Nora a mis toutes leurs leçons en pratique.

Inspire profondément.

Rebecca. Je m'appelle Rebecca.

Lève-toi.

Samantha. Je m'appelle Samantha.

Essuie tes larmes.

Haley. Je m'appelle Haley.

Redresse tes épaules.

Katie. Je m'appelle Katie.

Mets un pied devant l'autre.

Ashley. Je m'appelle Ashley.

Pousse ces portes.

Nora.

Je sors dans la lumière.

Je m'appelle Nora.

Note de l'autrice

Une grande partie de ce roman évoque le chemin que doivent parcourir les victimes de maltraitance pour s'en sortir. Si vous êtes dans cette situation, sachez que vous n'êtes pas seuls, que ce n'est pas votre faute, même si on vous dit le contraire.

Il existe plusieurs associations qui pourront vous aider[1].

Au chapitre 43, Iris parle de son endométriose comme d'un « problème de règles hémorragiques sévères », pour que Casquette Rouge les laisse seules, elle et Nora, dans les toilettes.

Si les règles abondantes sont l'un des nombreux symptômes de l'endométriose, je me dois de préciser que l'endométriose n'est pas un « problème » mais bel et bien une maladie qui cause souvent des douleurs chroniques handicapantes, et qu'Iris simplifie ici pour parvenir à ses fins.

On estime qu'une femme cisgenre sur dix souffre d'endométriose – cette statistique n'inclut donc pas toutes les personnes atteintes, puisque les femmes cisgenres ne sont pas les seules à avoir un utérus ou des règles. Il faut en moyenne dix ans pour

---

1. *En France, vous pouvez appeler gratuitement et à tout moment le 119, le Service national d'accueil téléphonique de l'enfance en danger, et consulter son site internet www.allo119.gouv.fr* (Toutes les notes sont de l'éditeur.)

que cela soit diagnostiqué, les douleurs et soucis liés aux règles étant souvent pris à la légère ou considérés comme « normaux ».

Si vous lisez l'anglais et que vous voulez en savoir plus sur l'endométriose, vous pouvez consulter le site endowhat.org[1].

Si, comme moi, vous devez vivre avec une endométriose : je vous envoie force et amour.

Tess

1. *Il existe aussi plusieurs associations françaises impliquées autour de ce sujet.*

L'autrice

Fille d'une rockeuse punk, Tess Sharpe est née dans une cabane en montagne et a grandi dans une campagne reculée de Californie. Elle vit aujourd'hui au fond des bois avec une meute de chiens et des chats autrefois sauvages. Elle a écrit plusieurs livres pour les enfants, les adolescents et les adultes, primés et salués par la critique. *Mon territoire* a ainsi reçu le Grand Prix des lectrices de *Elle* dans la catégorie Policier.

Cet ouvrage a été achevé d'imprimer en juin 2021
dans les ateliers de Normandie Roto Impression s.a.s.
61250 Lonrai
N° d'imprimeur : 2102214
N° d'éditeur : 10267499

Imprimé en France

FSC
www.fsc.org
MIXTE
Papier issu de sources responsables
FSC® C022030